乡愁人生

王永光 著

内 容 简 介

本书是《修身不忘初心》的姊妹篇，展示了作者人生的另一个侧面。作者从过去19年的日记中筛选了240多篇，回顾了1999年至今的人生岁月，是侠骨柔情的人生素描，是家国情怀的足迹写真，是正心修身的画卷缩影。乡愁牵引人生，自警自省；乡愁渗透忧思，忧国忧民；乡愁牵动游子意，四海难忘故土情；乡愁凝结游子情，天涯铭记养育恩。忠孝传承使命，领悟智慧人生；忠孝汇聚动力，报效祖国为魂；忠孝思想凝成精神，不懈探索乡愁人生。十九年的风雨，伴随着乡愁，牵挂着亲情。风雨过后，飘逸彩虹。乡愁人生，魅力无穷。

图书在版编目（CIP）数据

乡愁人生 / 王永光著． —北京：冶金工业出版社，2017.7
ISBN 978-7-5024-7564-2

Ⅰ．①乡…　Ⅱ．①王…　Ⅲ．①日记—作品集—中国—当代
Ⅳ．①I267.5

中国版本图书馆CIP数据核字（2017）第170425号

出 版 人　谭学余
地　　址　北京市东城区嵩祝院北巷39号　邮编　100009　电话　(010) 64027926
网　　址　www.cnmip.com.cn　电子信箱　yjcbs@cnmip.com.cn
策划编辑　任静波　责任编辑　程志宏　美术编辑　吕欣童　版式设计　吕欣童
责任校对　卿文春　责任印制　牛晓波
ISBN 978-7-5024-7564-2
冶金工业出版社出版发行；各地新华书店经销；三河市双峰印刷装订有限公司印刷
2017年7月第1版，2017年7月第1次印刷
164mm×235mm；25.75印张；320千字；396页
50.00元

冶金工业出版社　投稿电话　(010) 64027932　投稿信箱　tougao@cnmip.com.cn
冶金工业出版社营销中心　电话　(010) 64044283　传真　(010) 64027893
冶金书店　地址　北京市东四西大街46号 (100010)　电话　(010) 65289081 (兼传真)
冶金工业出版社天猫旗舰店　yjgycbs.tmall.com
（本书如有印装质量问题，本社营销中心负责退换）

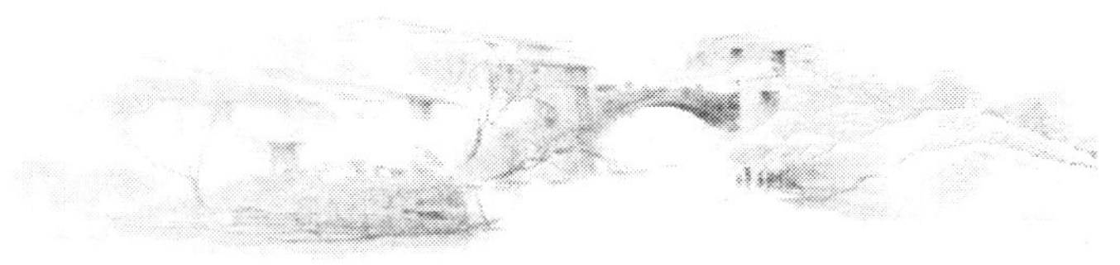

【序　言】

光阴荏苒，仰天已近花甲之年。岁月如梭，俯地即将解甲归田。回顾人生路，魂牵梦绕的是乡愁。不忘养育恩，朝思暮想的是乡情。夜深人静，思故乡；天涯海角，念故乡。

无论走到哪里，淡淡的乡愁，牵挂着心灵。成长忘不了黄土地的奉献之情，进步忘不了黄河水的养育之恩；在鲜花掌声中铭记故乡，她给了我腾飞的翅膀！在迷茫时看见了希望，在彷徨中孕育了理想；魂牵梦绕的是故乡，她让我更加坚强！

不管境况如何，浓浓的乡情，牵动着身影。远山隔不断乡情，近水萦绕着乡音；游子天涯思故乡，她给了我力量！生活抹不去浓浓的乡情，岁月揉不碎童年的梦；四海漂泊恋故乡，她告诉我如何成长！

生我养我的故乡，随着时间的流淌，穷苦的岁月渐渐远去，自强不息在血液里激荡！

生活艰难的故乡，穷苦磨炼了不屈不挠的人格，落后激发争当祖国的栋梁，童年的梦在心中荡漾！

阔别多年的故乡，改革业绩辉煌，政通人和富足安康，为了乡亲的梦，正奔向小康。

故土情融入了血液，无论走到哪里，她都在我身上流淌。童年梦激发了热情，无论多么艰难，百折不挠，奋发向上。黄河水的厚重，孕育了包容，憨厚稳重，以诚待人。西北风的凛冽，锤炼了个性，刚毅不屈，恪守诚信。

黄土地的坚实，承载了千百年的使命，耳濡目染，铸就了勇于担当的血性……

无论走到哪里，身上都有故乡的气息，永远铭刻着深深的烙印！不怕说土得掉渣，承载着本色，默默前行！故乡情，不怕风吹，不怕雨淋，吮吸着泥土的清香，滋养着五彩人生……

乡愁人生，是侠骨柔情游子的人生素描，是家国情怀孝子的足迹写真，是正心修身赤子的画卷缩影。

修身如执玉，积德胜遗金。善不积不足以成名，恶不积不足以灭身。君子安而不忘危，存而不忘亡，治而不忘乱，是以身安国家可保也。

在内蒙古自治区成立七十周年之际，回眸人生路，依旧恋故乡。汇聚游子情，结为《乡愁人生》。

浮云游子意，落日故人情。为了故乡更加美好，我愿变成无私奉献的牛羊，日夜守卫在风沙弥漫的边疆！

2015年5月10日

【目　录】

故土情思篇

缅怀三爹／003
思念故乡的云／005
哀思藏心中／007
过年的启示／008
同学聚会／010
自强不息，知行合一／011
告别母校和同学／012
难忘除夕夜／013
饮水思源／016
忠孝难两全／018
生活的烙印／019
重归故里／020
中方人员会师矿区有感／023
故乡情
——献给自治区成立六十周年／026
静升王家／028
祭 祖／030
黄河情思／032
陌生的老同学，亲切的新感受／034
行成于思，业精于勤／037
追寻记忆／039

故土情 / 043
踏雪迎春 / 044
归 途 / 046
故土难舍 / 048
重 阳 / 050
故土情思 / 051
回故乡 / 056
拜 年 / 058
渔歌子 · 村前扬水站 / 060
渔歌子 · 游子归 / 060
君子津进京赋 / 061
迁 徙 / 062
满江红 · 缅怀毛主席 / 063
菩萨蛮 · 塞外中秋遐想 / 064
重阳节思乡 / 064
沁园春 · 纪念红军胜利八十周年 / 065
中华祭先贤
——纪念孙中山诞辰一百五十周年 / 066
西 行 / 067
卜算子 · 归途 / 067
念奴娇 · 南京大屠杀 79 周年祭 / 068
主席，您在哪里？
——纪念毛主席诞辰 123 周年 / 069

采桑子·三九归来 / 071
追思大舅 / 072

人生感悟篇

难忘今宵 / 079
一如既往 / 081
勤耕莫误春 / 082
意志不可摧 / 083
滑行、起飞、着陆 / 084
四十四岁生日感怀 / 085
父亲节自勉 / 086
静、净、敬 / 087
而今迈步从头越 / 088
北国风光的启示 / 090
明确目标 / 092
开辟未来是人生的使命 / 093
锤炼自我 / 094
耕耘人生 / 096
抗争命运似登山 / 098
天道酬勤 / 100
守志气，养浩气 / 102
在逆境中磨炼意志 / 103

从运动场看人生 / 105
进退之道 / 107
自我警醒 / 109
珍惜现在，把握未来 / 111
不偏不倚中庸路 / 112
一颗平常心，一生和为贵 / 114
温故知新 / 116
知止而动 / 118
接地气，通下情 / 120
慎小治大 / 123
四十七岁生日感怀 / 125
贵在坚持 / 127
领悟个人修养之点滴 / 128
变通之道 / 130
谦逊平和 / 131
目标指引人生 / 133
一如既往前进 / 135
人生的三大任务 / 136
学习班结业有感 / 138
挑战极限 / 139
在感悟中静心 / 140
慎其独 / 142
修炼心静神宁 / 143

不能忘记使命／ 145
四十九岁生日感怀／ 147
思考人生／ 148
知足与不知足／ 150
人生不忘感恩 151
人 生／ 152
仁者无敌／ 154
修齐治平／ 156
空中遐想／ 158
学习与修身／ 159
健康值钱多／ 161
古今之悟／ 163
家风、家教、家范／ 165
一如既往／ 166
陋室铭
——学刘禹锡《陋室铭》有感／ 168
静悟人生／ 169
人生学无止境／ 171
感悟人生／ 172
修身戒欲／ 174
天地之所贵者人也／ 176
灵魂深处的冲击／ 178
难忘的记忆／ 180

戒厄防患 / 182
求实慎言 / 184
五十三岁生日感怀 / 186
传承与发展 / 187
无我之见 / 189
灵魂的洗礼 / 190
何以天长地久 / 191
善乃至宝 / 192
思维方式决定生活质量 / 193
成于积淀 / 194
人生止境是不争 / 195
开放勿忘国耻 / 196
自助者天助 / 198
我们这一代 / 199
正确认识自己 / 201
事能知足心常泰 / 203
隐 忍 / 204
《陋室思》 / 205
五十四岁生日感怀 / 206
固本强基 / 209
“逢遇”与“累害 / 210
一生难忘 / 212
五十五岁生日感怀 / 213

远 虑 / 215
成功源于超凡的付出 / 216
生活的意义 / 217
洒汗水于天地 / 218
守身为大 / 219
勤奋节俭为本（示儿） / 220
人因梦想而伟大 / 221
五十六岁生日感怀 / 222
五十七岁生日感怀 / 224
过去十一年 / 226
五十八岁生日感怀 / 229
畅 想 / 231
领悟道
——读《道德经》有感 / 233
浪淘沙 · 白露 / 235
教师节感悟师道 / 236
寒露悟道 / 238
悟道修德
——学《道德经》有感 / 240
培养独立性 / 242
家训三字经 / 244
示 儿 / 245
一路前行 / 246

自强、善良 / 247
诗书继世长 / 248
感悟“慈、俭、和、静”四字诀 / 250
知命为君子 / 252
知耻为人 / 253
读书在于知行合一 / 254
静虑人生 / 256
赠言与人生 / 258
有感过节租女友 / 260
读《荀子》“天论”有感 / 262
诗中有真意 / 264
在比较中学习进步 / 266
重温日记 / 268
青春岁月的影子 / 270
一颗平常心，一生和为贵 / 272
五十九岁生日感怀 / 273
守 望 / 274
该憎恨什么？ / 278
交流与感悟 / 280
敬业与担当 / 282
纯洁的眼神 / 284
慎其独 / 286
守其志 / 288
厚其德 / 290

观花观自在 / 291
人生之悟 / 292
回 眸 / 294
温故而知新 / 295
乡愁人生 / 296
晨 省 / 297
晨 读 / 298
读书日话读书 / 299
雕 琢 / 301

缅怀父亲篇

我的父亲 / 305
牵挂无穷 / 310
忠孝难两全 / 311
心病难医 / 312
思绪难平 / 313
多云见晴 / 314
共享天伦 / 315
父亲的目光 / 316
祭奠父亲文
——“一七”祭 / 317
父亲“三七”
——无言的诉说 / 319

感恩节的思念 / 322
父亲“五七”
——在父亲遗像前 / 323
父亲“七七”
——魂幡傲骨擎天 / 325
静　思 / 328
梦中父亲 / 328
除　夕 / 329
父亲百日祭 / 330
思念无限
——读妹妹《父亲百日祭》有感 / 331
心欲碎　清明感怀 / 332
清明祭祖(二首　) / 332
五一满都海游园 / 333
父亲节想父亲 / 334
父亲80诞辰感怀 / 335
父亲一周年祭 / 336
沁园春·祭日缅怀父亲 / 337
卜算子·清明 / 339
水调歌头·清明扫墓填坟 / 340
缅怀父亲 / 341
喜鹊传情
——父亲两周年祭 / 342
寻找父亲的身影 / 344

清　明 / 346
父亲节想父亲 / 347
念奴娇·家父三周年祭 / 348
端　详 / 349
父亲四周年祭 / 350

牵挂母亲篇

儿行千里母担忧 / 353
母亲节的思念 / 354
报　答 / 356
心焦无奈 / 358
父母平安无忧 / 359
愁云又起 / 360
牵　挂 / 361
祝福母亲健康长寿 / 362
母亲节更想母亲 / 363
母亲的病揪心 / 364
给母亲喂饭 / 365
母亲节思母爱 / 366
母亲节感母恩 / 367
五一节陪母亲雨中旅行 / 369
静心思母爱 / 370
十一陪母亲游校园 / 372

亲情的感染力 / 375
无奈的别离 / 377
微阅读与亲情 / 379
慈母八十颂 / 380
不忍心想 / 383
国庆圆梦，母亲下楼 / 386
卜算子 · 三九辞行 / 386
兄妹团聚 / 387
返　程 / 389
慈母八十一颂 / 391
慈母八十一岁生日感怀 / 392
“三八节”赋
　——母爱地久天长 / 393
后　记 / 395

故土情思篇

缅怀三爹

/ 2000 年 10 月 5 日于秘鲁

2000 年 10 月 5 日秘鲁的晚上，正好是家乡 10 月 6 日上午。在家乡今天是三爹的葬礼，再过一会儿，在吹鼓手悲壮的哀乐声中，八个人将会把三爹的棺木抬走，进坟安葬。从此，三爹将永久地离开我们。三爹会陪伴着爷爷、奶奶静静地、永久地安息在我们的祖坟。

作为侄儿，不能为三爹尽孝，又不能给三爹送终，深感内疚，把内心的痛苦化作笔端的文字，留作永久的记忆。三爹永远地走了，思念却挥之不去……

9 月 26 日早上，收到二弟发来的邮件。从邮件获悉，三爹已于近日病故，心情万分悲痛。三爹过了大半生单身生活，没有享受正常人的天伦之乐；后半生尽管找了老伴，并非原配夫妻，膝下无子女，生活并不美满。

回想儿时生活，三爹的音容笑貌清晰地映入眼帘。三爹本应该有一个完美的人生。刚解放，妇女思想解放了，村里的妇女唱大离婚，年轻的三妈跟着感觉就离婚了。她再婚后没多久就去世了。三爹招工到包钢上班，因工作积极，入了党，还当了班长。三年困难时期，工厂吃不饱。工友为了三个馒头，还发生了用石头砸死另一位工友的惨案。三爹看了有点恐惧，正好家里是种田出身，回家能吃饱饭，就从包钢跑回家种地。从此，脱离了正式工岗位，在生产队一干就是几十年，有大半时间当生产队长，是大队的优秀党员。

三爹的一生，把心血几乎都花在侄儿、侄女身上了，但毕竟不是自己的儿女，我们难以尽子女的孝心。当年大哥娶嫂子，三爹骑自行车去包头驮缝纫机，不辞辛苦。二哥结婚，三爹帮着盖房子，汗流浃背。平时，有空就给侄儿们帮忙。在土地包产到户前，三爹是生产队资深队长，整天为全村人操劳。我们兄弟仨上大学远走高飞，未能在三爹身边尽孝心，没能养老送终，深感惭愧。

最后一次见到三爹是98年春节前，我们八个侄儿在三爹家商定，每个侄儿每年至少给三爹100元钱零花钱，保证三爹三妈日常零用。临走时，我们又给三爹多留了过年用的三百元钱。

我考上研究生到北京后，三爹唯一的心愿就是到北京看看天安门，他几次和大舅商量找机会去一次北京。在农村出一次门很不方便，三爹和大舅一直也没有去成北京，留下了终生遗憾。每当想到此，我的心里格外难受。因为，我刚毕业时自己没有房子，住在岳父家。我想他们也不愿意打扰亲家。等我1997年分到房子，他们的年龄也大了，大舅一直不是太积极，三爹又不愿意自己单独到北京。可后来，他和大舅又觉得行动不方便，就一直没能去北京。我深知他很想去北京，但又怕给我添麻烦，故说行动不便。大舅、三爹没能到北京，是我一生最大的遗憾。我每次回家，总是当天先去看三爹，然后，三爹总会跟过来，在我家坐下问这问那，舍不得离去。去年春节回家，我和二弟特意去看望三爹，可他不在家，和三妈说了会儿话，我们匆匆地走了。没想到1998年春节前在三爹家的聚会竟是我们父子见的最后一面。

在我五六岁时，正月十五县里有社火，踩高跷，挂红灯。大部分男孩都到县里看社火，三爹给了我一斤全国粮票和一元钱，让我到县里看社火。三爹理解我，圆我儿时的梦。可我没能圆三爹到北京的梦，留下了终生遗憾。

三爹，侄儿在天涯海角哀悼您！您在九泉之下安息吧！

（北京时间农历九月初九早8:00写于秘鲁铁矿马尔科纳矿区）

思念故乡的云

/2000 年 10 月 22 日于秘鲁

今天又是周末，听了满文军《懂你》、《望故乡》和《情缘》三首歌，勾起了自己的思乡情结。满文军的话语道出了所有游子的思乡之情。在农村的父母亲，一生中受了很多苦，没过几天好日子。在晚年，父母希望孩子们能陪伴着他们，可外面的世界很精彩，孩子们都远走高飞了。在父母亲最需要我们的时候，我们都漂泊天涯，只能通过歌声来表达我们的思乡情。

浓浓的思乡情，把我带回了童年岁月。我的家乡是紧靠黄河北岸的一个小村庄，只有四十户人家，150 多口人，村民都以种地为生，面朝黄土背朝天，日复一日、年复一年在这块土地上繁衍生息。由于靠近黄河，饱受水害之苦；三年一次的洪水，冲走了成熟的庄稼，也冲走了村民的希望；但故乡情结之深，每次大水过后，又开始了艰难的生活，真是故土难离。

夕阳余晖和缕缕炊烟是一幅美好的图画。伴随着炊烟的升起，夕阳西下。日子就这样一天天过去，自己一天天长大。1978 年 2 月 27 日，一张大学录取通知书结束了自己的乡村生活，从此告别了故乡，再也看不到夕阳余晖映衬下的缕缕炊烟，看不到父母从田野归来的疲惫身影，看不到他们早出晚归的艰辛，看不到一家人围坐在炕上喝着照得见影子的稀饭时的情景，看不见父亲满面尘灰捡煤渣归来的背影，看不见母亲晚上在煤油灯下缝补衣服、纳鞋底的身影。母亲夜里做针线活儿，有时一坐就是几个小时，直至凌晨二、三点钟。母亲为了让我们在过春节时能穿上新鞋、新衣服，每到冬天，几乎天天晚上都是这样度过的。

上大学期间，寒假回家时，父亲总带着我们看自家责任田和他在地垅边栽的小树，那是父亲辛勤汗水的结晶。父亲对那些小树的爱惜、呵护似乎超过了对自己的孩子。可见老人家是多么珍惜自己的劳动。一年年过去，树一天天长高。看着这些变化，父亲的欣喜之情溢于言表。这就是父亲的寄托。

1997 年正月，为了解决农村吃水不方便的问题，我们毅然决定告别故土，搬到县城。此时，父母那种故土难离的痛苦表情像纤细的银针刺痛着我的心。但为了父母欢度晚年，忍痛割爱，阔别了自己生活几十年的故居。现在，心中的眷恋不时爬上心头。就这样，把每年回去望一眼故乡的机会也失去了……

最后一眼望故乡是去年底特意回去看望父辈的亲人，白雪皑皑，到处银装素裹，一派北国风光，冰天雪地，行路极其困难。在村里匆匆地看望了大姑、二爹和堂兄们后，兄弟仨到祖坟祭祀祖先，略表对祖宗的孝心。

随后，原路回到了县城。故乡又一次作为记忆在脑海里永存。随着年龄的增长，童年往事伴随着故乡的山水不时浮现眼前。这大概就是人们叶落归根、四海寻根的缘故。

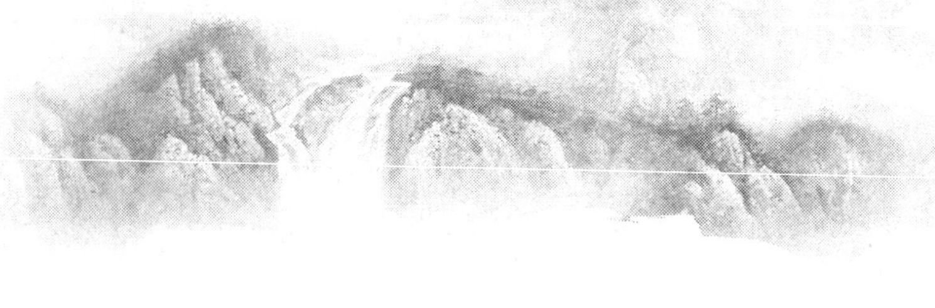

哀思藏心中

/ 2001年4月5日

清明节是中华民族传统祭祖的节日。每逢清明节，人人都要上坟扫墓、祭祖。我的家乡，每到清明节，男人们带着儿子上祖坟填土、烧纸钱。填土象征给祖先修缮房屋，烧纸钱表示给祖先送钱。

今年是自己在异国他乡过的第二个清明节，不能上坟给爷爷、奶奶烧纸钱，只好把哀思藏在心底。我最后一次带着俩弟弟上坟是1998年底回家过春节，冰天雪地，二弟从呼和浩特市租了一辆车，到家放下行李，哥仨到乡下看望大舅、二舅、大姑、二爹、三爹等长辈；然后上坟，给爷爷奶奶的坟前摆上从北京、呼和浩特市带的点心，点燃香烟，燃烧纸钱。祭祀毕，怀着沉重的心情离开这里。这一走，我们哥仨就像放飞的燕子，平时很少有机会回家乡看望，更不容易在清明节上坟扫墓。

31年前，爷爷因咳嗽、哮喘离开了我们。当时爸爸不在家，爷爷去世后，我去什四份村找爸爸。爸爸一回家就大哭一场。爷爷活着的时候，特别疼爱我，我是爷爷的骄傲。爷爷出门总愿意带着我。在我入学之前，口算能力远近闻名，有"算破天"的外号，每当算出了一个又一个难题时，爷爷就高兴得合不拢嘴。爷爷在九泉之下如能知道我们今天的情况，他就更自豪了！我们王家有大学生了，而且，不止一个，算得上光宗耀祖了。

清明年年过，感触各不同；忧伤无处讲，只能藏心中。

过年的启示

/ 2002 年 2 月 11 日

农民的生活，一年四季很分明，春种，夏锄，秋收，冬藏，等待大年的到来。过年，把家里最好的东西拿出来，准备年货，迎接年三十的到来。

今天是年三十，家家户户的年货已备妥，就等午夜点旺火，迎接新的一年到来。农民把未来的希望都寄托在期盼、等待之中。这大概就是人们热爱生活的真正动力——憧憬未来。这是过大年热闹非凡的原因。

不管是穷人，还是富人；不论是农民，还是工人；年三十都要想办法和家人团聚。不管是茅草屋，还是砖瓦房，年三十都传出同样的笑声。然而，在这笑声的背后，不同的家庭有着不同的苦恼、辛酸、期盼、欢乐，真可谓几家欢乐几家愁。

作为农民的儿子，曾经有过二十年春种、秋收的生活经历。现在，虽说不再种地了，不再是面朝黄土背朝天告别过去迎接未来了，但对过大年仍然有着特殊的感受。节日仿佛又把我带回到二十多年前的乡村故居，一家人围在炕上吃年夜饭的情景浮现眼前。好像一年的辛苦都为了这一天。坐着不干活，吃好的，穿好的。于是孩子们喜欢过年，盼着天天过年。

为了孩子过年的欢乐和美好记忆。大人辛辛苦苦，早出晚归，不敢误农时，勤播种，勤间苗，勤浇水，勤锄草。真是“锄禾日当午，汗滴禾下土，谁知盘中餐，粒粒皆辛苦”。

过了四十四个大年的我，除了有童年的记忆外，更多的是想到古稀老人过年时的孤单、凄凉，甚至有几分恐惧。一份责任感油然而生，我们应该为老人做些什么？让他们能和孩子一样欢乐。

岁月无情，日复一日。老人们的今天就是我们的明天。过年留给我们更多的是思索，我们要珍惜今天。

除夕夜，我们居住在同一栋楼的住户共同出资垒了一个大旺火。大家围着旺火迎新春，放鞭炮，燃礼花。由于旺火垒得又高又大，燃烧起来火焰冲天，光照整个楼群，仿佛白昼一样。看着熊熊的火焰，我想到了众人拾柴火焰高的民间谚语。

燃烧了一晚上，大年初一下楼，发现旺火还在燃烧。由此联想到众人拾柴和企业的团队精神、家族的和睦相处之间有着相似之处。既有合力效用，又有持久性。

一个企业如果能把大家的智慧聚集在一起，同样会燃出创新的熊熊火焰，同样会光照人间，在激烈的竞争中会占据主动，保持可持续发展的优势。

一个家族如果能和睦相处，把全家族人的智慧聚集起来，没有克服不了的困难，家运会昌盛。凡是兴旺的家族、成功的企业都有一个共同的特点，那就是聚集大家的力量，战胜困难，共同迎接黎明的曙光。

大家出资垒旺火这件事，也许谁也没有想如此深的哲理。但是，客观上在启发、引导人们要有群体意识和合作精神。因为，在合作中人们发现很多乐趣，尝到很多甜头。一年一度的春节，点旺火除了喜庆之外，还有教化人们的内在作用。

新的一年开始了，人们以龙马精神在各自的工作岗位奉行众人拾柴火焰高的精神，辛勤工作，积极合作；一马当先，马不停蹄。

同学聚会

/ 2003 年 9 月 19 日

今天，东北大学（原东北工学院）采矿 77（1、2）班的部分同学阔别 21 年后聚会，刚见面时似乎有点生疏，但仔细打量，20 多年前的轮廓依然清晰。20 多年前的身影仿佛又出现在眼前。

作为恢复高考后的第一届大学生，在校期间学习上的刻苦用功，给老师留下了深刻、永远难忘的印象，经常作为教育新生的事例讲解。这一批学生的特殊经历铸就了他们在学校的特殊表现。经过东北工学院四年的培养，步入社会后在不同岗位上都有特殊的贡献。

阔别 21 年后，在母校重逢，有说不完的心里话，都有一段难忘的经历，都有说不清的酸甜苦辣；但同学相见，一切的辛酸、艰难都化作过眼烟云随风而去，每个人的脸上都露出了喜悦的笑容，互致问候，倾诉分别后的特殊经历和酸甜苦辣。

同学的感情是特殊的，尤其是经过二十多年的工作，更加珍惜在大学建立起来的真情厚谊。同学之间可以无话不说，可以对社会现象评头品足；同学在一起可以畅谈学生生活，回忆风华正茂的学生时代，回味艰苦的物质生活，品味精神追求的动力。

今天再次相见，发现人们的人生观、价值观还是 20 多年前形成的。正因为如此，我们都是本单位的骨干。这是我们值得骄傲的地方。

自强不息，知行合一

/ 2003 年 10 月 20 日

今天，参加了一天东北大学（原东北工学院）80 周年校庆活动，被东北大学悠久的历史、独特的学风、校训所感动，仿佛在每个东大人的身上都能看到自强不息、知行合一的品格。

“自强不息、知行合一”是建校初期王永江校长和张学良将军倡导的校训。这八个字概括了办学的目标是培养自强不息的有用人才，他们能够理论联系实际。80 年来，东北大学为社会培养了 15 万名学生，每一名学生在各自的工作岗位上践行“自强不息、知行合一”的校训精神，克服了一个又一个的困难，坚持“知行合一”的原则，创造了一个又一个丰硕成果。80 年来，东北大学为社会输送了大批优秀的建设人才。

大学是人才的摇篮，老师是人类灵魂的工程师。每一个步入东北大学的学生，首先接受的就是“自强不息、知行合一”的学校文化。经过四年的熏陶，耳濡目染地接纳了这一优良传统。东北大学的毕业生在不同岗位上践行母校的校训，并以此作为人生的座右铭。

东北大学的校训曾激起热血青年参加爱国救亡运动，热血青年的爱国之举引起了张学良将军的同情和共鸣，爆发了举世闻名的西安事变，对蒋介石的不抵抗政策产生了强大的压力，为全国抗日救亡产生了积极的影响。

在改革开放的今天，东北大学师生秉承“自强不息、知行合一”的校训在不同学科、领域正做出自己的贡献。

作为东北大学的毕业生，将毕生遵循“自强不息、知行合一”的校训，矢志不渝，勇往直前。

告别母校和同学

/ 2003 年 10 月 21 日

今天，告别了阔别 20 多年的母校和同学，返回北京。欢聚时的兴奋，离别时的拥抱，依然在眼前闪现。短暂的相聚，同学间有说不完的故事，每个人的经历都会在同学的心中引起共鸣。无论在什么岗位，都是自己努力奋斗的结果。同学们的成功对别人产生激励和推动作用。

眷恋的话别，同学间默默地祝福、祈祷！虽说大家都在努力，但处境和遭遇各不相同。有的春风得意，有的坎坷艰辛，有的步入小康，有的依然贫寒。相比之下，自己知足了，比上不足，比下有余。既不是幸运儿，也不是苦命孩儿。老天终于给了一点机会，摆脱了毕业时的艰苦环境——河北张家口金矿。

当年处境艰难的郭长富、罗志强，凭着他们的勤奋刻苦得到了应有的回报。长富是秦皇岛黑色冶金设计院院长，志强是河北武邑县县长。他们和我一样，凭着惊人的毅力和不懈的追求走出了困境，主宰了自己的命运，得到了社会的承认。

同学们在一起相聚，自然想到毕业分手时的情景。当时，我和郭长富、罗志强告别时，互相勉励，不甘心一生平庸；充满自信，坚信凭我们的勤奋，一定能向世人展示我们的能力。20 年过去了，发生的一切都是沿着这条轨迹前进。有志者，事竟成，苍天不负苦心人。

今天的相聚，同学们对我们三人投以敬佩的目光。毕业分配时，我们的去处最艰苦，条件最差，也许谁也没想到我们会离开矿山。逆境，是磨炼和激发志向的最好道场。能有今天，该感谢当年的艰苦环境磨炼。

难忘除夕夜

/ 2005 年 2 月 8 日

2 月 6 日晚，我和三弟携家眷从北京乘 K263 次火车回内蒙古呼和浩特市和父母团圆。在北京站川流不息的人群中，有辛苦了一年的民工，有早出晚归的职员，有业界精英，还有政府官员。不管老少，不论穷富，都是回家团圆。

中国人春节的出行，不顾长途跋涉的劳累，不怕远涉重洋的艰辛，为的是亲人团聚和难忘的除夕之夜。这是中国文化的魂，这是中国游子的根。

除夕夜，伴随着鞭炮声和五彩缤纷的礼花，居家老少围着旺火祭天敬神，接福生财。祭祀毕，人们在熊熊的旺火前烤火取暖，驱寒避邪，辞旧迎新，等待新年黎明的到来。

送走猴年的除夕夜，积淀了心中的喜悦。迎来鸡年第一缕阳光，燃起了人生的希望。触景生情，记忆回到 28 年前：

28 年前，我作为恢复高考后的第一届大学生，告别了养育我 20 年的黄土地，告别了父老乡亲，到几千里以外、从未去过的辽宁省沈阳（东北工学院）上学。

在上大学期间，每年寒假总要千里迢迢赶回家过年。大学生活使我了解了城市，开阔了视野。每到除夕夜，总帮父母炒几个菜，以助酒兴，让父母见识城市人的生活。我们家乡的生活习惯是大烩菜，用的是大铁锅。家里没有小锅灶台，只能用大铁锅炒菜，每炒一个菜，都要把大锅端到院子里，倒掉洗锅水。然后，再炒下一个菜。炒菜不方便，洗锅很费劲。弟弟妹妹好奇地看我炒菜，给我帮厨；父母开心地品味从没有吃过的炒菜，享受人生。

上大学，不仅见了世面，也了解了不同的饮食文化。不同的饮食文化在耳濡目染中影响着我，不同的饮食潜移默化地改变了除夕夜的餐桌。

大学毕业后的十五年，我们一直住在家乡。每年的春节，重复着过去的风俗，祭天敬神，吃年夜饭。不过，餐桌一年比一年丰盛，话题一年比一年开心。

1997 年的除夕夜是历史的转折。这是我们离开家乡，在托县县城迎来的第一个除夕夜。父母离开了农村，告别了种地生活。除夕夜不能挨家挨户串门了，第二天上午也不能给长辈拜年、迎喜神了。不过，每年除夕夜，我们还是和父母团聚，吃年夜饭，燃旺火，放鞭炮。父亲尽管已经是 60 多岁的人了，还是保持了年三十扫院、垒旺火、贴春联的习惯，亲力亲为。父亲为我们示范，传承着过年的风俗，传承着简朴的生活，传承着勤劳的家风……

今年的除夕夜具有划时代意义。过去的一年，好事连连。2004 年二弟喜迁新居，我们全家都在他家过年。今年是第一次在饭店吃年夜饭，生活真是芝麻开花节节高。从村里到托县，从托县到呼和浩特市，过年的环境变了，但过年氛围依旧很浓，鞭炮声划破天空，艳丽的礼花映红夜色。随着生活环境的改善，生活质量在提高，社会地位在变化，餐桌上的年夜饭在变化。这一切似乎顺理成章。实际上，这是一个农民家庭的奋斗历程，折射出“忠厚传家久、诗书继世长”的道理。能有今天，实属来之不易。

2004 年，我们家喜事盈门。二弟考上在职博士研究生，晋升为正处；二弟妹大学本科毕业；三弟妹在俄罗斯硕士研究生毕业，结束了大学毕业以来十多年的漂泊生活，在核二院工作，一家三口团聚。我在国资委的公开招聘中终于如愿以偿。二弟、三弟买了新房，喜迁新居。真是好事一件接一件，父母喜上眉梢。

能有今天，感谢国家为勤劳、朴实的老百姓提供了公平竞争的机会。感谢父母亲的养育之恩。感谢养育我们的黄土地和奔腾不息的黄河水。家乡的烙印铸就了不屈的性格。这是我们走南闯北的立身之本。这是我们战胜艰难的动力之源。

今年的除夕夜，终生难忘。旺火火焰冲天，似乎更旺，预示着人丁兴旺。火焰熊熊燃烧，象征着事业兴旺发达，蓬勃向上。礼花五彩缤纷，似乎更艳丽，象征着美好生活五彩斑斓。鞭炮声不断，是游子的祝福声、祈愿声和感恩声交织在一起，祝福父母福寿安康，祈愿兄弟姐妹工作顺利，感恩社会、感恩帮助和关心我们的所有人。

难忘除夕夜，牵动游子情。天涯思故乡，乡愁是锦囊。饮水思源，不忘感恩。

饮水思源

/ 2005 年 2 月 12 日

正月初三，我带着儿子和二弟、三弟一起从呼市回托县老家给大舅、二姨、二舅、二爹拜年，看望堂兄弟、表兄弟、姐姐、妹妹。

已有三年多没和这些亲戚、本家见面了。三年多的时间，岁月在他们脸上刻下了深深的烙印，和上次见面时相比，他们的脸上多了些皱纹，身体显得佝偻，行动不便。大舅、大妗今年八十岁。大舅行动明显不便，腰直不起来。大妗走路不稳。二爹苍老得更厉害，眼睛凹陷，身体瘦得有点站立不稳，头上还留下带状疱疹的后遗症。从几位长辈的身上，看到了农民生活的艰辛和农村环境的落后。我们庆幸八年前下决心让父母离开了农村，不然，父母和他们一样，也老态龙钟。

表姐、表兄弟、堂兄弟一样显得苍老、瘦弱。我当年和他们一起读书，一起玩耍。如果不是上大学，我和他们也一样的苍老。自从大学毕业参加工作以来，生活环境、工作条件比农村好多了，再不受风吹日晒了，再不愁养家糊口了。

此行的最后一项议程就是上坟祭祖。我们能离开农村，能有今天的好日子，不能忘记祖宗的恩德，不能忘记从祖上遗传的优良品质。虽说，我们比农民的生活条件好多了，但也不能自满，还需要努力。当今的竞争更加激烈，不进则退，不能吃老本。伫立在爷爷的坟前，仿佛是在和爷爷对话，汇报自己近几年的变化、进步，沉下心静静地等候爷爷的叮嘱。仿佛看着爷爷捧起了我们亲自摆设的供品，仔细端详爷爷的一举一动，脚下好像生了根，不愿离开……

离开祖坟，心中有一丝安慰。游子能祭祖的机会很少，忠孝难两全。

但是，我们的心灵深处，时刻都在怀念先辈。我们身上有农民的烙印，身上流淌着自强不息的遗传密码……

正月初四，我们一家大团圆。昨天专程从村里把姐姐和妹妹接来。我们是兄弟姐妹六个，父母能把我们养大，真不容易。在粮食短缺的年代，总有些家庭因生活困难而把孩子送人抚养，我们是庆幸的，父母靠勤劳、勤俭养活了我们，供我们上学，他们吃了不少苦，受了很多罪。尽管付出如此之多，当年我们不敢奢望有今天的好日子。就是在九年前三弟结婚时，虽说，父母能培养出了三个硕士、一个本科、一个专科，在农村已经是凤毛麟角。但是，做梦也不敢想生活还会更好，父母能离开农村，能住上楼房……

九年后的今天，变化更大了。住的条件改善了。三妹住上了楼房，二弟变化更大，念完硕士，现在读博士，晋升正处；二妹从代课教师转为正式教师，月收入 1600 多，是十年前的十倍，我和三弟居住在北京，居住条件也不错，工作出色，职业生涯顺畅。姐姐再也不用为孩子的事发愁了。十年，在人生中好似转眼一瞬，但有如此的变化，真是翻天覆地。我们心存感恩，感恩国家的政策，感恩父母的辛勤付出，感恩在工作和生活上给我们提供支持、帮助的人，感恩亲戚朋友的帮助、关爱。正因为如此，我们特别珍惜今年春节的团圆。兄弟姐妹们在一起畅谈过去的艰苦生活和人生经历，互相勉励，今后要共同进步，再上新台阶，再创新成绩。

为了记录下今天的大团圆，我们特意请摄影师照了全家福。父母今天特别高兴。农民家庭能有今天，他们非常自豪，喜形于色，平时不怎么爱笑的父亲总是笑眯眯的。能有今天，除了自己的努力外，感谢祖先行善积德的庇荫，感谢组织的关心和信任。滴水之恩当涌泉相报。我们不能忘还生活在农村的亲戚和本家，他们的生活还很艰苦。我们要传承行善积德的家风，牢记“忠厚传家久、诗书继世长”的古训，保持勤俭持家本色，耕读不辍。

忠孝难两全

/ 2005 年 4 月 5 日

今天是清明节，城里人都纷纷去八宝山扫墓祭祖。作为游子的我，也想回家上坟祭祖，无奈，效力国家，无法回家，真是忠孝难两全。

清明祭祖是中华民族的优良传统，寄托后人对先辈的哀思。有时，也会借此机会向先辈倾诉心中的苦恼，宣泄心中的不快。先辈的在天之灵静静地倾听诉说。一年一度的清明祭祖，是后人和先辈之间一次无声的交流，是心和灵的感应，是人和魂的沟通……

人生之事十有八九不顺。平时，无法倾诉苦恼，更无法埋怨世人。只有在祖坟前，才能无拘无束地、毫无保留地倾吐苦水，放声痛哭能如释重负……

先辈在世时，后人总有不能尽孝心之处，难免留下一些遗憾。随着时间的流逝，后人在成长，生活在改善，社会地位在提高，光宗耀祖。此时此刻的清明祭祖，则是另一番景象。扬名声，显祖宗。先辈在天之灵为后人的光宗耀祖感到欣慰。

对大部分游子，不论是得意者，还是失意者；因生计所迫，都不能上祖坟祭祖尽孝心，只能把对先辈的思念化作心底的哀悼，借春风送去真诚的哀思，以自己在工作中的成绩告慰九泉之下的先辈，此生无愧祖宗。

生活的烙印

/ 2006 年 5 月 4 日

今天专程从北京赶回家乡看望大舅、二爹和三妈，顺便看望了大哥、二哥和三嫂。虽说只有短暂的二、三个小时，但他们每个人的体貌、神情在我的脑海里留下了深深的印痕。这和我二十八年前离开家乡时的记忆大相径庭。老人衰老、憔悴，中年人木讷、忧伤。这就是生活在他们脸上留下的烙印。

从父辈们脸上的皱纹、佝偻的身躯和兄长们木讷的眼神中，我看到了当代农民的人生是如此艰难，我想到了鲁迅笔下的闰土。年复一年，日复一日，他们面朝黄土背朝天，日落而息，日出而作。送走了岁月，留下了苍老。尽管辛勤耕耘，生活依旧贫穷。虽说儿孙满堂，年近八旬仍要亲自下地耕种。

离开家乡，父辈们憔悴、衰老的面容，兄长木讷、忧伤的神情再次浮现在眼前，久久不能消失。我的心久久不能平静。改变农民这种艰难困苦的生活仿佛是一块沉甸甸的石头压在我的胸上，喘不过气来。农民的出路在何方？中国的危机在哪里？政府的责任是什么？中国农村的希望在哪里？一连串的问题浮现在脑海，一种使命感油然而生，不仅是对父辈们的同情，更是对中国农民的一种忧心。

天下盛衰，匹夫有责。改变家乡面貌，出路何在？改变农民命运，我能做啥？

重归故里

/ 2006 年 8 月 31 日

有很多年的夏天没有回故乡了。今天，专程从北京赶回家乡参加二爹的葬礼。小车沿着防洪大坝西进，车子的颠簸让我感到离家不远了。农村的公路下雨后泥泞得无法走，晴天是尘土飞扬，颠簸得让你头昏脑胀。如果不是车子的颠簸，单看窗外的景色则美不胜收，绿树成荫构成一道道绿色屏障。在绿树中间是一片片庄稼地，有绿油油的豆苗，有吐穗结子的苞米，错落有致；在金色向日葵的点缀下，仿佛是一幅美丽的画卷铺开在广袤大地上，一望无际。假如你是游人，你会被这种景色陶醉。因为我是土生土长的农村孩子，我深知在这美丽景色中居住的父老乡亲，他们的真实生活并不像景色那样美丽。他们是靠天吃饭。天旱盼甘霖，遇涝则颗粒无收。

就在一周前，这里因连续十几天的大雨，所有庄稼都被淹没了，农民种的经济作物“打籽瓜”全被水泡了，几乎颗粒无收，父老乡亲笼罩在歉收的愁云之中。他们无心欣赏大自然的景色。

看着窗外的画卷，适应着车子的颠簸，把我的记忆带回了童年。童年虽然艰苦，却磨炼了我不屈不挠的性格。正是磨炼，使我有能力一步一步走出去，走出国门，走向了世界。

童年记忆中的葬礼相当简单，现在的葬礼豪华到令人难以置信、老百姓难以承受的地步。中国的老百姓非常朴实，无怨无悔地传承风俗。现在，他们被渗透了商业文化的传统习俗压得喘不过气来。但是，为了面子，为了名气，节衣缩食也要向风俗看齐，他们把舆论评价看得比现实生活重要。好多困难家庭是生前无钱治病，死后则大操大办，以扬孝子的名声。

我离家已经 29 年了，29 年来随着改革开放，葬礼从形式到内容都渗透了商业气息。商业化气息有推波助澜的作用，葬礼规模越来越大，档次越来越高。阴阳先生借此丰富其服务内容，阴间别墅、奔驰汽车、家用电器等纸货一应俱全，葬礼向高档化、产业化发展。

对于普通百姓来说，阴阳先生服务内容的丰富，加重了死者家属的经济负担。因为，老百姓的葬礼多半是消费，很少能收支平衡，更谈不上盈余。

看着灵堂前豪华的阴间别墅，童男童女在灯光映照下转动着，我的心中有说不出的滋味。随着葬礼的变迁，穷人活不好，穷人真死不起。

天公不作美，出殡日清晨四点多，天就下起了大雨。仿佛老天爷为二爹哭泣，哭他一生的不容易。二爹活了 78 岁，种地为生，过得还算平稳。生活艰苦，身体尚可。今年三月，二爹的长子，三哥因病去世；经历老年丧子的打击，二爹难以承受，身体一天不如一天，终于在阴历七月十九日病逝。

二爹因一次看病路过三哥的坟墓，伤心地哭泣不止。从此一病卧床不起。在临终前几天，二爹走到三哥的房间里，躺在三哥曾经睡觉的炕上，反复问三哥什么时候回来。那时，二爹不能准确地认识人，时而清醒，时而糊涂。可是，二爹对三哥的思念则与日俱增，甚至，干脆躺在三哥的炕上，等三哥回来再见儿子一面。

今年五月初，我们专门回村里看了二爹和刚刚丧夫的三嫂。当时，二爹的神志清醒，还在地里干活。尽管，二爹已瘦得皮包骨了，还陪着孙子去耙地。我们到家后，把二爹从地里叫回来。二爹坐下和我们唠家常，他还记得我们兄弟仨 2004 年冬天回来看望他。三哥在世时，他儿子没怎么在干地里活，三哥一走，二爹拖着病弱的身子，和孙子一起耙地。

二爹操劳了一生，匆匆地走了。为了家庭和孩子，付出了全部心血，直到生命的最后一刻。

在离开家乡的路上，眼前尽是二爹生前的画面，无意欣赏车外的景色。喃喃自言自语道：“三寸气在千般用，一旦无常万事休。”人活得累，是为了生活。农民活得累，不但是为了生，也为了风俗，为了子孙的名节。风俗，何时能回归理性？人生，何时能回归自然？

中方人员会师矿区有感

写于阿根廷“希拉格兰德铁矿”

/ 2006 年 11 月 26 日

从未谋面，
可一见如故，
激动的双手紧握在一起，
因为我们有共同的血脉！

粗茶淡饭，
但格外可口，
理解的目光交织在一起，
因为我们有共同的目标！

异国他乡，
共同的语言唤起了共同的使命，
一样的皮肤激发了一样的感情，
华夏儿女，四海同根！

没有豪言壮语，
心底涌动着共鸣，
没有亲人相伴，
依旧充满着激情！

虽说远离祖国，
始终牢记自己的使命！
就是这样的人群，
在开辟海外市场中默然前行！

尽管艰苦寂寞，
言谈中饱含着自信，
就是这样的人群，
在实施资源战略中众志成城！

我们深知，
恢复生产依旧困难重重，
我们坚信！用我们的双手，
一定能铺平道路，迎来黎明！

我们深知，
赢得阿方信任同样任务繁重，
我们坚信！为了共同目标，
一定能携手并进，共创繁荣！

“团结、进取，
敬业、忠诚”，
耳边回荡着
中冶文化的声音！

祖国，母亲，
请您放心！
我们会豁达、宽容！
我们能谦和、勤奋！

备注：2006 年 11 月 26 日从国内到阿根廷铁矿的第一批管理人员和原来受聘于美国晓业公司的几位台湾同胞在矿区会师。有感而发，草成此诗。

故乡情

——献给自治区成立六十周年

/ 2007 年 2 月 13 日

远山隔不断乡情，
近水萦绕着乡音；
游子天涯思故乡，
她给了我力量！

生活抹不去浓浓的乡情，
岁月揉不碎童年的梦；
四海漂泊恋故乡，
她告诉我如何成长！

成长忘不了黄土地的奉献之情，
进步忘不了黄河水的养育之恩；
在鲜花掌声中铭记故乡，
她给了我腾飞的翅膀！

在迷茫时看见了希望，
在彷徨中孕育了理想；

魂牵梦绕的是故乡，
她让我更加坚强！

啊！故乡！
随着时间的流淌，
穷苦的岁月渐渐远去，
自强不息在血液里激荡！

啊！故乡！
穷苦磨炼了不屈不挠的人格，
落后激发我争当祖国的栋梁，
童年的梦在心中荡漾！

啊！故乡！
在改革中业绩辉煌，
政通人和富足安康，
乡亲的梦就是您的理想！

啊，故乡！
为了未来更加美好！
我愿变成无私奉献的牛羊，
在寒风中守卫边疆！

静升王家

/ 2009 年 6 月 14 日

王姓起源于山西太原，传说周灵王的太子晋，定居太原，老百姓称之为“王家”。王姓始祖太子晋，字子乔，约出生于公元前 565 年。王姓在秦汉时期基本生活在今山西的芮城、夏县、蒲县、平陆，河南的开封、虞城、淮县，陕西的咸阳，山东的淄博。太原王姓，以东汉征士王霸为开基祖，分为晋阳支，以三国魏司空王昶开基；祁县支，以三国王允为开基。太原王姓祁县支在司马懿专权时遭受灭顶之灾。

元大德七年，祁县王家始祖从太原辗转到静升定居，有西王、东王、中王之称；以西王发展最为旺盛，东王次之，中王最弱。西王的后代按照金木水火土划分为五个分支。相传清初西王氏十四世孙王实为静升王家始祖。到王谦和、王谦受两兄弟时静升王家达到鼎盛，官至二品。

王家大院之静升王氏家族，自元代迁居静升以来，迄今已有 700 年的家族史，期间鼎盛八代，历时 450 余年。静升王氏之所以能史历经久，人才繁茂，特别是一个家族在同一个大院里发展了两百多年，其根源在于代代坚守着王氏家族的家训格言。

静升王氏家训主要是清乾隆十八年（1753 年）静升王氏十六世祖王廷璋创建王家大院五堡之一“和义堡”时，借用北宋贤士张思叔《座右铭》立下的家训：“凡语必忠信，凡行必笃敬。饮食必慎节，字画必楷正。容貌必端正，衣冠必肃整。步履必安详，居处必正静。做事必谋始，出言必顾行。常德必固持，然诺必重应。见善如己出，见恶如己病。

凡此十四者，我皆来深省。书此当坐隅，朝夕视为警。”教育后世子孙注意一言一行，律己修身，以忠信为本，从善如流。

此外，静升王氏家训还包括王家大院里楹联、匾额上的一些格言、警句，如“规圆矩方，准平绳直；祥云甘雨，丽日和风”“宝珠玉不如宝善，友富贵莫若友仁”“丹桂有根，独长诗书门第；黄金无种，偏生勤俭人家”等等。

这些家训是静升王氏家族文化的重要组成部分，至今对王氏族人的修身、齐家发挥着重要作用。

安徽绩溪王姓字行为：玉大元祥兆，安邦维义诚，宏开能绍业，积德亥长春，俊杰辉光显，家声永茂庭，骅骝驹骥马，龙凤孝麒麟，卜吉谦恒益，希贤智勇仁，俭勤忠信让，均正适时平。

我们家出身贫民，没有家谱。爷爷从小告诉我，我们是宝德州王家，十度十节。宝德州在先秦就设郡，唐代设有兵马节度使。在战火连天、兵荒马乱的年代，我们的先祖从太原慢慢迁徙至宝德州。由此联想，先祖或许曾经是官吏，戍边官职至节度使。

静升王家是王姓人家的一个缩影。艰苦朴素，勤俭持家。耕读继世，慈悲为人。一个王字，浸透乡愁，传承乡音；一个王字，充满了刚毅，包含着自信。

祭祖

/ 2010 年 4 月 3 日

今天，我和二弟专程回老家祭祖。按照传统风俗，我们在祖坟前烧纸钱，摆贡品，叩头。在“文革”期间，党员干部做这种事，会被看做是迷信，甚至扣上“牛鬼蛇神”的帽子。

说实在话，在我的心中，祭祖只是表达对祖先的缅怀和思念，是在传承家风，为下一代做表率。这正体现了中华民族的美德。祭祖也是表达我们的感恩之心。我们能有今天的社会地位和生活条件，除了感谢支持和帮助自己的人外，应该感谢长眠于地下的祖先。吃苦耐劳精神和忠厚老实品行是从祖先那里传承下来的，在潜移默化中继承，并成为立身之本。

祭祖是回忆过去的最好方式。跪在祖坟前，童年的记忆像过电影一样浮现眼前。过去的岁月刻骨铭心，现在家乡的落后让人揪心。自己虽然告别了农村，但大部分乡亲和家人依然生活在艰苦环境中。

祭祖是一种缅怀方式。祭祀已辞世的亲人，默默送上我们的祝福，让他们在九泉之下长眠，衣食无忧。同时，祭祀教育下一代。言传身教，传承家风。牢记家教，争做家范。树立家规，振兴家业。

祭祀表达哀思，注意节俭。奢侈祭祀之风有愈演愈烈之势，应该倡导文明祭祀，反对铺张浪费。这是一项长期艰巨的任务，应该从我做起。祭祀应启迪后人，远离低俗之风。人类文明代代相传，家教家风一脉相承。通过祭祀凝聚家族的灵魂，陶冶后人的情操，净化自己的心灵，激发生活热情。

人生是一个过程。在有限的人生里，让生活过得精彩纷呈，就必须过好每一天。传承文化，开拓创新。传承家风，庇荫后人。传承礼义，文明做人。传承仁义，普度众生。

黄河情思

/ 2011 年 4 月 4 日

今年清明节回到阔别十四年的故乡，清晨，我和三弟到黄河边，寻找童年的记忆，眺望一望无际的浑浊河水。由于自己土生土长在黄河边，对黄河水有着特殊的感情，无论走到哪里，看到黄河水，就觉得那么亲切；哪怕是泥沙翻滚，浑浊不堪，我仿佛能从中感悟到她的浑厚、淳朴、坦荡和无私……

在宁夏的沙坡头，放眼望去，滚滚黄河水，青山挡不住，毕竟东流去。由此，感悟到黄河水的生命力。她不正象征着不屈不挠的中华儿女吗？历经磨难，痴心不改。在王维写下“大漠孤烟直，长河落日圆”的沙坡头，我注目良久；仿佛能听到当年战场的厮杀声和妻儿的哭泣声。饱经沧桑的黄河在此见证了战火纷飞的年代和民不聊生的岁月。

在家乡门口，看着滔滔的河水，夹着泥沙奔腾不息，日夜东流，想起了古人的忠告：“百川东到海，何日复西归？少壮不努力，老大徒伤悲。”儿时老师千叮咛万嘱咐的也是这几句话。今天站在这里，感慨万千。正是因为黄河，记住了古训；正是因为古训，没有虚度时光。

站在母亲河边，饮水思源，感谢养育我的这块黄土地！感谢朝夕相处的父老乡亲！

黄河是中华民族的母亲河，孕育了五千年中华文明。奔腾不息的黄河水承载着中华文化代代相传。艄公的号子唤醒了沉睡的人们，点点白帆映衬在青山绿水中，构成了美丽的山水画卷。

老子云："上善若水，水善利万物而不争，居众人之所恶，故几于道。居善地，心善渊，与善仁，言善信，政善治，事善能，动善时。夫唯不争，故无忧。"继承黄河的善，奉献心中的爱，传承中华文明。

陌生的老同学，亲切的新感受

/ 2011 年 8 月 12 日

8 月 12 日下午，我专程到萨拉齐参加第二届将军尧中学师生联谊会。将军尧中学建于 1966 年。当时，为了解决大量农村孩子上中学难的问题，在距离萨拉齐 35 公里的将军尧设立初中高中，面向 6 个公社的初中招生。学生全部是农家子弟。在恢复高考之前，毕业生全部返乡。我是将军尧中学的第四届高中毕业生。2006 年，国家实施教育资源整合，中学集中在萨拉齐。将军尧中学从此成为一所中心学校（小学）。

四十年的中学办学历程画上了圆满的句号。正是“四十春秋培桃育李届往班来精英登虎榜，八千学子敦品励学腾蛟起凤栋梁建家园。”

正因为学校性质的变化，历届校友和老师格外珍惜这次联谊会。近 900 人从四面八方赶来参加联谊会。萨拉齐政府对此次联谊会高度重视，联谊会晚宴按照蒙古族最高礼仪，准备了全羊宴席，安排了丰富多彩的文艺节目。

联谊会接待处安排在新城宾馆。进入接待大厅，我谢绝了政府领导的特殊安排，和同学们一起按照提示排队登记。排在我前面的同学看上去很陌生，谁也没有主动打招呼。当他们在报到册上写下高八班时，才知道这些陌生的面孔是 36 年前的同窗。于是，我就使劲地挖掘 36 年前的记忆，寻找每个同学的个性特征，回忆当时风华正茂的同学形象……

报到后，入住宾馆。高八班的同学安排在一个楼层。在我到达前已经有部分同学聚在一起，当我随后走进房间，大家有点陌生好奇的感觉。

我自报家门后，响起了36年前熟悉的声音，大家开始考我的记忆能力，让我指认同学。毕业36年了，每个人的变化都很大，尤其是郭根海从一个精瘦高挑的俊小伙变成一个秃顶圆脸的胖老头，我怎么也没认出来，田云世，我真是没有印象了，也没有认出来。但是，他对我毕业后上大学、乃至最近的工作情况了如指掌。因为他和我教过的学生在一起工作。我的表现多少有点让他失望。经过指认，我叫出了大部分同学的名字。最后的评价是我认出的同学最多。

在晚宴上，大家让王正中叫我的名字，他经过思考回忆，还真的说出了我的名字。大家一片赞扬声。

暂时的陌生过后，大家很快就回到36年前熟悉的共同生活，共同回忆难忘的校园生活，特别是清苦的伙食让大家刻骨铭心。彼此打开话匣子，问这问那，说东道西……

每个人的脸上镌刻下36年的生活经历。脸色黝黑的赵玉、吕蛆小，一看就知道是饱经沧桑的农民，憨憨地笑着，没有一句话。我马上想到鲁迅笔下的闰土。脸上依旧保留着诙谐幽默的迟补玉，将民间艺人的身份显露无遗。部分同学还有几分书生气，戴着眼镜，头发稀少。一看就知道恢复高考后他们改变了身份和命运。但是，脸上有草原留下的印迹，皮肤黝黑，这是他们服务家乡、奉献青春的最好见证。脸上的皱纹毫无保留地展示了每个人36年来的酸甜苦辣。

在宴会上，见到了当时的团委书记、现任内蒙古自治区政协副主席的伏来旺老师，他依旧文质彬彬，和蔼可亲；讲话引经据典，思想深邃；见到了当时的政治老师、呼和浩特市原副书记郝存柱老师，目光炯炯有神，丝丝银发折射出他的智慧和干练。77岁高龄的历史老师王如生依旧那么睿智，面对众多问候的同学，他笑着说："一张张脸都熟悉，就是叫不上名字。"看到曾经的老师，如今的栋梁，敬意油然而生。他们

“诚浇桃李芳天下，勤育英才泽九州。”

师生们推杯换盏，问寒问暖，似乎对文艺节目毫无兴致。宴会结束后，我搀扶着王如生老师，边走边聊，从新城宾馆一直送到阳光大酒店二楼他住的房间。

回到房间，同学们继续海阔天空地聊到 12 点多，然后，我和曾经的同桌躺在床上继续聊，主要是他给我介绍同学们的情况和故事。他毕业后在将军尧乡工作，接触的同学多，帮同学们办的事情也多。从同学聊到同学的孩子，有位同学条件比较差，可他的儿子很争气，是企业老板。我俩感叹人大概是由命运在安排。他不知疲倦地给我讲，我推着眼皮在认真听，一直聊到深夜，不知什么时候睡着了……。短短一天的联谊，相聚时陌生的老同学，留下了亲切的新感受。

正是“久别同窗搭肩叙友情，芬芳桃李作揖谢师恩。”

行成于思，业精于勤

/ 2011年8月13日

阔别36年，参加母校的中学联谊会，心情格外激动。由于行政区划的原因，1975年高中毕业后，我的家乡从包头市划入呼和浩特市，1977年我在呼和浩特参加了高考，进入东北工学院学习，大学毕业，进京读研，留京工作。至此，就再也没机会回到包头市土右旗将军尧中学，没有机会和高中的同窗见面。今天，是师生见面的机会，也是同学聚会的机会。

一别36年，有好多心里话想诉说；一别36年，有好多感触难以诉说；人生的道路不同，经历的事情不同，全部刻在了脸颊的皱纹里。师生见面，同学相聚，把我的记忆带回36年前的校园生活。尽管我的高中时代是“文革”白卷盛行的时代，虽然，我们的高中没有学到该学的基础知识和基本技能，以至于在恢复高考的时候感到知识贫乏，和理想学校擦肩而过，留下了终生的遗憾！但是，学校生活的每一个瞬间同样留下了深刻的记忆，老师的忠告永远铭刻心间：“业精于勤荒于嬉，行成于思毁于随。”

在那个白卷漫天飞的年代，老师的这句忠告成为好多同学的座右铭，也成为我的座右铭。老师的这句话改变了许多同学的人生道路和轨迹。36年后的今天，同学们的经历、阅历和地位，从不同侧面印证了老师的忠告。想到此，特别怀念那位令人尊敬的老师。

虽然毕业后再也没见到这位老师，但是，老师的话铭刻心间。自己的成长过程经历了思的历练和苦的考验，得益于勤。经历了逆境的磨炼和竞争的考验，得益于思。人生思与勤缺一不可。思把握方向，勤决定成败！

思无邪，行有方。思想是行动的指南，没有思想的行动是盲目的。思想的正确与否取决于思维方式，以先贤为师，正心诚意，思无邪，行则有方。以自我为中心，投机取巧，思有邪，行必遇挫。思要深沉，行要稳重。

思无邪，以公正无私为基础，以助人为乐为己任，以勤奋刻苦为根本，以立德立言为目标。唯有此，人生的道路才不会偏离正确的轨道，才能有所成就，有所收获。

人要想有所作为，首先要有正确的思想方法和明确的追求目标。人类的幸福之路就在于沿着先贤留下的道路奋勇前进，那些持之以恒、忘我工作的人，往往能取得成功！那些急功近利、朝秦暮楚的人，往往昙花一现。命运总是站在勤奋的一边，就像大风总是站在最好的海员一边。

追寻记忆

/ 2012 年 5 月 20 日

5 月 18 日下午回到母校，参加七七级采矿系同学毕业三十周年活动。当我乘坐的飞机刚降落在沈阳桃仙机场，一位同学就打来电话，问我到哪儿了？告诉我同学们已经在宾馆的大堂里等着我。

从桃仙机场到天都宾馆的路况拥堵，同学们等得着急，几次电话催问我到哪儿了？当得知才到万豪酒店附近时，同学们多少有点失望。其实，我的心里更着急，恨不得插翅飞到天都宾馆，立刻出现在同学面前……

当我走进宾馆大厅时，同学们都等候在那里。有几位同学是毕业三十年后第一次见面。当我刚坐下一会儿，又有同学陆续赶到。我们一边等路途上的同学，一边在问候毕业后彼此的情况，追寻着过去的记忆……

晚上，同学们推杯换盏，把阔别三十年的思念和问候全都融入酒中，干杯声不绝于耳，欢笑声此起彼伏。人生，难得同窗好友三十年后相聚。岁月无情，母校有意。

三十年前，风华正茂的青年奔赴祖国各地。三十年后，年过半百的同学凯旋归来。今天，带着人生的历练而来；明日，揣着生活的向往而归。看望母校，回忆青春岁月。

5 月 19 日上午，七七级采矿系四个班的同学，在毕业三十年后从天南地北、四面八方聚集在采矿馆前合影留念。当年的校领导和系领导有的已到耄耋之年，依然精神矍铄。他们见到阔别三十年的学生格外高兴，我们敬仰耄耋之年的老师，感谢他们的辛勤培育。

在座谈会上，老书记费寿林的一席话把我们带回三十年前。的确，我们是时代的幸运者。“文革”停止招生十年后，恢复高考招生，我们有幸进入东北工学院学习，真是天赐良机。在十一届三中全会之前，确定恢复高考，改革开放拉开了序幕，我们是改革开放的先行者，是改革开放的受益者，更是继往开来的参与者。我们以实际行动在学校带动学子刻苦学习，立志报效祖国。在工作岗位上任劳任怨，推动改革开放的航船乘风破浪。“自强不息、知行合一”的校训，确定了人生的坐标和前进方向。恩师的教诲和他们的以身作则，为我们树立了榜样，母校的优良传统给我们注入无穷的力量。改革开放的大潮提供了展示才华的平台，个个争做报效祖国的栋梁。三十年前，我们以母校自豪；三十年后，母校为我们骄傲。

今天清晨，躺着怎么也睡不着，有回校园追寻记忆的冲动，想看看三十年前居住的宿舍，想看看曾经学习过的采矿馆、机电馆、建筑馆和冶金馆。

早上六点半，走出宾馆，径直走向南湖公园，直奔学校主楼。校门口立的不再是“东北工学院”校牌，“东北工学院”校牌进入学校博物馆收藏。昨天，我们都在“东北工学院”校牌前留影，追寻曾经的美好记忆。现在的校牌是张学良老校长亲笔题写的“东北大学”。

这一变化中包含了历史的变迁。1923 年奉天省张作霖创办了东北大学。1928–1937 年，张学良任东北大学校长。日本占领东三省后，东北大学经北京、西安转至四川三台。1949 年新中国成立，东北大学迁回沈阳，由原来的理学院、工学院部分恢复招生，1950 年更名为东北工学院。1993 年恢复东北大学校名，请寄居美国的张学良老校长题写了校名。

在建筑馆前驻足，记忆回到刚入学时在社科阅览室如饥似渴学习的情景。每天下午，我总是最后一个在老师催促下离开阅览室的同学。一个月之后，由于严重失眠，忍痛告别特别喜爱的文学杂志。直到大学毕业，再也没有进入建筑馆。失眠严重影响学习，放弃了对文学的兴趣。

在主楼前广场上驻足，踏着脚下的方砖，就想到了三十年前的三伏天，一个人在广场拉着手推车铺石子修路的情景。前来验收的基建处长感慨地说："你是抱元宝下井，舍命不舍财。"可他哪知道，我非常珍惜勤工俭学的机会，培养自食其力的能力，没想过苦和累。

在校园的小树林，看到一清早背书的小同学，就想到三十年前自己在小树林背书的情景，有时背到脑门发热，精疲力竭。

在二舍走廊里，看到端着油条的小同学，就想起我们当年的早餐。饭盒里是玉米面粥，饭盒盖上是二分钱的咸菜和玉米面窝头，或者是死面"杠头"。"杠头"是附近三好街粮店压挂面的面头，以粗粮卖给食堂。"杠头"是圆台造型，有时称之为圆台，坚硬无比，若牙口不好，难以咬碎，更无法下咽。

轻轻推开自己住了三年的213宿舍，看着熟睡的小同学，就想到自己当年失眠的痛苦，想到夜里在走廊里用煤油炉熬中药的情景……

走进采矿馆101阶梯教室，依旧自动坐在最前排，回味曾经的课堂，感悟人生的熔炉。顿时，老师的音容笑貌浮现眼前。在这里学到了知识，开阔了视野。老师的人格魅力感染着我们，老师的敬业精神激励着我们。

毕业离校前，我向刘兴国老师告辞，他对我选择去"河北张家口金矿"工作有些忧虑。因为河北张家口金矿的顶板破碎是全国闻名，采矿工程师在那儿工作，风险大，同学也为我捏一把汗。今天能坐在这里，可以告慰刘老师的在天之灵，我已经平安离开张家口金矿，今天又回到母校。

回到母校，触景生情。记忆的时钟拨回到三十年前，这里的一草一木见证了单调的学生生活，记录了“宿舍—食堂—教室”三点一线的轨迹。一草一木格外亲切，一砖一石记忆犹新，一楼一舍流连忘返，一点一滴终生难忘……

功夫不负苦心人，昔日的付出，换来今天的回味。曾经的苦累早已随风而去，积淀了不屈不挠的品格，锤炼了坚忍不拔的意志，塑造了“知行合一、自强不息”的人生。

告别母校，依依惜别，回头再看一眼主楼前的横幅：“热烈欢迎七七级采矿系同学”，热血在心头涌动，往事在眼前浮动，眼睛湿润了，视线模糊了……

故土情

/ 2015 年 2 月 16 日于呼和浩特

踏上家乡的土地，心底释然。忘记了漂泊的岁月，忘记了雾霾的阴影，释放了游子的乡情，尽情吮吸塞外的寒流，驻足眺望童年的星空，微风带着记忆，星星伴我前行，家乡的一草一木格外亲……

在游子的眼里，草木承载着记忆，饱含着感情，萦绕着童年的乐趣。小草虽已枯萎，在我的眼里还是郁郁葱葱，依然充满生机，点缀着童年的梦。树木在寒风中挺拔，仿佛看到父亲坚强的背影；透过凋零的落叶，仿佛看到儿时在树下乘凉、嬉戏的情景，赤着双脚，垒土造型，充满着想象的激情……

尽管内蒙古的冬天是一片荒凉，苍黄的天底下，远近点缀着几个村庄，草木枯萎，河流结冰，户外一片沉寂。在游子眼中，这沉寂的背后有流动的岁月，有勤劳的乡亲，有茂盛的青草，有成群的牛羊，有金色的向日葵，有红红的高粱，有沉甸甸的谷穗，有船公的号子，有汹涌的河水，有田间的笑谈，有雨后的彩虹……

故土情融入了血液，无论走到哪里，她都在你身上流淌。童年梦激发了热情，无论多么艰难，百折不挠，奋发向上。黄河水的厚重，孕育了包容，憨厚稳重，以诚待人。西北风的凛冽，锤炼了个性，刚毅不屈，恪守诚信。

黄土地的坚实，承载了千百年的使命，耳濡目染，铸就了勇于担当的血性……

无论走到哪里，身上都有故土的气息，永远铭刻着深深的烙印！不怕说土得掉渣，承载着本色，默默前行！故土情，不怕风吹，不怕雨淋，吮吸着泥土的清香，滋养着五彩人生……

踏雪迎春

/ 2015 年 2 月 19 日（正月初一）

初一早晨，从屋里往外看，天在下雪，走近窗前，向远处一望，一片皑皑白雪，眼前一亮，心底喜悦，盼望已久的雪终于在大年初一下了……打开窗户，屏息感受带着白雪清新的空气，沁人心脾。

俗话说瑞雪兆丰年，初一的瑞雪带来了吉祥。我多少有点兴奋，带着俩外甥和侄女下楼，踏着白雪，找小区唯一的旺火地，燃放鞭炮，寻找昔日的年味。嘣、嘎二声，二踢脚在空中开花，在家乡过春节的情景浮现眼前……

每年的腊月三十下午，父亲扫院子，垒旺火，垒好后贴上旺气通天的对联。大约晚上十一点开始点旺火，父亲和我们一起煽旺火。天冷，煽旺火的手冻得通红，两条胳膊发酸。无论多冷，心里热乎。看着小火苗噌噌往上蹿，心里充满了喜悦，仿佛生活充满了希望。煽得越来越快，火焰越来越高。当旺火熊熊燃烧、火光冲天时，父亲带着我们开始接神礼。先摆好供品，敬香，朝东南西北四个方向叩头，酹酒，放鞭炮，然后，家人围着旺火，伸出双手，感受温暖，收藏喜悦。礼毕，从旺火堆取一块燃烧的炭放入灶内，开始煮饺子。在家乡，煮饺子有捞元宝之说，是人们对美好生活的憧憬。对联“发福生财地，堆金积玉门”说出了老百姓的期盼！

正月初一上午十点多，按年历推算的喜神方位，全家人一起，赶着羊，端着供品，抱着柴火，到一个地势高处迎喜神，依旧是摆好供品、敬香、点燃柴火，叩头，酹酒，放鞭炮。礼毕，在田里每人捡棵“摇钱树”和“几个元宝”，赶着羊回家。期盼六畜兴旺、五谷丰登、门迎春夏秋冬福、户进东南西北财。

正月初二黎明，接财神。黎明时分，父亲一人去接财神。我们大概是村里接财神最早的人家，也是村里起得最早的人家。父亲一生是起早贪黑、勤劳致富。

自1997年父母亲搬到县城，没了接神、迎喜神、接财神的条件，只是坚持腊月三十笼旺火、捞元宝的习俗。我们陪父亲总要多喝几盅，喝到兴奋时，父亲总要叮嘱几句。现在想起来，父亲的这些话是我们人生的指南，哥仨没有辜负父亲的希望，传承勤俭持家的家风，弘扬吃苦耐劳的精神，秉承忠厚传家久、诗书继世长的家道……

今晨，皑皑白雪把记忆带回从前，勾起了对父亲的无尽思念……

归途

/ 2015年2月24日

游子多漂泊，忠孝难两全。又是正月初六，依旧踏上归途。三十多个正月初六，三十多次踏上归途。次次充满憧憬，次次心事重重。不是惦记父亲，就是忧虑母亲……

1997年前，正月初六的黎明，我家是一片欢腾。母亲忙前忙后做饭，父亲收拾行李，把行李捆绑在自行车上，打好车胎的气，备好鞭炮。我们一起包饺子，有说有笑，灶上热气腾腾。饭后稍事休息，父亲嘱咐，母亲叮咛，我会一一答应。

大学四年，从家乡到沈阳，先从家坐自行车到县城，是父亲、二妹送我到托县公共汽车站；坐上公共汽车，望着父亲远去的背影，我慢慢闭上眼睛，思前想后，心事重重……在呼和浩特市下车后，买晚上九、十点钟的火车，第二天早上到达北京，下车后排队中转签字，晚上，乘坐北京去沈阳的火车，第三天早上到达沈阳，下车后乘坐环路无轨电车到东北工学院……

在北京读研期间，每次的归途近了一半，旅途的辛苦也少了一些，唯一不变的是对父母的牵挂……

1985年二弟上大学后，每次正月初六二弟陪我出行，父亲依旧骑车送我们到县城。到了呼市，在二弟的宿舍稍事休息，哥俩相伴，晚上他送我上火车，再没有以前孤单的感觉……

1989年三弟上大学后，每次正月初六二弟、三弟陪我出行，父亲依然骑车送我们到县城。岁月无情，父亲的脸上刻下丝丝皱纹，骑车比以前吃力。坐上公共汽车，望着父亲远去的背影，眼睛模糊不清，心头泛起阵阵酸楚，哥仨都离家远行。到了北京，三弟在我家休息，晚上，我送三弟上火车，他奔赴东北，继续前行……

自二弟毕业留校、成家，我们每次过节归来，能在呼市歇歇脚。自三弟研究生毕业、成家，我们过节归来的队伍壮大了，哥仨携妻带子，一片欢欣……

自 2006 年父母搬到呼市，回家过节少了诸多路途的辛苦。坐火车虽说拥挤，一个晚上也到家了。归途没有以前辛苦了，路途也不孤单了。

近两年，多半改乘飞机回家，归途便捷。二弟开车送我们去机场，一个小时的航程，比以前轻松多了。飞机升空，我的思绪翻腾。以前的归途的确辛苦，因为有亲情，辛苦已成过眼烟云，留在心底的是父母爱、兄弟情。今天的归途轻松，可心底沉重，再也看不到父亲的背影。临行前，母亲期盼再多陪她几分钟，游子无奈远行，母亲窗前目送，还少不了叮咛……

送行的鞭炮声，三十多年不变，承载的希望不变，游子的思乡情不变……

故土难舍

/ 2015 年 6 月 22 日

今天是夏至日，也是端午小长假的最后一天。我们又在精心准备着，圆母亲回村里的梦想。自去年夏天二弟、三妹陪母亲回村里走了一趟以后，母亲就一直念叨着还要回去再看看老院子。二弟非常理解、体谅母亲的故土情思。母亲回家看老院子的强烈愿望感染了二弟，本能的孝心驱使他精心准备母亲回老院子看一眼的行程。昨天就备好随车带的中氧气瓶、到家吸的小氧气瓶。

尽管我有点担心，甚至劝阻母亲不要回去，但母亲执意不肯。最后，我还是同意和母亲回去。其实，我回去看故土的心情也非常强烈。今天早上，准备了轮椅等随行的各种备用材料，我们一起乘车前往生活了几十年的家乡。一路上，看着窗外一望无际的田野、树木，母亲兴奋不已，自言自语："真高兴！出行这么艰难，能带我出来，你说我有多高兴！"

是啊，母亲只顾了自己回家乡看一眼的高兴，忽视了我们的提心吊胆，人老了就像一个孩子！快到家乡时，天空乌云翻滚，雨马上就要来了。进入村子，离家一公里多的土路颠簸不平，母亲有点晕车。二弟只好把车窗开大些，吹着凉风，母亲感觉稍好些。当我们的车停在堂兄院子外边，刚进家坐下，就开始下雨了。

为了返程的安全，不至于小车开不出泥泞的小院，二弟把车开到离家几百米的水文站院里，那里离公路近。雨越下越大，我的心里咯噔一下。无论如何，今天下午得返回呼市，我晚上还要乘车回北京。我和二弟不约而同地想到，万一雨停不了，只好背着母亲到水文站的院子里再上车，冒雨返回呼市。

母亲一进屋精神就大了，根本没有在意外面的雨，只顾和堂兄、堂嫂、侄儿、侄媳妇们说话。我的心差点提到嗓子眼，为外面的雨揪心，更为母亲的身体揪心。我劝她说话声音小点儿，她根本听不进去，一高兴，就大声说话，保留了在农村几十年养成的说话习惯……

也许老天真有眼，理解母亲的故土情思。雨下了十几分钟渐渐地小了，一会儿雨停了，太阳出来了。二弟半开玩笑地说，你看多好，下点儿雨把路上的尘土压下去了。大家开心地用午餐，母亲因长途劳累，先休息了。

我们和堂兄推杯换盏，叙说兄弟情。我们回老家能看看堂兄、堂嫂、侄儿、侄媳妇、侄孙，大家都特别开心。大嫂一早上就着手准备，午餐比过春节还丰盛。比午餐丰盛的是亲情、故土情。我们有说不完的话。侄孙给我们敬酒，干净利索的敬酒词让我们看到了希望。我叮嘱他们，现在不要手机，要好好学习。

下午两点，我们从堂兄家出来，陪着母亲回我们王家的祖屋，也是我们自己住了几十年的老房子。一进院子，母亲更兴奋了，先在院里和我们留个影，然后，坐着轮椅在院子里挨个房间看。去年二弟带母亲回来，领着母亲到庄稼地看了玉米，没有细看院里的每个房间。回去后，母亲总觉得有点遗憾，想知道粮房现在是啥样子？马厩现在是啥样子？

今天一进院，就说，我要都看一遍，从西房、柴草房、马厩、南房，到羊圈、鸡窝逐个看了一遍。其实，也只能看个大概。因为，母亲白内障很重。看完很高兴，坐着轮椅出了大门，和堂兄、堂嫂、侄儿、侄媳妇、侄孙们一一告别。坐上小车，挥手惜别。告别生活了几十年的院子，故土情思在眼前翻腾……车子缓缓离开，看着渐渐远去的树木、田野，心头一阵酸楚……

在回呼市的路上，母亲平静了很多。我们理解，此刻，母亲和我们的心情一样，依依惜别。真是故土难离，即使离开了，也是故土难舍！

重阳

/ 2015 年 10 月 21 日

细雨霏霏又重阳，
黄花遍地有余香。
登高眺望凝神远，
似浪心潮沉思长。
岁月如烟境遇迁，
人生似雨随时扬。
秋凉泛起乘风意，
往事萦绕思故乡。

故土情思

/ 2015 年 11 月 1 日

明天是农历九月二十一日，父亲三周年祭日。今天下午，我们兄弟姐妹携家人回故乡，看望依然居住在家乡的堂兄们，明天上午一起在祖坟祭祀父亲三周年。

下午，从呼和浩特市乘车经托县回到家乡。一路上，我环顾车窗外的一切，既熟悉又陌生，熟悉的是一望无际的黄土地，陌生的是秋收后留在黄土地上的一切……儿子则是期盼着今晚能在火炕上睡觉。自 1997 年从家乡搬到托县后，他这是第二次有机会在火炕上睡觉，上次在火炕上睡觉还是三年前参加父亲的葬礼。他非常渴望在老家的火炕上睡觉。一家人睡在大火炕上谈天说地，小孩子听着故事入眠……

简朴的晚宴，气氛活跃。女人们在厨房忙着做饭，成年男人们坐在炕上喝酒。自 1997 年父母搬到县城后，我们很少有机会和堂兄共进晚餐。今晚，堂兄非常开心，大哥平时不善言谈，饮酒不多；今天高兴，频频举杯。二哥的酒量大，酒风好，积极主动。我特别珍惜兄弟同饮的机会，推杯换盏，互致问候。侄子们继承了长辈的家风，喝酒像做人一样的实在。大哥是老家长，看着侄儿们喝酒太豪爽，开始劝诫，你们喝酒应该学习你八爹（我三弟），有点分寸，喝酒注意身份、场合。大哥轻易不说话，晚辈们很在意老家长的话。不知不觉间六瓶酒已经不见了，难怪大哥提醒晚辈。如此喝酒的场面，全在二弟席间的劝酒、敬酒。我提醒晚辈要传承对家庭负责的家风，勤俭持家。我们哥仨特别珍惜和堂兄一起相聚的机会，每次和堂兄喝酒总是开怀畅饮。

三个侄儿酒后去休息，我们兄弟五人继续聊天，听堂兄讲一年的生计，讲农村的变化。自 1978 年上大学以来，每次回家和堂兄聊天，都能听到新的消息。刚上大学时，回家看到的是各种税票，杀猪杀羊交屠宰税，还有农业税。当时，觉得乡亲们很苦。后来，取消了屠宰税、农业税，又听到农民种田有了补贴。再后来，农村取消了学校，一年级就到县城（乡镇）上学。农民最担心的是生病，最近有了“新农合”，看病国家负担一部分，减轻了农民的生活负担。对农民来说，这是雪中送炭。以前，要到村上的水井或黄河挑水，后来，自家院里打了压水井，现在，全村通了自来水。现在村民年龄过了七十岁，政府还有生活补贴。尽管农民的负担减轻了很多，但是，从大哥的言谈中依然能感觉到生活的压力。大哥 65 了，我们劝他少干活，他说不行，两个侄儿在外，他还得帮侄儿料理地里的活儿，供孙子上学。现在物价高，生活费用也高，生活还不宽裕。

晚上，我和儿子、外甥在二哥家休息。睡在大炕上，儿子唤醒了小时候的记忆。他四五岁时在爷爷奶奶家过年，主动拿着箩筐喂羊，不停地喊：“羊羊，你快吃呀！”晚上，在院子里看见天上密密麻麻的星星非常兴奋。两岁时，他在炕上，看见我挑着水桶出去了，使劲哭。当我挑水回来后，使劲喊：“不让爸爸走。”一晃，十几年过去了。记忆依然清晰。和儿子睡在大炕上，也唤起了我童年的记忆，与儿子一起分享我童年的乐趣。

我们小时候喜欢过节。过节时，再穷也吃顿好的。端午节临近，初四下午，小孩在地里割草心不在焉，总不自觉地眺望自家的烟囱，谁家的烟囱冒烟了，就说明谁家在做凉糕了。当地的风俗是初四下午把凉糕做好，初五一早吃。过节，总要多做些，小孩子就盼望着这一天。过节能吃顿饱饭。初五一清早，爷爷还要到树地割艾草，艾草蘸上白酒，再扎上大蒜和鞭炮，给小孩子带上，说是辟邪。腊八节是父子的节日。腊月初七下午，父亲带着儿子，在结冰的水田里或者黄河上凿冰人。父亲是木匠，有专长，每年凿冰人的成功率很高。父亲力气大，凿的冰人也大。用小推车把凿好的冰人小心翼翼地运回家，立在院外的粪堆上。第二天一清早，在冰人的头顶上放一个小红冰坨。按照习俗，腊八粥在太阳升起前吃。天黑蒙蒙的，我们全家都起床，最小的三弟起床后，静静地靠墙端坐在炕上。在昏暗的油灯下吃腊八粥，谁都不能说话。我们把做粥的米汤放在碗里，在外面冻成小红冰坨放在冰人头上。

我们小时候也贪玩，夏天在地里割草，怕太阳晒。先在树荫下玩沙土，等太阳下山，才开始割草。眼看太阳要落山，没有完成规定的任务。堂兄急了，他说，我拿线把太阳吊住，你们快点割。天哪！太阳不听话，根本吊不住，太阳很快就落山了。我们沮丧地背着一点点草羞愧地回家。有一次，和堂兄们一起玩沙土，玩着玩着，把鞋子埋进土里了，怎么也找不到。光着脚回家，等母亲的教训。从那以后，老实多了，割草再也不玩沙子了，再也不吊太阳了……

黄河边长大的孩子，夏天最喜欢玩的就是到黄河耍水，老师和家长管得最严。午饭后，先躺在炕上装睡着了，等大人睡着了，偷偷地溜出去，下河耍水。耍完水，悄悄背着书包上学。老师很精明，看谁无精打采，就叫谁到讲台上，挽起裤脚，老师在小腿上用指甲一划，只要是白印，肯定是耍水了，罚站。尽管如此，我们偶尔还是偷偷溜出去耍水。这是孩子的天性。

冬天下雪了，大人们撒网捕沙鸡，半斤左右重。在网区内撒上粮食，等沙鸡成群地落入没有雪的区域觅食时，大人双脚蹬在土塄上，双手使劲拉网，在网区觅食的沙鸡就被罩住了。沙鸡本能地飞，翅膀钻入网眼被套住了。等沙鸡不扑腾了，大人们再一个一个收获战利品。我们在旁边，两只手冻得通红，目不转睛地盯着大人拉网那一刹那，和大人分享着喜悦。

这是农村孩子的乐趣。面朝黄土背朝天的我们，就有这点乐趣。可是，就这点乐趣，儿子和外甥都羡慕不已。在城里，没有自由自在的童年。他们看不见星星，喂不了羊羔。不能下黄河戏水，不能看大人捕鸟。看不见袅袅炊烟，没凿过冰人，没摸过冰人。没听过公鸡打鸣，没见过母鸡下蛋……

儿子和外甥听着我讲童年的趣闻，不时发出阵阵笑声。在他们眼里，我总是一本正经，只是读书写字。没想到还有那么多调皮的事情。原来，儿子以为我只知道学习，不爱玩儿，也不会玩儿；其实我也有过童年，也有调皮的天性……

晚上儿子约我明天一早看黄河。早上 6 点 30 分，天蒙蒙亮。我起床后唤醒儿子，他说困，想睡觉，我一个人独自走到黄河岸边。我太熟悉这条小路了。可是，小路周围的一切又有点陌生。过去，秋收后的田里干干净净，秸秆都收回家作牛羊的过冬饲料。现在，田里的秸秆不回收，放一把火烧，秸秆倒在地上，黑乎乎一片。等我走到黄河岸边时，看到的是一片杂草丛生，不见夹杂泥沙的浑浊河水。沿着杂草滩继续前行，眼前看见一两个小水洼，再往前走，才能看见黄河。河面窄了许多，水位下降了许多、有点枯水的感觉。少了滔滔黄河东逝水的气势……看着平静的河面，朝东方望去，一抹朝霞把天边染红，与黄河两岸的树木交相辉映，是一幅自然画卷，宁静中孕育着流动不息的生机。看着这宁静的画面，心潮起伏，似落长江……

“上善若水，水善利万物而不争，居众人之所恶，故几于道。居善地，心善渊，与善仁，言善信，政善治，事善能，动善时。夫唯不争，故无忧。”继承黄河的善，奉献心中的爱，传承中华文明。

上午十点，按照家乡的风俗，家族成员上坟祭祀父亲三周年。高香的烟雾缭绕，纸钱的火光熠熠。心绪翻腾，父亲走后的岁月多了几丝忧伤。伫立坟前，周围的喜鹊盘旋。似乎父亲在天有灵，孝心与灵性交织在坟前。静静凝思，人生如梦，孝敬应珍惜今天。默默注视，泪水似雨，顺着面颊倾泻。“忠厚传家久，诗书继世长”。父亲的忠告，铭记心间。尊长孝亲，家风延绵。

下午一点，告别大哥、大嫂、二哥、二嫂和侄儿、侄媳妇们，离开故乡，沿路返回。沿着熟悉的道路，周围的一切都映入眼帘。三十七年的变化，游子铭刻心间……

家乡变了。儿时生产队的劳动场景不见了，青壮年外出打工，学龄儿童在县里读书，村里人少多了，冷清多了……

唯一不变的是乡情。浑浊的黄河水，蕴含着童年的记忆；厚厚的黄土地，留下了往日的足迹；留恋夕阳西下的炊烟……

家乡变了。通往县城的道路大部分硬化了，车子不再颠簸了。尽管进村最后一公里路还没有打通，但毕竟改善多了。从县城到呼市不再走以前的公路了，高速公路直通呼市，交通方便多了。两个小时车程，就顺利回到呼市，出行方便多了……

唯一不变的是乡音。少小离家老大回，乡音未改鬓毛衰。儿童相见不相识，笑问客从何处来……

家乡变了，自治区正在推行“十个全覆盖”，朝着新农村的方向迈进……

唯一不变的是对亲人的牵挂。堂兄都已六十多岁，黝黑的脸庞，消瘦的身体，深深地印在我的心里。他们依然是日出而作、日落而息……

故土难离，乡情依依……

回故乡

/ 2016 年 2 月 6 日

今早 4:30 我们一家三口就出门，前往机场乘 6:25CA1103 航班飞呼和浩特，7:40 飞机正点降落在呼和浩特白塔机场。

一出机场，二弟早在出口处等着，兄弟相见，喜上眉梢，他主动接过我们的行李。离开机场上了城市快速路，半小时后到家。放下行李，和母亲问个安，我和二弟就踏上去托县的行程，往老家赶，去看望大哥、二哥，然后，再去主坟祭祖。

高速公路上车很少，10:30 回到家乡，和大哥、大嫂、二哥、二嫂见面。他们早已把午饭准备好了，但由于我们此次行程和往常相比，有些微调，午饭安排在县里。他们略感遗憾，我们争分夺秒问寒问暖，感觉有说不完的话，恨不得时间能凝固……

这是姨表弟事前和二弟协商好的。因为我们和姨表弟已有三年没在一起共进午餐。往年我们总是先去看望二姨、二姨父，只能和姨表弟、妹短暂交谈，在依依惜别中等待来年再见，午饭按惯例安排在大哥家，连二哥也没有争取到这个机会。

今年这种安排，我们也有点无奈，感觉时间过得太快。只能在大哥家、二哥家聊十多分钟，然后，匆匆道别。大哥和我们一起上主坟祭祖。按传统仪式，酹酒、燃香、烧纸钱。祭祀毕，和大哥道别后，我们沿原路返回县城。

12:30 我们和姨表弟在佳和饭店会合，此时，二姨和二姨父、大表妹和妹夫、二表妹和妹夫、外甥和侄子已在饭店落座。七十七岁的二姨坐在我身旁，席间不停地为我夹菜。我们同辈之间是相互敬酒，推杯换盏，二妹夫的酒量大，喝酒主动举杯，频频邀我喝酒。盛情之下我也不顾嗓子嘶哑、感冒未愈。时间在欢声笑语中过得飞快，不知不觉已是下午两点半。

服务员示意该下班了，我们去二姨家小坐。年前二姨从平房喜迁到楼房，特别开心。我们一落座，二姨就让我们吃这吃那，忙个不停，根本不像七十七岁的老人。

由于我们还需从托县返回呼市，在二姨家小坐半小时就匆匆告辞。二姨腿脚有点不便，还是执意送我们。车子开启了，我们挥手致意，二姨还站在那里。车子渐行渐远，我的视线模糊了……

母亲早上八点半只和我们见了一面，我们就匆匆回家乡了。母亲心里就惦记我们能早点儿回家。母亲白天望眼欲穿地等着，我们也是归心似箭。无奈高速公路限速，我们感觉今天的车速比平时慢……

下午五点，我们平安到家。一进屋母亲就问这问那，我们似乎忘记了十三小时的行程，也有很多话想向母亲倾诉……

拜年

/ 2016年2月9日

从我记事起，每年正月初二上午去给大舅拜年。即使三十九年前我上了大学，这个习惯一直延续着。

自从我们1997年搬到县城，正月初二拜年的路程从原来的一公里增加到十几公里。为了能和大舅多待会儿，我们哥仨总是早早赶去，中午和大表哥、二表哥开怀畅饮。因为历史的原因，尽管大表兄、二表兄的学习成绩很好，却没能上中学，更失去了上大学的机会。恢复高考后，我们哥仨都上了大学。所以，我们特别珍惜正月初二和表兄在一起的时间，推杯互致问候，换盏畅谈童年……

自2006年父母搬到呼市后，把正月初二的专程拜年改在年前的专程看望。2015年春节前，我们去柴登看望九十高龄的大舅，中午和表兄依旧推杯换盏，共叙过去，总有说不完的话……

今年春节，大舅在达拉特旗二表兄家过春节，年前没时间去看望大舅。节前二弟和我商定正月初二专程去给大舅拜年。呼市离达拉特旗二百多公里，开车需近三小时。

昨天上午，大舅在电话里得知我们今天去拜年，今天上午一直在惦记着。在我们快到之前，疑惑地问二表兄，怕我们今天不来。

上午十一点多，我们姊妹四人到了达拉特旗，一见大舅，他能叫出我们每人的名字，还问起姐姐和三弟。这让我们喜出望外。此前，我们得知大舅有时不认识人。可今天见了九十一岁高龄的大舅，精神状态很好，有说有笑。在和母亲通话时还说谁都惦记。

自十一点多我们进家，到下午一点半之前，大舅一直坐在我们中间，和我们交谈。听我们和二表兄交谈时，不时露出笑容，我们的话题唤起了大舅的记忆……

下午一点半了，大舅说腰有点儿累，我们扶大舅上床休息。在大舅熟睡后，我们和二表兄话别。从达拉特旗返回呼市。往返六小时，再次重温了正月初二给大舅拜年的温馨。大舅的机智唤起我们童年的美好记忆，大舅脸上的皱纹刻下“文革”岁月苦难的年轮。九十一岁高龄，能尽享天伦。这是善良的回报！

渔歌子·村前扬水站

/ 2016 年 6 月 10 日

西柳村前鱼鹰飞，
葵花麦浪马达催。
杨柳绿，
谷穗齐，
流水微风不忍归。

渔歌子·游子归

/ 2016 年 6 月 11 日

白塔机场意未归，
杨柳窗前思绪飞。
催氧气，
呼吸机，
慈母目光总相随。

破雾穿云心难追，
山川流水皆相惜。
故土意，
游子迷，
蓝天白云不忍归。

君子津进京赋

（祝贺托县剧团进京演出君子津）

/ 2016 年 6 月 20 日

战国名城云中郡，
人杰地盛戍边城。
东来紫气商贾旺，
美誉皇恩君子津。
世代耕耘黄土地，
先人汇聚草原情。
英才辈出发福地，
巨献托城君子津。

迁徙

/ 2016年6月26日

昨日还沉浸在侄女678分的喜悦之中，今早又获悉堂孙在包头高考成绩675，甚是欣喜。祖辈迁徙之路、父辈耕耘之苦映入眼帘，思绪翻腾，欣然提笔……

阿架麻沟北上行，
冰封大地入平原。
黄河岸上求生计，
雇主田边换新颜。
处世真诚善意在。
家风厚道人心连。
老少勤劳赢赞誉，
生活美满写丰年。

种地东麻汗浸田，
招生恢复梦成圆。
朝天种地期明日，
面壁寒窗盼日圆。
又是一年张榜日，
鲜花簇拥竞开颜。
刚夸侄女谱新曲，
又讯堂孙耀祖先。

满江红·缅怀毛主席

/ 2016 年 9 月 9 日

祭日思贤，
音容现，
一言未尽……
南海事，
是非多怨，
主权为本。
倭寇贪心难预测，
良知幻想留遗训。
护长城，
领海岂能分？
心难静。

台湾岛，
难解放，
求两制，
无人应。
去中华烙印，
造分离痛。
媚美奴颜今更盛，
同胞血脉难承认。
卫主权，
携手御蚕食，
风雷动。

菩萨蛮·塞外中秋遐想

/ 2016年9月15日

兵戈铁马风呼啸，
天宫月朗嫦娥眺。
翠柏耸云天，
黄河映眼帘。

林间虫鸣叫，
落雁沉鱼貌。
望塞外苍天，
昭君咽泪眠。

重阳节思乡

/ 2016年10月9日

寒凝雾聚露成霜，
柏翠松青叶渐黄。
岁岁重阳思父母，
年年佳节盼安康。
犹如绿树接天际，
宛若情思系故乡。
九曲黄河波浪起，
魂牵塞外恋夕阳。

沁园春·纪念红军胜利八十周年

/ 2016 年 10 月 21 日

战乱危亡，
血雨腥风，
遍地死伤。
遇围追堵截，
湘江血战，
迂回赤水，
巧渡乌江。
铁马兵戈，
羊肠小道，
涉险夺桥血染江。
神兵降，
过冰天雪地，
野草为粮。

军民友谊珍藏。
患难事，
官兵士气扬。
盼红军北上，
崎岖小道，
人烟罕迹，

浸透冰霜。
大漠孤烟，
饥肠饿断，
甩掉追兵见曙光。
团圆日，
聚红军力量，
铁壁铜墙。

中华祭先贤
——纪念孙中山诞辰一百五十周年
/ 2016 年 11 月 12 日

兰花绽放祭先贤，
两岸同胞共祖先。
五岳银装骄北斗，
三山素裹傲苍天。
航空母舰英姿显，
潜海蛟龙美梦圆。
落户天宫红日伴，
中华振兴竞开颜。

西行

/ 2016 年 12 月 10 日

日暮心牵塞外情，
繁星点缀路无垠。
苍山翠柏云相伴，
绿树青松雾紧跟。
小草匍匐寒气浸，
群山注目水滴冰。
黎明渐退家乡近，
眺望晨曦大漠清。

卜算子·归途

写于 Z318 次列车

/ 2016 年 12 月 11 日

孝母愿相陪，
岂奈家国事。
近榻轻抚细语声，
但等春节至。

我欲踏云飞，
尽孝行无迹。
日夜形声冷暖知，
礼义随心事。

念奴娇·南京大屠杀 79 周年祭

/ 2016 年 12 月 13 日

金陵血洗，
辱神州大地，
面苍天愧。
雪耻心声含泪泣，
倭寇难逃其罪。
铁道平原，
儿童妇女，
抗日英雄会。
平型关战，
山西闸板垣溃。

激战危难重重，
台儿庄役，
浴血淞沪地。
忘战难逃悲惨剧，

倭寇贼心难灭！
觊觎邻邦，
贪婪钓岛，
侵略痴心醉。
结邦围困，
中华重遇危地。

主席，您在哪里？
——纪念毛主席诞辰123周年

/ 2016年12月26日

韶山冲灯火依旧，
却少了您的足迹。
湘江水日夜流淌，
总缺少您的气息。
杜鹃花正追寻您的身影。
主席，您在哪里？

去古田会议旧址，
听不到您的指示。
在乌江天险探寻，
难寻找您的行迹。
延安窑洞灯火熠熠，
主席，您在哪里？

大渡河湍流不息，
仿佛听到前进的号角，
唯独看不到您的身影。
六盘山巍然屹立，
仿佛看到飘动的军旗，
主席，您在哪里？

静守在黄河岸上，
河水奔腾不息，
似乎感觉到您的气息。
伫立在长江岸边，
追寻畅游长江的英姿，
主席，您在哪里？

撒哈拉沙漠深处，
不同肤色赞誉奇迹。
莱茵河奔腾不息，
仿佛听到了熟悉的旋律。
阿尔卑斯山向您致意！
主席，您在哪里？

安第斯山蜿蜒崎岖，
仿佛留下了您的足迹。
亚马孙河汇入大西洋，
好似浪花簇拥着您迎来晨曦。

拉美的小朋友在呼喊，
主席，您在哪里?

天宫二号在太空寻觅，
仿佛听到了东方红的旋律。
神舟十一号凯旋归来，
揭开了探寻四十年的秘密。
您片刻也没离开我们，
主席，您就在我们心里!

采桑子·三九归来

/ 2017年1月8日

茫茫雪地夕阳映，
滚滚车轮。
碾压残尘，
塞外冰霜铁马行。

呼呼敕勒寒风劲，
阵阵嘶鸣。
唤醒忧心，
过客愁容掠雪行。

追思大舅

/ 2017 年 4 月 2 日

今天是大舅的出殡日。清早，把花圈、纸货装上大卡车。随着鼓匠的唢呐声响起，客人们开始用早餐。用毕早餐，在阴阳先生的指导下，欠灵、开棺，孝子亲人们聚在灵前最后看一眼大舅，然后，把棺木盖好，把榫卯钉紧。这就是所谓的盖棺论定。随后，孝子亲人抬着棺木走出大门，送上灵车。孝女和儿媳们护灵，长孙扛着魂幡。孝子孝孙在灵车前用白丝带拉着灵车，缓缓行进。

随后，按照灵车、纸货车、孝车、亲友车顺序，缓缓行驶，离开院落。灵车行进在大队队部处停下来，鼓匠护灵的吹奏声响起。邻里聚在这里目送灵车离去。

灵柩车进入坟地后，开始下葬仪式。孝子亲人从灵车上抬下棺木，缓缓放入墓穴。随后插上魂幡，填满土，一个新坟落成了，魂幡在空中飘动着，所有送葬者在坟前点纸，向逝者告别。

安葬仪式结束，离开坟地。看着魂幡飘动，往事在脑海中浮动，大舅的音容笑貌浮现眼前 ......

大舅 1926 年三月初十生于陕西省府谷县，2017 年二月二十七日在西柳林滩逝世，享年 92 岁。

大舅 14 岁丧母，因家计所迫，很小就承担起了养家糊口的任务。尽管只念了四年书就务农，大舅能写会算，出口成章，诙谐幽默，平易近人。

1948年从陕西府谷县，携家眷老少逃荒到西柳林滩。背井离乡，家贫如洗，以捡柴火做豆腐为生。人地生疏立足未稳之际，又遭遇当地土匪抢劫一空。艰难的生活雪上加霜，大舅执领着全家，勤俭持家，度过了最困难的岁月。

政府回府谷老家土改复查，姥爷曾在国民党统治区当过保长，行医为生。从此，姥爷被重新划定为“逃亡地主”。姥爷因此受到冲击，无法正常行医。1961年在郁闷中与世长辞。从此，在政治运动中，大舅背负“逃亡地主”子女的精神枷锁，忍辱负重。

在“文革”期间，家产、树木充公，挨批斗失去人格尊严，每天还要为生产队白积肥两筐。大舅忍受精神压力，走村串户积肥，中午到我家休息，兄妹俩以泪洗面，接受命运的捉弄，互相安慰，坚强地挺过了人生中的艰难岁月。

因阶级成分的政治包袱，表姐表兄小学毕业后不能继续上学，因辍学错失人生的诸多机会。对子女不能正常上学，大舅有歉疚之心。大舅作为地主子女，一直接受贫下中农的监督改造和再教育。大舅为人忠厚坦诚，和村民和谐相处，敬老爱幼，在贫下中农中的口碑很好。在“文革”挨批斗的日子里，大舅是遭受人格污辱、体罚和折磨最少的。大舅的人格和口碑连造反派领导和红卫兵都敬重。监管人员夜间趁没有领导巡查时，发善心让大舅合眼休息。

大舅全家与人为善。每到夏天，大妗总要做几盖帘米凉粉，请路过的村民品尝。正因为大舅全家的慈悲感恩之心，大舅在“文革”中才没有受更严重的人格污辱和人生折磨，无偿积肥的劳动改造算是最轻的惩罚。“文革”期间大舅是最幸运的地主子女。

在唯成分论的时代，我因母亲的成分和社会关系问题，小学毕业面临不能升学的危险。幸运的是从1971年开始当地普及初中，我才有了继续念书的机会。

大舅豁达大度，默默地忍受了地主子女的政治歧视，毫无怨言地接受劳动改造。大舅对子女要求严格，子女们的人品出众，贫下中农冒着成分的风险托人提亲，远近闻名，传为佳话。

大舅诙谐幽默，平易近人。回到家里，从不埋怨社会。但内心深处对子女和我们因受成分连累的事，一直歉疚自责。1978年2月27日下午，他得知我拿到大学录取通知书，走到大队部附近，含着眼泪对我说："大舅以为因为成分问题会耽误你一辈子。你能上大学，大舅心里的歉疚会少一些。"我看着大舅无言以对，心底发誓一定以优异成绩报答社会，感恩社会给我提供平等考学的机会，感恩不再唯成分论了。

1980年代国家正式取消了成分，大表兄以其人品和才华高票当选村长，连续当了八年之久。尽管村民和乡政府领导一再挽留他继续留任，大表兄主动提出培养年轻人。他感谢组织和村民对他的信任。大表兄作为县人民代表参加人代会，心里无比自豪。年过花甲的大舅如释重负，喜上眉梢。大舅总叮嘱表兄要全心全意为村民办事。

大舅获得了平等的村民待遇后，在古稀之年依然在田里劳动。土地承包到户后，他不是帮大表兄下田干活，就是帮二表兄收拾庄稼。

大舅德高望重，不但儿女孝顺，孙子外甥和他们的子女都非常敬重他。他总叮嘱晚辈勤俭持家，诚实做人，敬老爱幼，和睦邻里。

2006年正月大妗在81岁高龄时病故，对大舅的打击很大。相濡以沫60多年的老伴走了，他的腰明显佝偻了。又过了一年多，大舅从低落的情绪中走了出来。

以后我们每年都要专程回去看望大舅，我在大舅心中依然年轻。前几年看大舅时，他问我三十几了，我说五十多了。他听说我五十多就笑了。大舅说难怪我老了，你都五十多了。

2013 年清明节，安排四位老人在托县相聚。老人相见甚欢，大舅谈吐间依然妙语连珠，风趣幽默如故。晚辈听了非常钦佩大舅的智力和精神，有自叹不如的感觉。88 岁高龄的大舅思维敏捷，对答如流，诙谐幽默。

此后，听表兄表姐们讲，大舅时而清楚，时而糊涂。2015 年春节，我们专程去柴登看望大舅。谈叙间大舅和我们说，他老了，时而清楚，时而糊涂。可是，和我们兄弟仨交流时思绪依然很清晰，尽管话语少了，仍不乏诙谐幽默。

2016 年春节，我们专程去达旗看望大舅。初一，二表兄告诉大舅，我们按老规矩来给大舅拜年。初二上午，大舅急切地等待我们早点到。上午十一点，看我们还没到，就问二表兄，呼市家还来吗？二表兄电话联系，证实我们一会儿就到。大舅望眼欲穿地等着，我们兄妹四人十一点半到了二表兄家，大舅一看没有姐姐和三弟，就问我："他们在后面还有多远？"大舅还在惦记姐姐的病。从我们十一点半到家，一直陪我们坐着，饭后也不肯休息。到下午一点半，大舅实在累了，我们扶大舅上床休息。等大舅睡着了，我们不舍地离开。

2017 年 1 月母亲再次住院，脱离危险后，母亲和二弟提出的唯一要求是要见兄弟姊妹。这让二弟犯难了，主要考虑大舅身体是否能承受三个小时的长途跋涉。春节前母亲出院回家，经和表兄表姐沟通，他们都同意圆兄妹相见的梦。

正月初二在二表兄的陪护下，平安地把大舅从达旗接到了呼市。初三上午，二姨二姨父专程来呼市看望哥哥和姐姐。兄妹见面甚是高兴，互相问候，浸透着淡淡的乡愁，洋溢着浓浓的亲情。初三早上，大舅起床后，二表兄给大舅穿衣服，我进去给大舅请安，问大舅休息得好吗？大舅说休息得好，笑得是那么自然，眉宇间洋溢着开心。

在母亲生日前，母亲和大舅通了一次话，希望互相再能见面。就在大舅去世前几天，表兄和二弟通话时说，大舅有几天不吃不喝了。农历二月二十七上午八点十五，大舅与世长辞！

大舅的一生，是勤俭持家的一生，是勤劳自立的一生，是慈悲大爱的一生，是传承家风的一生。正是：府谷逃荒老少牵，开荒种地建家园。“文革”岁月遭羞辱，坎坷人生遇苦冤。逆境摧残磨意志，安居乐业享天年。儿孙赞誉家风继，望重德高福寿延。

记忆中的大舅是我们心目中的一座丰碑，大舅的人格是我们的榜样，永远激励我们高标做事，低调做人。我们永远铭记忠厚传家久，诗书继世长。

大舅安息吧！

人生感悟篇

难忘今宵

/1999 年 2 月 11 日

“难忘今宵，难忘今宵……”的歌声把欢送会推向高潮，原料辅助材料中心的全体同志都站起来了，合唱这首歌。我和大家一一握手告别，依依惜别之情油然而生。续经理和我紧紧拥抱在一起，泣不成声。这更使我眷恋这一年多的工作经历，眷恋这些同事对我的理解、尊重。此时此刻，我热血沸腾，终于觉得我的付出得到了同事的承认。因为大家都是从祖国各地赶回来参加今天的欢送会，孔越和陈东兴星夜兼程，从西安开车晚上八点才赶到会场，一天水米未进。

在举杯祝酒中，大家言语不多，个个语重心长。有的弟兄们居然把千言万语凝聚在饮酒的不言中，我为之深深感动，同样有点哽咽……

细想起来，我又有何德何能？赢得同事如此尊重，真有点受宠若惊。此时此刻，我需要冷静，千万不能忘乎所以，不要以为自己的作用有多大。自己只是一颗螺丝钉，发挥了应有的作用。

善待民意、顺乎民心，也许是大家对我尊重的根本。想起过去的工作，自己并没有忍辱负重，只是深入群众，体察实情，尊重他们的人格，理解他们的苦衷，并能从正面引导，发挥他们的长处，激发他们的工作热情。

尊重、理解、信任和关心。这是我和下属相处的根本。以诚相待、不盛气凌人是大家对我的认同，是我努力实践和追求的工作作风。

尊重、适应一把手，为他排忧解难，不争名，不争利，主动去处理难题。这些可能让续经理刻骨铭心。当好副手，必须豁达、宽容，有时要忍辱负重；

当好副手，需要发挥自己的长处，弥补一把手的不足，使全局工作浑然一体，不出现大的纰漏；当好副手，要学会适时提醒一把手值得注意的事情，把问题处理在萌芽之中；当好副手，一定要在群众中多讲一把手的长处，树立他的威信；当好副手，解决问题要身体力行，不能纸上谈兵，更不能哗众取宠；当好副手，千万不能越位，一定要做幕后英雄。

从小事做起，以身作则，是做领导的基本功。吃苦在先，享乐在后，以工作为重，终究会赢得大家的认同。原谅下属的过失，尊重下属的人格，会慢慢地树立自己的威信。人格的感召力是赢得人心的法宝；加强个人修养，积累工作经验，探索领导艺术，是培养人格感召力的基本途径。急功近利的做法，不但增强不了人格的感召力，还会前功尽弃。

人格感召力的培养，是领导干部终身坚持修炼的事情，永无止境。虚心好学，善于听取不同意见，深入实际，少言多听，从点滴小事做起，将会受益终身。

从平凡的事做起，做一个平凡的人，保持心情的宁静，与世无争；与自己争，争分夺秒，不要虚度光阴；不能尽如人意，但求无愧我心。

也许就是这些点滴，赢得了大家的信任。也许就是这些细节，引起了大家的共鸣。杯酒壮豪情，人需要友谊和真诚。

难忘今宵的真情，她是心灵的感应，她是思想的共鸣。难忘今宵的真情，她是人生的财富，她是事业的指引；办事要公道，为人要真诚。

今宵虽已过去，引发的思考、留下的启迪耐人探寻。事应该怎样做，路应该怎样行，一切全凭自身。得意时不要刚愎自用，失意时不要怨天尤人。谦虚谨慎，克制宽容；自尊、自爱、自强、自信。

今宵的时光随风而去，明天的日历面貌全新。即将踏上新的征程，对未来应该充满信心。道路在脚下，只要脚步不停，事业定会向前延伸。命运在手中，必须全力以赴，人生岂能一事无成。

一如既往

/ 2001年1月1日

晨曦美丽，一划而过。夜幕降临，一丝忧伤。一腔热血，路怎样走？一身正气，事怎样办？一如既往，一心一意。一日不虚度，一事不侥幸。一手抓生产，提高球团质量。一手抓管理，提高办事效率。一手完善规章制度，一手疏导员工关系。一心堵漏洞，一意和员工交心。

珍惜一年的付出，有一个坚实的基础，一点一滴巩固。回首一年的进程，有一个良好的开端，一桩一件拓展。一如既往奋斗，一心一意工作。不因一时之挫折，放弃一生追求；不因一时之冲动，毁了一生清白；不为一时之得失，铸成一生遗憾。路遥，一步一步走；事杂，一件一件办。

处境虽艰难，不会一筹莫展。事业虽坎坷，不会一事无成。不怕苦恼一波接一波，就怕无为一日复一日。不甘心一生平庸，不希望一蹴而就。路险坡陡，一步一步攀登。债多洞大，一丝一扣弥补。

面对现实，一如既往。做事争第一，一丝不苟。做人争一流，一身正气。人生本是一孤舟，一起一落不自由。一桩一件皆如梦，不过风波怎肯休？一如既往勤奋学习，不能虚度一天光阴。一心一意努力工作，不浪费一处资源。珍惜一点一滴机会，挖掘一丝一毫潜能。克服一切困难，掌握一技之长。一心一意谋发展，不让明天留遗憾。一鼓作气抓管理，不让漏洞惹祸患。修一身正气，不为名利所动；练一身铁骨，不为艰难所摧。写一个刚劲的人字，留一世清白给子孙。一日之计在于晨，坚定信心。一年之计在于春，辛勤耕耘。

勤耕莫误春

/ 2001 年 2 月 4 日

今天是农历立春节气。从节气上讲，立春后春回大地，万象更新，充满了新的希望，孕育了新的机会。经过冬天休养生息的农民又该忙碌起来了。常言道：“人误地一时，地误人一年。”耕地、施肥、浇水，又周而复始。

面朝黄土背朝天的农民，想抓生的希望，就需及早动手；孕育发的机会，必须精耕细作。施肥浇水，精心护理。大自然有一年四季运行的规律，农民必须顺应这个规律；否则，会颗粒无收，衣不裹体，食不饱腹。

告别种地岁月，步入打工行列的我，在立春之际，同样有一种紧迫感、危机感。虽说不用精耕细作大地了，但在工作、事业的生涯中，照样要辛勤耕耘，用心血和汗水去浇灌事业之树；趁春天早动手，沐浴春的阳光，接受春风的吹拂。在春回大地、万象更新之际，冲破冰雪的笼罩，不失时机捕捉生的希望和发的机会。否则，也会颗粒无收，衣不蔽体，食不果腹。

黎明前的黑暗，严冬夜的寒冷，不能把求生的希望扼杀。正是野火烧不尽，春风吹又生。经过百般坎坷，饱受万千辛酸的人，不能愧对充满生机的春天。不能让宝贵时光一日白过。要趁春天带来的瑞气，冲破严冬留下的寒冷，朝着理想的彼岸，扬起前进的风帆。一鼓作气，乘风破浪，开始新一年的搏风击浪，再经历一次春的播种、夏的浇灌、秋的收获和冬的收藏，让人生的轨迹沐浴着春天的希望不断向前延伸……

意志不可摧

/ 2001 年 2 月 6 日

昨天晚上，浑身发抖、浑身疼痛；辗转反侧，难以入眠；自己非常担心今天能否去利马。直到凌晨 12:30，仍不见好转，在似睡非睡中熬过一夜。

今早硬是凭着顽强的毅力，咬着牙起了床，准备好出差的行李，离开了矿区。经过六个小时的长途跋涉，安全抵达利马。现在自己能坐在这里，完全是一种责任感在驱使。昨晚自己难受至极，真想躺在床上静静地休息几天。但一想到去利马的工作日程已通知有关人员，临时改变有些不妥，就打消了休息的念头。

这件事再次告诉我：无论多么艰难，都要咬紧牙关；希望不管多么渺茫，都不能犹豫彷徨；人生就是在一次次咬紧牙关中前进，事业就是在一次次艰难挣扎中延伸。这件事告诉我的另一个道理是：无论身体多么健壮，都不能掉以轻心；工作不管多么紧张，都不能放弃休息；就是因一次次不小心而失去健康，就是因一次次超负荷运行而摧残身体。

以上两点启示刻骨铭心，要统筹考虑；遇事既要坚定地守住阵地，同时，不能忘记了适当的、必要的休息。

人到中年，肩负的使命重大，既不能放弃追求，更不能忽视身体。放弃追求对不起自己，忽视健康对不起亲人。

滑行、起飞、着陆

/ 2001 年 7 月 28 日

今天去看望岳父母，尽做儿女的孝道，为下一代做个表率。我们现在是年富力强，如日中天，而离退休的岳父母则闲居家中，平时很孤单，周末期盼和子女团聚。理解老人的今天，就是思考我们的明天。

我们今天的状态就好比刚起飞的飞机，穿破云层，全速飞行。踌躇满志，很容易自鸣得意，忘乎所以。

离退休的老人，就好比降落的飞机，将要离开停机坪，要入库了，再也不能翱翔蓝天了，难免有几分失落。即使心情好的时候，也只能回忆英姿焕发的当年了。

对于儿子来讲，现在的学习就是飞机起飞前的滑行。滑行的跑道入口要对，入口错了就会发生机毁人亡的事故。滑行的跑道入口一定要选对，滑行的速度、加速度一定达到起飞的标准，否则，就难以起飞。鉴于此，儿子的发展要选对方向，在正确的发展道路上既要有速度，还要有加速度，否则，在激烈的竞争中难以腾飞。

少年、中年、老年是人生的三个不同阶段，在每一个阶段都有特定的任务，特定的心理需求。只有勤奋、刻苦，圆满完成本阶段的任务，才会为下一阶段的发展打好基础。就好比飞机，只有滑行的距离够远，速度够快，飞机才能平稳起飞；只有飞行平稳，下降速度合适，才能平稳降落。

对自己来说，下一个阶段就是完成飞行任务后的安全降落。虽说离降落的时间还比较远，但思想上应该有计划，心理上应该有准备，不能一味想飞高、飞远。因为，飞机起飞后，不论飞多高、多远，总要降落。人不论职位多高、工作年限多长，总要退休。

正确面对起飞、降落，坦然面对人生。平稳起飞，安全着陆。

四十四岁生日感怀

/壬午年正月二十八

今天是自己的44岁生日。24年前，我捧着大学入学通知书离开了养育我的父母和家乡。24年来，从东北到西北，从国内到国外，从城市到矿山、矿山到城市，再从城市到矿山，经历了不同的工作岗位，饱尝了酸甜苦辣。

24年的岁月匆匆过去了，但并没有留下多少闪光之处，平平庸庸地忙碌了许多年。回首往事，不免有些壮志未酬的伤感。

展望未来，还有16年就该退休了。24年的黄金年华似水流，仅剩的16年的暮年岁月又能有何作为呢？想到此，不免有些心灰意冷。难道一生就这样了？只能在忙碌中度日？在平庸中消磨时光？不，绝对不！自己不甘心平庸。于是，觉得时间宝贵，机会难得。因此，使命感在召唤自己。在工作上不能有半点懈怠，在生活上不能有一丝放松。

看着年轻人的快速成长，紧迫感危机感愈来愈强。自己无论从年龄上，还是从社会背景上都没有任何优势，只能凭肯做牛的本性，任劳任怨，兢兢业业做好每件事。

为了孩子，为了家庭，不能停下脚步；为了事业，为了人生，不能安于现状。为了父母，为了家族，不能忘乎所以。这是自己的生日自警。这是最珍贵的生日礼物。

父亲节自勉

/ 2003 年 6 月 16 日

今天，是父亲节。为人子，思念父亲，惦记父亲。为人父，歉疚多，自责多，感慨多。随着年龄的增长，对当好父亲有点滴思考，自己愿尽毕生精力，做一名称职的父亲。

首先，要以身作则。做一名称职的父亲，言行要经得起时间的考验。在正心诚意修身上下工夫，在齐家治国平天下上做贡献。

其次，要当好儿子的启蒙老师和人生向导。在人生的关键时刻为儿子把好关，引好路。

第三，要和儿子平等相处，有效沟通，认真听取儿子的意见，了解儿子的真实想法和思想动态。鞭策儿子自助自信，要求儿子自尊自警。

第四，留心观察儿子的语言、行为变化，特别是儿子情绪的变化，防微杜渐。

第五，鼓励儿子自立自强，勇于面对困难、挫折，敢于挑战困难，能够战胜困难，不怨天尤人，不畏缩不前，不悲观失望。

第六，培养儿子的健全人格，德智体美劳全面发展，磨炼儿子的意志品质；风霜雪雨，无所畏惧；铁肩担道义，妙手著文章。

第七，帮助儿子树立正确的人生观、价值观，合理定位人生目标、理想、追求，既不好高骛远，又不虚度光阴。矢志不渝学，奋斗不止行。知行合一，自强不息。

第八，要营造和睦的家庭氛围，尊老爱幼，关心他人；培养健全的人格，养成反思的习惯。静坐常思己过，闲谈莫弄人非。

静、净、敬

/ 2003 年 7 月 27 日

天降大雨，在家中静静地读书。沉思人间的荣辱成败，感悟人生的酸甜苦辣。抽丝剥茧，“知足常乐深刻、能忍自安精辟”，此乃人生指南。

人生贪婪易，知足难。唯有静下心来和芸芸众生比较，你才能发现自己活得不错。否则，总会怀才不遇，满腹牢骚。随遇而安有真谛，淡泊宁静是真理。

人生沾污易，洁净难。唯有净化心灵，方可出污泥而不染。大千世界充满诱惑，恪守一块净土难。唯有克制、节制和控制自己的财、情、色欲，才不会误入歧途，不会掉进陷阱。吾日三省吾身，清清白白做人。

人生自满易，谦逊难。唯有放下架子、礼贤下士，方可抑制骄傲情绪，防止目空一切、一意孤行。成功使人自负，顺境使人狂傲。在鲜花和掌声中容易忘乎所以，唯有心存感恩，正确判断自己的作用，客观评估环境的机遇，有的放矢，才能保持头脑清醒。唯有心静，才能尊敬他人。唯有心净，才能以诚相待。唯有心敬，才不会一意孤行。

人生奢侈易，俭朴难。唯有铭记过去，才能珍惜今天。唯有远大的工作目标，才能远离奢侈。唯有心存敬畏，才能一生俭朴。

保持清净的心绪、洁净的心灵和平易近人的作风，尊敬所有人。利用有限的人生，探寻无穷的奥妙；抓住有限的机会，创造无忧的生活。

而今迈步从头越

/ 2003 年 12 月 19 日

光阴似箭，转眼一年又要过去了。回首往事，感慨万千。正如主席所说："多少事，从来急；天地转，光阴迫；一万年太久，只争朝夕。"

一晃四十五年过去了，马上就是四十六了。大学毕业也二十二年了。事业依旧平平，在体制内没有走通，在专业上没有建树；二十二年的宝贵时光，如过眼烟云一样，在匆匆忙忙中随风飘过，没有留下值得记忆的痕迹。每当想到这些，真是内疚、惭愧至极。

总结自己的过去，其教训就在于没有在专业上继续钻研下去，或者说没有选准一个一生为之奋斗的目标。总是变换岗位，随之而来的是涉足新知识、新领域；一旦熟悉情况，进入状态了，你又不得不换岗位了。如此这般，自己二十多年的工作，没有完整的句号，大部分是顿号、逗号和分号。这也许是客观原因，但也不能否认自己主观上的不足。

马上就要跨入新的一年了，工作没有太多的压力，自己究竟在哪方面继续努力，一定要有一个明确的目标，目标一旦确定，就要坚持下去，不能停留在知其然的层次上。既然体制内走不通，专业上不能平庸不堪。综合分析自己的情况，也许当一位职业经理人比较符合实际，朝着这个目标走下去，边学边实践；不为眼下的挫折懊恼，不为世俗而消沉。学贵有恒，只要坚持下去了，即使事业无建树，丰富自己的知识是最大的安慰。不管境遇如何，不能放弃学习。

古人云："闻道有先后，术业有专攻。"这就告诫自己不要为懒惰找借口。只要肯学，依然可以有建树。齐白石四十多岁学绘画，依然成为一代名师。

对自己而言，无需离开现有的基础另起炉灶，重新进入一个全新的领域，应该结合自己的实际情况，针对社会的发展需求，选择一个突破口：职业经理人。

要成为一名职业经理人，需要多方面的知识、才能和经验。自己还有很多不足之处和薄弱环节，还应该继续学习相关知识，借鉴成功职业经理人的经验。

管理一个企业，既要懂业务，又要懂管理。既要营造一个有凝聚力的团队，不断开拓进取，在竞争中发展壮大；又要协调处理好外部关系，树立良好的公众形象。既要对股东负责，实现利润的最大化；又要对社会负责，使企业和社会和谐相处。

一名职业经理人，既要有实战经验，又要有开拓进取精神。对知识的渴求，对事业的追求，是职业经理人进步的原动力。对关系的协调，对机会的把握是职业经理人成功的关键。对员工的关心，对社会的负责是职业经理人成熟的标志。对机遇的敏锐，对风险的警觉是对职业经理人的基本要求。

完善知识结构，拓宽知识面，深入探讨国企在市场经济体制下的潜在机会和出路，潜心学习新知识，研究新情况，探索中国职业经理人的成才之路。

古为今用，洋为中用；博采众长，潜心钻研。

北国风光的启示

/ 2004 年 1 月 18 日

昨天，一清早出去在内蒙古农大校园锻炼身体。天正下着雪，路面上已经覆盖了薄薄一层雪，沿着校园内的道路，踩着雪散步，别有一番情趣。深深地呼吸，似乎觉得空气格外清新。昂首远眺一望无际、白茫茫的雪，心中顿时觉得大雪是那么美丽。它把自然界一切脏乱的东西都盖住了，给人以赏心悦目的美感，下意识地想起了《沁园春·雪》“北国风光，千里冰封，万里雪飘；望长城内外，惟余莽莽，大河上下顿失滔滔……”

诗人的浪漫，抒发了对大自然的赞美；然而，在现实生活中，大部分人浪漫不起来，他们“可怜身上衣正单，心忧炭贱愿天寒”。沐浴着大雪漫步在校园内，我既没有诗人的浪漫，也没有卖炭翁的焦虑，庆幸自己有机会欣赏这难得的下雪美景。身后的脚印被大雪盖住了，我不停地走，雪不停地下，我不停地思索一个问题。现实中有些东西你看不到并不等于它不存在，就好比刚被大雪盖住的脚印。头脑简单的人往往会被现象所迷惑，走入泥潭，误入陷阱。我们在欣赏大自然美景时，不应该被表面现象所迷惑，应该了解自然，认识自然，不然，我们会掉进一个被大雪遮盖的陷阱。

在工作中，应该保持这种警觉；欣赏某些东西时，一定要警惕它的副作用，哪怕是自己的工作成就，不能沾沾自喜。下雪给我的启示是现实生活中你看到的并非是事物的全貌。我们领略北国风光，但并不知道风光的背后还有很多鲜为人知的东西。

今天早上，在雪地上走步，比平时艰难得多。沿着校园内的道路走了几圈后，发现雪地上的脚印成了一条小道。此时，我想到了鲁迅说过的话："世上本没有路，走的人多了也便成了路。"

沿着自己在雪地上踩出的小路继续走，心中有一种满足和自慰，悟出一个道理：不管多么难，只要起步，就能前进；只要不停步，就能到达目的地。不管干什么，不必沿着别人的路前进，看准方向，抬起脚，迈开步，往前走，就会走出一条自己的道路。

在雪地上走步的启示，增强了继续奋斗的信心。首先，明确自己的目标，并认真审视，保证方向正确；其次，朝着选定的目标迈出第一步，无论遇到多少坎坷，也不能半途而废；第三，在前进中要仔细分辨道路上的各种障碍，不能在同一处摔倒两次。

一个小时过去了，留下4800米的脚印，出现了一条清晰可见的小路。看着自己踩出的小路，坚定了走新路的信心。尽管现在事业陷入低谷，仍不甘心就此随波逐流。利用当前这段时间，调整方向，积蓄力量，伺机而动。事业的路和地上的路有相同的道理，只要不停步，路就会向前延伸。天生我才必有用，长风破浪会有时，直挂云帆济沧海。

明确目标

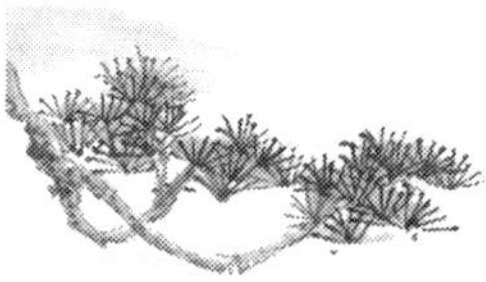

/ 2004 年 4 月 12 日

人生短暂，要有一个明确的奋斗目标，朝着这个目标前进，百折不挠，勇往直前。即使会遇到各种挫折，只要能矢志不渝地坚持下去，一定会过得充实。也许最后实现不了最高理想，但为之奋斗的过程就是一部催人奋进的进行曲。当回想往事的时候，会有一丝慰藉，不会因虚度年华而悔恨，不会为碌碌无为而懊恼。

自己从小的目标就很明确，齐家治国平天下。在和平年代，实现这一目标的唯一途径就是走仕途；然而，经历了二次公开招聘的打击，走这条路的前景已很渺茫。尽管如此，也不能放弃人生追求。否则，惰性就会乘势而入，随波逐流，很快就消沉下去了。哪怕仕途走不通，兢兢业业的工作、认认真真的学习都没有坏处；何况，不该放弃做人的原则。即使自己不能如愿，也要为儿子树立榜样，让他懂得人应该怎样生活。养成良好的习惯，树立明确的目标，朝着目标前进，永不停步；遇到困难永不低头，有了成绩永不满足。活到老，学到老，用充实的生活去战胜无聊的苦恼。

做人和学开车有类似之处，要往远看，不能只盯方向盘。老山驾校教练反复提醒自己，不要看方向盘，要往远处看。这是驾车的基本要求。只有你往远处看，才不至于遇到情况措手不及。在现实生活和工作中，也应该往远处看，改变惯性思维，不能只拉车不看路。凡事都要往远处看，既要分析其潜在影响，也要看当前的作用，两害相权取其轻。全面系统地分析问题，冷静理智地解决问题。牢骚太盛防断肠，风物长宜放眼量。

开辟未来是人生的使命

/ 2004 年 4 月 28 日

人生应该有所作为。即使过去的岁月平淡无奇，不必为未来的生活失望。只要能从过去的经历中总结出一点体会，在未来的岁月中就可以少走弯路，少犯错误，完全有可能创造出新的成绩，开辟出新的领域。

人生应该向前看。开辟新天地是人生的神圣使命。哪怕会遇到艰难险阻、惊涛骇浪，只要矢志不渝，就会进步。关键是要有明确的目标、必胜的信念、顽强的意志和果断的作风。

人生能否实现自己的理想，不仅取决于个人的努力程度、外部条件和机遇，而且，取决于个人的思维方式。积极的思维方式催人奋进，愿意学习别人的长处，努力赶超别人；消极的思维方式使人消沉，容易嫉妒别人的成绩，不屑完善自己；尤其是人处在逆境时，思维方式可能最终决定你的命运。越是在黑暗和不公平的环境中，越要冷静，以积极的思维方式客观分析不利因素，寻找走出困境的突破口。否则，就会在积怨、苦闷中消沉，在牢骚、偏激中走向极端，错过开辟新生活的机会。

回首往事，有太多的苦恼和伤感。唯有忘记过去的痛苦，才能开始新的生活，置之死地而后生。重新定位，重新思考。人活着究竟为了什么？应该追求什么？不能追求可望而不可即的目标。理性选择目标，客观评估自己。勇于面对新环境，敢于挑战新困难。在改变自己的过程中适应环境，在适应环境中寻找未来。天生我才必有用，千金散尽还复来。长风破浪会有时，直挂云帆济沧海。

锤炼自我

/ 2004 年 4 月 30 日

社会在发展，历史在前进；谁如果跟不上时代的步伐，谁就会被社会淘汰。唯有勤学、苦练，不断积累知识，增长才干，才能在工作中不断进步。

勤学，包含了学文化、科学知识、专业技能，学习不受时间、地点的限制。只要肯学，在工作中可以挤时间学；学习贵在勤奋，重在积累。人非圣贤，唯有勤奋学习，才能博学多才，博闻广记。

苦练，就是不怕苦，深钻细研，精益求精；不仅要知道是什么，还要明白为什么。一个人如果能够坚持勤学、苦练，一定会不断进步。不管外部环境如何，总能找到进步的机会。相反，一个人如果疏于学习，懒于训练，即使有了机会，不一定能抓住机会，更不会有效利用机会。因为，不学不练，对机会不敏感，即使机会出现了，不一定会发现。机会稍纵即逝，凭有准备的头脑，才能捕捉住机会。

环境的制约是客观存在的。在个人无力改变客观环境的条件下，过分强调客观环境的限制，既容易使自己偏激，也容易在牢骚中白白浪费时光。唯有在既定条件下，勤学苦练，卧薪尝胆，韬光养晦，才有望改变现状，走出逆境，走向光明。否则，永远会笼罩在自负、无奈的阴云之中，总看不到光明。

世界上从来没有神仙皇帝，改变命运靠自己。只有摆脱依赖，甩开拐杖，才能自信做人，自主做事，开辟属于自己的天地，事业获得成功。

不经风浪的考验，显不出船长的本领。只有在狂风暴雨、惊恐万分时，驾驭即将颠覆的航船，走出波涛汹涌的恐惧，才能显露船长的本领。同样，人只有经历了失败后的挣扎，通过顽强的拼搏走出逆境，才能显露出智慧和胆识。

人经历困难是难免的，但关键是面对困难时的态度。如果遇到困难时心存侥幸，希望借助外力摆脱困难，势必放弃了自己的主观努力，把命运交给了侥幸。一旦希望破灭，就会陷入绝望。相反，深陷逆境时镇定自若，冷静地分析逆境中的机会，选择适合自己的道路前进，一定会逐步改善现状，至少精神上不空虚。在希望的驱使下，奋力挣扎，跌倒了爬起来，继续前进。

任何时候都不能有依赖思想，不能存侥幸心理。一定要脚踏实地，自力更生。凭着顽强的意志，增强战胜困难的信心，努力工作，勤奋学习。积跬步之功，至千里之行。路要自己走，事要自己办。

命运完全掌握在自己手里。当身处逆境时，一定相信自己能够战胜困难，走出逆境。任何怀疑都会丧失信心，丧失信心就会自暴自弃；任何幻想都会产生依赖，依赖别人就会守株待兔。相信自己是前提，依靠自己是根本，完善自己是关键。

战胜命运，首先要战胜自己的怯懦思想。不为暂时的失利而苦恼，不为别人的态度而动摇；无论挫折有多大，都要冷静分析，权衡利弊，扬长补短；不能怀疑自己的能力，不能放弃人生的追求。其次，反思过去，调整未来；明确该做什么，不该做什么，哪些工作是徒劳，哪些工作有益，放弃没有希望的工作，强化自己的优势项目。第三，敢于主动出击，寻找新机会，哪怕遇到新困难，要尝试新途径，不能坐以待毙。第四，确定合理的期望值，经过努力一定能实现，以目标激发斗志，用业绩鼓舞斗志，靠实干巩固业绩。不断完善自我，不断提高能力，在奋斗中寻找欢乐，在逆境中振作精神。

耕耘人生

/ 2004 年 5 月 3 日

不论人的能力有多大，志向有多高；如果不能辛勤耕耘，即使有成就，也会昙花一现。辛勤耕耘是成就事业的基础，只有不停地耕耘，才能不断地积累经验，丰富知识，增强对外界的适应能力。随着经验和知识的丰富，可以产生新思想、新观念，工作带来新变化，事业有新发展。

今天的耕耘为明天的创新打基础。想有美好的明天，就要努力过好今天，辛勤耕耘今天，不怕苦和累。一分耕耘，一分收获。在耕耘中不断积累知识、经验，不断创造财富，不断开阔视野。

耕耘不能急功近利，更不能患得患失。耕耘要全心全意，竭尽全力。但行好事，莫问前程。耕耘要下苦工夫，敢用笨办法，不能投机取巧。耕耘耐得住寂寞，不贪图享乐。耕耘要自力更生，不依靠他人。

积累，总结经验，汲取教训。积累，发扬成绩，修正错误。积累，敢于解剖自己，抛弃过时的想法、观念。积累，学习借鉴别人的长处，少走弯路。

创新立足于发展，发展要顺应环境。人和自然的和谐，发展目标和社会环境的统一。这是创新的出发点，造福人类是创新的归宿。

耕耘人生要及时发现前进中的障碍，并努力消除障碍，以保证耕耘有效果，耕耘有收获。怎样减少障碍是成功耕耘人生的难题。谁能有效化解这一难题，谁就能耕耘出沃野一片，春华秋实，硕果累累。障碍不是一成不变的，随着自我完善，有些障碍就化解了。随着知识的积累，有些困难就迎刃而解了。消除障碍重在提升自我，在实践中学习，在摔打中进步。

克服障碍是一项艰巨的任务。旧的障碍克服了，新的障碍出现了。人生就是在克服障碍、消除困难中前进。克服障碍不会一蹴而就，有充分的思想准备，锲而不舍。克服障碍要提高对事物的认识水平和判断能力，抓住要害，攻坚克难，对症下药。把完善自我当成消除人生障碍的终生任务，理智对待自身的不足，虚心学习别人的长处。静坐常思己过，闲谈莫弄人非。勇于根除自己的缺点，乐于弥补自己的不足。辛勤耕耘，洒下汗水，收获未来。

抗争命运似登山

/ 2004年5月11日

蜀道难，难于上青天。这既是对大自然的感慨，也是诗人李白对命运的独白。这句诗适合所有与命运抗争的人。不甘寂寞、不愿低头的性格是与命运抗争者的最大苦恼。龙蛇之道，能屈能伸。唯有把握规律，才能减少平时的苦恼；唯有顺应时势，才能走上事业的坦途。

面对命运的挑战，不能一味埋怨现实。在遭遇挫折时，痛彻心扉地解剖不足；在陷入逆境时，破釜沉舟地革故鼎新。命运的坎坷不因苦恼而改变，唯有勇登攀，方可临绝顶。事业的曲折不因泄气会转顺，唯有志不移，方可有逆转。面对困境泄气，就会坠入万丈深渊。抗争命运似登山，需要不达目标誓不罢休的信念支撑。命运掌握在自己手里，只要锲而不舍的攀登，就能领略“会当凌绝顶，一览众山小”的盛景。只要不怕艰苦，独木桥也能通向成功的彼岸。

抗争命运需要顽强不屈的意志和百折不挠的精神。唯有积淀智慧，才能有效应对挑战。唯有心智顽强，才能战胜命运。因此，坦然面对艰难困苦，确立坚定信念，磨炼吃苦意志，培养忍耐精神，克服急躁情绪。任凭命运风浪起，稳坐人生钓鱼台。

抗争命运虽然艰难，但是，只要不倒下，挺起腰板坚持，总会有进步，总能有收获。否则，不抗争命运，逆来顺受，必然会趴下，一蹶不振。既让别人嘲笑，又让人生无颜。既看不到人生风雨后的彩虹，也发掘不出自己的潜能。

抗争命运不能因形势恶劣而动摇信心。面对逆境，心智顽强者胜。一息尚存，就要全力以赴。抗争命运不能因举步维艰而止步不前。面对困境，坚持不懈者赢。积跬步之功，一步一步前进。逆境发现不足，不断完善自己；总结经验，汲取教训。逆境锤炼意志，不断提升自己；沉着应对，稳操胜券。面对逆境，敢于否定自己，不怨天尤人。以平和的心态应对挑战，以不屈的意志主宰命运。长风破浪会有时，直挂云帆济沧海。

天道酬勤

/ 2004 年 7 月 16 日

不管做什么？付出才有收获。古人云：天道酬勤，勤能补拙。这就告诫我们不要羡慕才子佳人的青云路，更不要埋怨自己的卑微和贫寒。要想改变现状，只有靠勤奋，吃别人不能吃的苦，受别人不能受的累，忍别人不能忍的气，走别人不走的路。改变命运，不存侥幸心理。

如果真有上帝，那么就要以自己的勤奋、勤勉去感动上帝；如果真有公平，就以自己的豁达宽容，静静地等待奇迹的出现。所有这一切，都不能有太高的奢望。因为，这只是理念而已，是人们对美好未来的憧憬。然而，人们憧憬得越美好，现实的反差会越大。

但是，当你无力改变现状，无奈处于其中时，唯一的出路就是靠自己的勤奋、勤勉求生存。离开了勤字，不进则退。若不想沦陷到底层，只有靠拼搏，靠实力。实力的积累和提高不是想当然，必须付出，而且，必须持之以恒地坚持下去。

光阴荏苒，岁月无情。已近知天命之年，更离不开勤。出身贫寒，势单力薄。要改变现状，必须依靠勤。凡事精益求精，对人豁达坦诚，营造良好的生存环境。天生笨拙，既没有自身优势，又没有家庭背景，唯一能依靠的就是勤劳、吃苦。环境复杂，求生存艰难，竞争激烈，想立足困难。因此，必须在原来勤奋的基础上继续努力，忍常人之不忍，做常人之不做；潜心修身，忘我工作。

已过黄金年华，渐入夕阳西下之境，一切处于被动之处，不能有一丝一毫的盲目乐观。群贤毕至，竞争激烈，随时有被淘汰的危险，如临深渊，如履薄冰。

即使无优势，也不能泄气。既然无优势，更不能懈怠。人生在世，履职尽责。既要对社会负责，也要对家庭负责。勿因挫折而消沉，更不能玩世不恭。一如既往地工作，严格要求不放松。争分夺秒地学习，精益求精地探索。珍惜来之不易的今天，常怀感恩之心，燃烧自己，奉献社会。

守志气，养浩气

/ 2004 年 8 月 10 日

人生苦短，现实严酷。若没有远大的理想和抱负，很难经受住各种考验，很容易在困难面前低头，在挫折面前消沉，很难实现远大理想和抱负。因此，要想成才，就要有志气。不服输，不信邪；不畏难，不怕苦；百折不挠，矢志不渝。

情绪影响行动，影响身体健康。当遇到意外事件打击时，如不能尽快从痛苦情绪中走出来，很容易被消极情绪左右，失去士气，萎靡不振。因此，想享受快乐人生，必须保持旺盛的士气。面对困难不低头，昂首挺胸。遇到挫折不灰心，愈挫愈奋。

社会等级森严，权钱主宰命运。出身卑微者若想立足社会，需要磨炼骨气。向孟子学习，威武不能屈，富贵不能淫，贫贱不能移。达则兼济天下，穷则独善其身。若因贫寒而低三下四，势必遇权贵而奴颜婢膝。虽穷傲骨存，恪守做人尊严，不失做人准则。

年轻气盛容易锋芒太露，人生事业常遭意外波折。年轻人应该收敛锐气，藏其锋芒。否则，会惹来非议，甚至遭人嫉妒。年轻随大流，易让人轻视；无志写春秋，会让人淡忘。因此，有志成大事者，应该刚柔相济，能屈能伸。不能孤傲，切忌懒散。内敛藏锋，养浩气于天地间。修身励志，铸骨气于血液中。

大江东去，浪淘尽千古风流人物。有志者，积蓄旺盛的精力，保持良好的状态，不惧冰霜艰难，敢于搏击风浪。铸骨气于逆境磨炼中，养浩气于顺境思考时。胜不骄，败不馁。克制欲望，控制情绪。走自己的路，不随波逐流。

在逆境中磨炼意志

/ 2004年8月20日

汉朝韩信青年时因家境贫寒，受到富家纨绔子弟的嘲笑、侮辱，让他从胯下钻过去，韩信忍受了这种屈辱，被后人嘲笑为“胯夫”。

就是这样一位“胯夫”，在刘邦建立霸业的过程中立下了汗马功劳。韩信的军事才能发挥得淋漓尽致，人生达到了巅峰。虽说，韩信最后为吕后所害，但是，韩信的成就在于能忍。

越王勾践卧薪尝胆，为后人留下忍辱负重、图强报国无尽的思考，树立了可敬的典范。越王的忍辱动力来源于复国报仇的远大目标，雪耻屈辱。

人生的目标越远大，忍受屈辱的耐力越大，战胜艰难的动力就越大。因不能忍受小的屈辱，很多人错失成就大的机会，功亏一篑。小不忍则乱大谋就是这个道理。

无论眼下的处境如何，都不能急躁，要学会忍。忍别人不能忍，让别人不能让，方可在逆境中生存，在顺境中平安。处逆境时，在忍让中调整，在调整中完善，不能悲观失望，错失良机。度过黎明前的黑暗，就会迎来清晨的曙光。度过人生的寒冬，就能感受到春天的温暖。遇挫折时，忍受暂时的挫折，冷静分析遭遇挫折的原因，完善自我，忌心浮气躁，不怨天尤人。

命运坎坷时，人需要自我激励。激励自我时，不忘磨炼意志品质。一时的优势不能保证时时顺利，一事的成功不能保证事事如愿。时过境迁，曾经的经验难以复制成功，过分的自信会陷入被动。竞争激烈，审时度势，只有热情和抱负是不够的。唯有冷静思考，才能从沉寂中复活。沉默不能磨灭意志，孤寂不能放弃追求。唯有理智分析，才能把握时局，判断机会与威胁，珍惜现在，着眼未来；以史为鉴，卧薪尝胆。

唯有自我激励，不停地磨炼意志，才有望走出困境，最终走向辉煌。过去的已经过去，未来还没有到来。唯有现在是机会。只要抓住今天，才可以规划明天。今日复今日，今日何其少；今日又不为，此事何时了？错失今天，期盼明天，就会变成一枕黄粱梦。明日复明日，明日何其多；此生待明日，万事成蹉跎。

忘记昨日的严寒，珍惜今日的阳光。卧薪尝胆，送走严寒。张开双臂，拥抱未来。学会适应，永不停步；开拓创新，永无止境。欲成就大事，必专注细节。雄关漫道真如铁，而今迈步从头越。

从运动场看人生

/ 2004 年 8 月 23 日

近来观看雅典奥运会比赛，发现冠军们有一个共同特点：稳、准、狠。首先，是情绪稳，不急不躁。即使遇到暂时困难，能临危不乱，稳定情绪，稳住阵脚。临场表现的稳是平时磨炼的结果，是意志品质升华的标志，是经验积累的结果。其次，是动作准。不毛糙，精益求精。动作准源于平时的刻苦训练，熟能生巧。第三，是出手狠。果断击中要害，解决问题。

从观看比赛联想到工作，应该具备稳、准、狠，不能急躁、犹豫、盲目。工作中的稳表现为不急躁，不偏激；秉持中庸之道，取人之长，补己之短。保持低调，得意不张扬。工作要准时，领会任务要准确，把握要领。选择处理问题的手段和措施要准确，针对性强。把握时机要准，比别人快半拍，争分夺秒。工作中的狠是果断，雷厉风行，对症下药。付出的努力超乎寻常，磨炼意志要狠。毕生尽力稳准狠，矢志不渝在攀登。

保持平常心是取得好成绩的共同特点。在比赛中没把胜负想得太重，以正常发挥特长、展示自己能力为目标，在放松的状态下有了不俗的表现，创造出优异成绩。相反，一些老运动员，自恃实力强，舆论渲染多，飘飘然不知所以，真到了赛场则压力大，放不开，发挥失常。遇到困难一筹莫展。由于缺少平常心，事与愿违，饮恨赛场。

运动员的比赛对普通人有借鉴作用。我们在日常工作中也有类似的经验和教训。越想表现好，越容易出问题。人应该保持平常心，坦然面对各种竞争。不要把结果看得太重，尽力而为，往往会表现出色。相反，越想出人头地，压力越大，发挥越容易失常。看淡结果，以平常心应对，知己知彼，不急不躁，则百战不殆。以平常心看待挫折，坦然面对逆境，积极寻找出路，就能走出山重水复的困境，定会迎来柳暗花明的盛景。

刻苦训练是准的关键。任何事情都是熟能生巧。常言道：艺高人胆大。想判断准形势，把握准机会，选择好目标，击中要害，关键是平时的刻苦训练。正是“闻道有先后，术业有专攻”。虽说，比赛有时因心理压力会发挥失常。但是，心理稳定的基础是过硬的基本功和超人的技艺。因此，要想在比赛中发挥稳定，关键是练就一身娴熟的技艺。任凭风浪起，稳坐钓鱼台。

苦练有学问。要掌握规律，找出重点，不能盲目练，体现科学性。选准目标，矢志不渝。打好基础，脚踏实地。不追求时髦，不害怕孤寂。苦练的基础是顽强的意志品质。不为困难所吓倒，不为享受所动摇，追求人生的真正价值。以坚韧不拔的意志和持之以恒的精神去实践人生理念，报效祖国，造福社会。

在比赛场上的狠源于卧薪尝胆的意志力。百步穿杨的技法不是一朝一夕练就的。竞技体育不仅比技术和技巧，更重要的是比毅力和决心。其实，做任何事情，都有同理。要有超人的成就，必有常人难以忍受的付出和磨炼。

成功的战车是平常心和超群实力两轮并驾齐驱。凡事想成功，必须横下一条心。百折不挠磨炼意志，铭记吃苦的艰辛。以置之死地而后生的决心，用心血和汗水浇铸奋斗之路。宝剑锋从磨砺出，梅花香自苦寒来。没有捷径可走，没有诀窍可求。唯有处逆境不止步，遇困难不低头，才能战胜困难，走出逆境。才能磨炼出钢铁般的意志，创造出令人难以置信的奇迹。与其羡慕别人的成就，不如脚踏实地去奋斗；与其空想出人头地，不如忍辱负重前进。

进退之道

/ 2004 年 10 月 26 日

人生多歧路，进退难如愿。尽管人们都希望不断进取，达到人生和事业的巅峰。可现实往往在捉弄人。当你春风得意时，可能就孕育了潜在的危险，开始走下坡路。当你意识到时，可能就滑到谷底了。真可谓乐极生悲，物极必反。

对于暂时的倒退、停滞，能否以正确的态度去对待，能否因势利导，韬光养晦，决定了能否东山再起，以退为进。

自然界的万事万物遵循辩证法，有进必有退，有生必有死。因此，对待工作，要有进的期望和退的准备。不能只想勇往直前，步步高升。当你在前进时，一定要有退的心理准备。这就是急流勇退。然而，人总是乐于进，即使到了退休年龄，也不希望退。其实，这种心态不利于人的身心健康。一旦没有选择，只能退时，心理上难以承受，很容易产生副作用。

邓小平同志面对进退，游刃有余，堪称我们的楷模。他一生几起几落，几进几退。想一想邓小平同志，我们的退就不足挂齿了。关键是能否在退的过程中韬光养晦，以待其时，争取下一次的进。

无论进退，心态要平和。古人云，知足常乐，能忍自安。这是古人经历了无数的成功与失败、欢乐与悲哀之后，理智地总结出的处世哲学。一是知足，二是忍耐。知足就是满足现状，心存感激之情。滴水之恩当涌泉相报。忍耐就是学会克制，该低头时就低头，顺应潮流，不能逆流而动。这是治理社会的需要，是社会和谐的基础。

就个人而言，只知道安于现状是不够的，有理想和追求是人类的天性，不满足现状是人的本能。在个人追求和社会和谐之间保持平衡，既是治理社会的需要，也是个人成长的关键。在追求个人成长进步的同时，一定要顺应时势，协调好周围的关系，摆正个人和集体的关系，公私分明。靠自己的诚实劳动，通过公平竞争改善自己的生存环境，拓展自己的事业。当事业遇到挫折时，不能一味埋怨环境和组织，需要冷静反思自己的不足；正确对待组织需要和个人理想，不能过分自我。

总之，既要有追求理想的热情，又要有承受失败的心理准备。胜不骄，败不馁，保持心理平衡。知足是心理稳定的基础，心理稳定是追求理想的根本保证。该追求时要努力，该忍让时需坦然。进亦知足，退亦平和。随遇而安，顺其自然。

自我警醒

/ 2004 年 11 月 9 日

在走上新的工作岗位之前，总结过去，反思自己的不足，汲取过去的教训，敲响新时期的警钟：忍、让、静、止。

凡事都要忍，不能冲动。无论自己是否有理，都要心平气和，谦虚谨慎；不能冒犯别人，要以小学生的姿态出现在新环境，了解情况，分析问题，把握要领，防止出现标新立异的倾向，更不能有哗众取宠之嫌。

凡事都要让，不能争。能有今天，更要看淡名利。听天由命，顺其自然。追求对事物的认识、理解，对机会的把握，对事业的贡献，走出患得患失的困惑，心存感恩，感谢曾经帮助自己的所有人，感谢家人的理解和支持。

克服急躁的毛病，保持冷静。不求轰轰烈烈，不好哗众取宠。生活要宁静，心情要平静。把握好进与退的关系，该止则止，该退则退。退一步柳暗花明，让三分海阔天空。

走上新岗位，以“忍、让、静、止”自警。开始新征程，以“谦虚、谨慎、理智、冷静”自省。人在顺境时，很容易脱离实际，脱离群众，最后陷入困境。因此，为人谦虚，工作谨慎，防微杜渐，抑制冲动。

中国人有捧杀的习惯。当用棍棒打不死时，就会以捧来扼杀。因此，要慎对新环境的赞美之词，警惕周围的阿谀奉承。

时刻保持高度警惕，防止糖衣炮弹的袭击。谨慎面对各种新情况，三思而行。

新岗位容易滋生骄傲情绪，容易失去理智。在强手如林的新环境，如履薄冰，不能忘乎所以；如临深渊，不能妄自尊大。远离诱惑，克制欲望。

新单位容易碰到新困难，避免人为的冲突和挑衅。对此，不能感情用事，冷静分析各种力量的背景。尊重别人的关切，照顾别人的利益。从大处着眼，办事一丝不苟；从小处着手，工作精益求精。为人坦诚豁达，做事自律自信，以举手之劳解他人之危。

珍惜现在，把握未来

/ 2004 年 11 月 25 日

今天，一个人坐在宽敞的办公室里，感慨万千。觉得机会来之不易，一定要珍惜，利用新平台，拓宽视野。在这里，看到了通向胜利彼岸的曙光。在这里，体会到了人生的价值和使命。在这里，品味到了奋斗的乐趣和幸福的滋味。在这里，感受到了责任和压力。在这里，再次燃起了奋斗的激情。人生就该这样，看见希望，激发动力，勇往直前，直至到达理想的彼岸。

人生的乐趣不完全是物质享受和花天酒地的精神陶醉。自我价值的实现和社会认可是更高层次的精神享受。苦中有乐的感觉回味无穷，乐的滋味把一切的苦都冲淡了。好似一阵风吹散了笼罩在心头的阴云，露出了蓝天和明媚的阳光。

机会来之不易，既要珍惜，更要学会以敏锐的眼光洞察机会，以机智的果断抓住机会；在奋斗中锤炼执行能力，在逆境中磨炼顽强意志，在交往中培养协调能力，在执行中拓宽领导视野。

机会垂青有准备的头脑。无论何时，无论何处，不能有一丝的松懈，更不能有一毫的放弃。坚持就是胜利！坚持就有希望！

不偏不倚中庸路

/ 2004 年 11 月 26 日

中国古代的哲学思想强调阴阳平衡，以此为基础发展起来的中医理论，充分运用平衡理论，辨证施治，对症下药，以毒攻毒等，在几千年的历史进程中，救死扶伤，有许多灿烂的中医瑰宝。上世纪六十年代，美国的管理学家继承了中国传统的哲学思想，提出了五项修炼，核心是系统思考，平衡前进。

今后的工作，仍然要遵循平衡原则，不偏不倚，保持中庸之道。凡事皆有度，不能走极端。高兴不能过度，否则，乐极生悲。悲伤不能过度，否则，绝望至终。恪守中庸之道，坚信阴阳平衡。低潮过去会有希望，阴云散去会有阳光。大自然保持阴阳平衡的秩序，维持着运行不穷的四季。我们应该学会遵循平衡原则，顺应自然规律，探究历史规律，做事进退有度，享乐张弛有度。顺境不张扬，逆境不悲伤。

自信是战胜困难的力量源泉。处顺境时低调行事，遇挫折时昂首挺胸。保持乐观，坚定自信。把握平衡原理，坚持中庸之道。

中庸之道在“文革”中曾经被批判。经过改革初期的迷茫和冲动，今天，人们真正体会到中庸之道的意义，还它本来的面目，登上大雅之堂，引起了人们的高度重视。

要保持平衡，就应该走中庸之道。因此，在新环境中，保持中立，不靠近任何一方，不亲近任何一人。一切从实际出发，从大局出发；不寻求小团体的庇护，不追求小集体的捷径。脚踏实地，忍辱负重。

面对新环境，不会事遂人愿。解决新问题，必然困难重重。对工作中的困难要有充分的心理准备，从实际出发，忍让为先，克制为鉴。从大局出发，豁达地包容一切，坦然地面对一切。以解决问题为前提，工作对事不对人。找原因，定措施，抓落实，查结果。

面对新环境，做事不贸然冲动。把困难估计足，把措施准备足。摆正位置，深入群众。全面了解基本情况，因势利导，扬长补短。加强联系，有效沟通。脚踏实地，循序渐进。恪守中庸道，不偏不倚行。

一颗平常心，一生和为贵

/ 2004 年 11 月 28 日

人生不平坦。悲欢离合常有，喜怒哀乐多见。如不能保持一颗平常心，势必陷入苦恼的折磨之中，时而喜出望外，时而悲痛欲绝；时而忘乎所以，时而自惭形秽。其实，人生遵循一定的规律发展，有上升必有下降，有欢乐必有苦恼；要活得健康，活得坦然，活得舒适，就要保持一颗平常心。胜不骄，败不馁。不管别人怎么看，自己相信自己。正如孔子所言："人不知，而不愠，不亦君子乎？"

对自己而言，现在最需要平常心。在别人的赞美中很容易飘飘然，其实，今天的我和昨天的我一样，可昨天人们也许还不以为然，甚至，还不屑一顾。这就是现实，当你背运时，会骂杀你；当你走运时，会捧杀你。自己一定要保持清醒的头脑。无论何时，都要坚守自己的做人准则。正如孟子所言："威武不能屈，富贵不能淫，贫贱不能移。达则兼济天下，穷则独善其身。"

今后，路也许更难走，事也许更难办，别人对你的期望和要求会更高。因此，要保持一颗平常心，走自己的路，坚持自己的原则。为了融入集体，尽快适应环境，要学会外圆内方，外柔内刚。得意莫自负，需平静。失意莫悲伤，要冷静。遇事莫烦躁，要安静。永远保持一颗平常心，勿大喜，勿大悲；顺其自然，随遇而安。

新环境需要适应，新同事需要磨合，新工作需要熟悉。所有这一切都不以个人意志为转移，各种困难、各种阻力会接踵而来。因此，对工作要有充分的思想准备，不能感情用事。礼之用，和为贵。

遇到困难要从自身去找答案，不期望别人雪中送炭。面对新环境，首先，要坚定信念。只要有舞台，一定能把事情办好。任务越是困难，信念越要坚定，工作越要细致，越要注意发挥下属的作用。其次，要磨炼性格。以豁达和包容的态度和同事交往，尽快融入中冶文化，做到“有效沟通、积极合作”，资源共享，为实现共同的愿景努力工作，共同奋斗。第三，要及时总结反馈不足，适时改进工作方法，培养大局观，把握大方向，培养执行力，控制工作节奏，保证在正确的方向上按计划推进工作。第四，要不断学习，尽快熟悉中冶的全面业务。敏而好学，不耻下问。第五，及时向老领导请示汇报，虚心请教，争取他们的支持。

新征程，新目标；新任务，新领导。新环境，困难多，机会少。新同事，观望多，理解少。对此，要有充分的思想准备，不管别人如何对待自己，都要忍耐。不论别人采取什么态度，都要礼让。不管困难有多大，都要克服；不管问题有多少，都要解决；不管工作有多难，都要推进。以自己的坦诚、豁达赢得同事的信任，努力实现有效沟通和积极合作，朝着共同的目标前进。让事实说话，给大家带来欢乐、愉快和机会，让生活更有意义。这是对领导艺术的考验，是自己的努力方向和奋斗目标。适应各种人，一道工作；团结各种人，共同进步。互相关心，互相帮助。以身作则，在实际工作中培养自己的人格魅力。

雄关漫道真如铁，而今迈步从头越。一颗平常心，一生和为贵。

温故知新

/ 2004 年 12 月 31 日

心情跌宕起伏的 2004 年就要过去了。回顾过去的一年，有喜有忧，有闲有忙；有失落迷茫时的无奈，有孤立无援时的无望；有峰回路转时的惊喜，有尘埃落定时的坦然。

过去的一年，在人生历史上将留下难以磨灭的痕迹，是工作生涯的一个重大转折，也许是厚积薄发，也许是上天恩赐，也许是执著追求的惊天地泣鬼神，也许是命该如此，也许……

不管怎么解释，都无法把自己的心路历程真切地展现在世人面前。唯有自己才能细细品味其中的酸甜苦辣。一年的经历刻骨铭心，做人难，做正直的人更难，做一个有志气不甘平庸的正直人是难上加难，然而，不管多难，自己以惊人的毅力挺过来了，真正做了一个有志气、不甘平庸、正直的人。这能给父母一点慰藉，这能给弟妹一点鼓励，这能给后代一点指引。“威武不能屈，富贵不能淫，贫贱不能移。达则兼济天下，穷则独善其身”。

总结过去的一年，仍有不足之处。原则性有余，灵活性不足。注意工作结果多，考虑领导感受少；埋头工作多，请示汇报少；做得多，说得少；坦诚待人多，警惕防范少。

庆幸的是经历了磨难，身心依旧健康；经历了冷遇，心胸依然宽阔；经历了打击，意志更加坚定；经历了挫折，目标更加高远。

回首往事，无愧人生。感谢帮助我走出逆境的所有人。展望未来，充满信心。把握今天，如履薄冰，不能有丝毫的懈怠。地位越高，自由度越小。然而，地位越高，越容易忘乎所以。这会形成强烈的反差，言行可能不符合岗位、职务的要求。久而久之，留下隐患，形成陷阱，导致功亏一篑。

有鉴于此，严格要求自己，规范言行。不能把自己混同于普通的老百姓，尊重周围的人，处理好各种关系。不在意别人的态度，低调行事，忍让为先。不能有出风头的冲动，更不能有自以为是的行动。三人行，必有吾师；既虚心倾听同事的意见，又不陷入打小报告者的陷阱。言多语失，谦虚谨慎，少说多听。学会倾听，主动和下属沟通。切忌自恃聪明。

凡事要弄清楚，问明白。对似是而非的问题不轻易表态，不妄加评论。既要提防恶意攻击，谨言慎行；又要防止花言巧语，警惕吹捧背后的别有用心。保持清醒的头脑，不要高估自己的能力；不能忽视环境的限制，不能漠视习惯势力的效应。识时务者为俊杰。学会了解环境，主动适应环境。察言观色，少说多听；审时度势，因势利导。时刻敲响警钟，仕途如履薄冰。不能有丝毫的麻痹，始终牢记温故知新。

知止而动

/ 2005 年 1 月 2 日

在新的岗位上充满了挑战性任务，必须以满腔的热情投入，积极推进各项工作，尽职尽责。但是，在推进工作时，要牢记《止学》的宗旨，不能盲目冒进，该止则止，知止而动。

知止，不会欲望膨胀，不会铤而走险；知止，顺应时事，伺机而行。知止，遇事冷静，顺势而为。知止，表现在行动上，却源于人的理念和人生观。守中庸之道，学辩证之法，是培养止的基础。淡泊宁静，清心寡欲，是修炼止的最高境界。工作、事业追求高目标，磨炼意志品质；生活享受保持低水平，抑制贪欲冲动。

人生应该志存高远，为实现目标而奋斗，要拼搏。但是，拼搏者并非人人能登上理想巅峰。人困乃正，命顺乃奇。正确面对生活中的困难和挫折。在逆境中仍能矢志不渝、痴心不改，就会出现命顺的奇迹。坚持就有出路，有所不为是关键。要想以正化奇，把逆境化为顺境，该舍就舍。

行动是有计划、有目标、有准备的。行动，既要抱最好的希望，又要做最坏的准备。能进就进，该止则止。知止而动，顺其自然。

知止固然重要，不能止步不前。作为中冶的副总，肩负着经营的重任，不折不扣地执行任务。如何执行对自己来说是一个新课题。面对新环境、新任务、新同事、新客户，合理定位，摆正关系。为客户提供优质服务；处同事要放下架子，虚心请教，尽快融入中冶的团队。虽然，有些地方亟待完善，但一定要谨慎处之，不宜贸然行事。缺少天时、地利、人和，时刻都有危险存在。因此，宜守柔，低调行事；宜主静，少言多听；多了解情况，多听取意见。工作中遇到困难，本着以柔克刚的原则，不正面冲突，忍让中寻求解决之道，求大同存小异。面对竞争对手，要谦恭，不能轻视。本着互惠互利的原则，寻求合作的基础。从长计议，不怕“吃亏”。欲取之，必先予之。深思熟虑，韬光养晦。在夹缝中求生存，不怕挤压；在严寒中求生存，不畏冰霜。

永远铭记“积弱可以为强、积柔则就为刚”，欲刚，必以柔求之；欲强，必以弱保之。守柔主静是2005年的行动准则，吾日三省吾身，有无过失乎？有无冒进乎？有无懈怠乎？如履薄冰，慎思笃行。

接地气，通下情

/ 2005 年 1 月 13 日

古人云："兼听则明，偏信则暗"。几千年的历史反复证明这一点。然而，在历史的长河中，历代君主兼听者寥寥，偏信者众多。既然兼听则明，为什么君主总做不到呢？让人困惑。大概是人性所致。人喜欢听好听的，喜欢别人恭维，不愿意听批评意见。地位越高，越容易走极端，不能兼听，乐于偏信。久而久之，自以为是，把自己当做真理的化身，顺我者昌，逆我者亡。好多人在事业初期，还能听取不同意见。随着事业的发展，地位的提高，就忘乎所以了，把成功归因于自己的才能，兼听的作风渐行渐远。

它山之石，可以攻玉。自己的事业刚起步，一定要汲取别人的教训，不犯类似的错误，提高分辨是非的能力，学会兼听，防止偏信。凡事都要问为什么，天上不会掉馅饼，越是有诱惑的消息，越要谨慎，越要警惕；越是大家追逐的事，越要谨慎；越是别人在吹捧，越要冷静。人贵有自知之明，正确评价自己，客观看待工作。学会欣赏别人的优点，学会鼓励别人工作，学会倾听别人的意见，特别是不同意见。

高处不胜寒。身处高位，如果不能谦和，必然会脱离群众，难以了解事情真相；好比盲人骑瞎马，半夜临深池；一不小心，会掉进万丈深渊。前车之鉴，不可不察。兼听是防止掉入陷阱的有效途径，接地气、通下情是兼听的必由之路。

从事管理工作，有效沟通是兼听的主要途径。沟通能力决定了工作的成效，服务态度决定了创造价值的能力。因此，在日常工作中，要注意和周围每一个人有效沟通。良好的沟通能够形成合力，有效的沟通可以化解误会。如果能做到这两点，就能够形成良好的人际关系，可以积极地合作，从而实现资源共享。

眼下，沟通是摆在面前的首要任务。由于自己是空降经理人，对原先形成的平衡格局产生了冲击，受冲击波影响的人有一种本能的疏远；如果自己不能主动地和周围的人互动，不能实现有效沟通，自己的言行很容易触犯某些人，甚至，会影响一些群体；稍不注意，就会树立起一个反对阵营。一旦出现这种局面，任凭你的思路正确，任凭你多么坦诚，都会遭到强烈的反对，你会被孤立，主观愿望和客观效果难以统一。

因此，在注意沟通的同时，努力提高自己的服务水平，用自己的实际行动去影响、感染周围的人，慢慢地让周围的人认识你、了解你，最终达到认可你、佩服你。只有这样，才会实现有效沟通，才能形成合力。只有这样，自己的服务才会给企业创造价值，才会推动公司管理水平的提高。

两个多月的工作，对中冶集团表面上有一些了解，对全集团的业务分布和子公司有了一点粗浅的了解。为了更好地了解中冶，认识中冶，判断中冶的优势与不足，有效地利用外部环境的机会，要加强学习，谦虚谨慎，深入群众，认真倾听职工、领导的意见和呼声。只有这样，才能全面了解中冶，客观评价中冶，科学规划未来。只有这样，才能有的放矢开展工作，为做好本职工作奠定基础，为中冶集团的发展积累经验。

在和职工的交流中潜移默化地传播自己的理念和价值观，扩大对职工的影响范围，激发职工的学习热情和创新动力，增强职工的凝聚力和战斗力，培养职工良好的执行意识和顽强的执行力，不达目标誓不罢休。

通过倾听，了解企业细胞的真实情况，判断企业肌体的健康状况，发现可能的亚健康因素，有针对性地开出药方，按时服药，定期检查治疗效果，按疗程推进，勿急于求成。

接地气，通下情。通过学习，提高自己；通过倾听，了解别人。知己知彼，百战不殆。

慎小治大

/ 2005年1月22日

“欲渡黄河冰塞川，将登太行雪满山。行路难，行路难。”李白的诗是有志之士在艰难曲折中心情的真实写照。每当读到此处，感慨颇多。没有为遇到的困难吓倒，反倒变成激励自己继续前行的动力。既然选择了攀登，就要竭尽全力。既然选择了前行，就要矢志不渝。无论多难，必须奋力前行；哪怕多苦，必须继续攀登。攀登要理智。比较合理的路径，两害相权取其轻。攀登考虑周密。谨慎小疏忽，避免大失误。前行要审慎。调整合适的步伐，两利相权取其重。前行方向正确。看清迷雾，步伐要稳；辨清方向，目标要准。

路难行，仍要行，勇往直前。事难办，仍要办，一丝不苟。人难做，仍要做，以诚相待。不怕路难行坎坷多，何惧事难做陷阱多。审时度势，因势利导。在适应中提高，在学习中进步。在陡峭中攀登，在坎坷中爬行。事事艰难，慎小治大。

慎在于畏小。小不忍，则乱大谋。小鬼难缠，小阴沟翻船；小人当道，鸡犬升天。这些都从不同侧面说明不能忽视小事，不能不拘小节，不能轻视小人。正确认识大与小。一生追求的事大，一时屈辱的事小。长远发展的事大，一时忍让的事小。站稳脚跟的事大，不平等待遇的事小。有舞台表演事大，扮演角色事小。身心健康事大，经济收入事小。认真做大事，糊涂对小事。把握大局，集中精力朝目标前进。勿纠缠小事。识时务，顺潮流，外圆内方，勿固执己见。广纳谏言，礼贤下士。

注意大事中的小节。大事从小处着手，稳妥推进。小事从大处着眼，统筹考虑。忍让为先，不求一时之欢欣，不计一事之盈亏。打好基础，协调好关系；不张扬，不冒进。凡事低调，埋头苦干。不求轰轰烈烈，但求稳稳当当。拘小节，做小事，防止眼高手低。全面细致地了解情况，客观准确地判断走势，积极稳妥地推进工作。慎小事，谋大局。远小人，防大患。走好独木小桥，勿羡慕阳关大道。勿以善小而不为，勿以恶小而为之。

智在于治大。大丈夫顶天立地，大智慧造福人类，大手笔描绘江山，大志向勇攀高峰。有志于大，应从小事做起。不积跬步，无以至千里。不积细流，无以成江海。千里之行始于足下，九层之台起于垒土，千里之堤毁于蚁穴，合抱之木始于毫末。有志于大，要经得起小事的考验。凡事讲求原则。严于律己，宽以待人。学会慎独，不为诱饵所迷，不为美色所动。时刻铭记“宁静致远、淡泊明志”。有志于大，敢当配角，愿做小事。不争名，不争利。尽职尽责，问心无愧。打好基础，积累经验。迎接大挑战，满足高要求，做出贡献，赢得赞誉。有志于大，韬光养晦，忍辱负重。不争一时之高下，不贪一事之名利，不图一时之欢愉，牢记一生之追求。

慎小治大。智者千虑，必有一失。谦虚谨慎，认真学习。借鉴别人的经验，弥补自己的不足。谨言慎行，防止一言之失铸成千古之恨；取人之长，牢记一人之力难敌千人之势。夹着尾巴做人，睁着眼睛做事。用众人之智，成共同之事；以共同之理念，激发众人之热情。智在于大，勿一叶障目不见泰山。慎始于小，一着不慎满盘皆输。

四十七岁生日感怀

/ 乙酉年正月二十八

今天是四十七岁生日（农历）。真是光阴似箭，日月如梭，转眼就到了知天命之年了。过去的一年，是心潮跌宕起伏的一年，是事业峰回路转的一年，是人生忙里偷闲的一年，是酸甜苦辣说不尽的一年，是喜怒哀乐交替的一年。过去的一年，是不平凡的一年，是不平静的一年。

回首过去的一年，百感交集。人生要奋斗，要把握机会，要争取机会。人，做自己命运的主人，不能听天由命，不能任人摆布。面对生活，积极地改变现状，不能消极地适应现状。

回首过去的一年，意志更坚。几十年来，我坚信："有志者，事竟成。"只要意志坚定，无论遇到多大的困难都能克服。经历了 2003 年的打击，2004 年又在逆境中起死回生，更加坚定了这一信念。无论什么时候，都不能动摇信念，都不能放弃追求，都不能怨天尤人。胜利往往就在于再坚持一下。

过去七年，参加了四次公开招聘，感悟到人生不能随波逐流，要朝着既定的目标前进。顶狂风，迎烈日，勇往直前。尽管社会上有各种升迁的途径，但唯有经过自己的努力，才升迁得踏实，才能体会到奋斗的价值和成功的乐趣。最好的生日礼物就是努力奋斗，改变现状，登上更高峰。

《中庸》有："博学之，审问之，慎思之，明辨之，笃行之。"面对新形势、新问题，不但要博学、审问，还要慎思、明辨。

慎思就是防止感情用事，一念之差酿成千古之恨。慎思从慎开始，谨慎行事。办事严谨，忌胡思乱想，要问自己：是什么，为什么，怎么办，不能想当然，不能自以为是。不能依靠过去的经验处理今天的事情，不能用今天的眼光审视明天的发展，以发展、变化的眼光看待人和事，以谨慎的态度面对一切，以深思的习惯审视一切。思无邪，行有方。

明辨就是防止受骗上当。天上不会掉馅饼，没有白吃的午餐，没有无缘无故的爱。面对纷繁复杂的社会、人群，不能轻信一面之词。不贪不义之财，不饮过量之酒，不做违心之事。不管任何人，无论任何事，都不能轻信别人所言。凡事自己都要判断、思考。任何事情都有两面性，既要看到其正确的一面，也要看到其错误的一面。既要利用其有利的一面，又要防止其不利的一面。既要因势利导，又要防微杜渐。既要主动，又要谨慎。在慎思后决策，在明辨后行动。选准目标，看清方向，脚踏实地，勇往直前。抵御诱惑，防止陷阱，清心寡欲，淡泊明志。

“养心莫善于寡欲，养廉莫善于止贪。”《处事悬镜》中的这句话今天读来耐人寻味。古往今来多少人，因纵欲而身败名裂，因贪婪而遗臭万年。

有志于成大事者，要在养心与养廉上下工夫。不能为投机者的飞黄腾达而心动，不能为一时的孤寂而意志消沉，不能因一时的贫困而动摇信念。从完善自我的高度对待养心与养廉。站在为子孙后代树立榜样、弘扬家风的高度，养心与养廉。保持平和心态，不羡慕别人的荣华富贵，不嫉妒别人出人头地。珍惜已经得到的一切，客观评价自己，长存感恩之心。堂堂正正做人，老老实实做事。欲成为高尚之人，必从事高尚之事。

经过个人努力实现人生追求。牢记“达则兼济天下、穷则独善其身”的忠告，面对灯红酒绿，心静如水；面对荣华富贵，理智冷静。克服骄傲自满的情绪，养成虚怀若谷的习惯。矢志不渝学，低调忍耐行。

贵在坚持

/ 2005 年 4 月 3 日

自从 1999 年 5 月 17 日到秘鲁铁矿工作，我开始连续记日记，到今天已经记完 11 本。在这 11 本日记里清晰记录了七年来学习、工作和生活的情况。如果没有连续的日记，随着岁月的流逝，过去的经历在记忆中渐渐淡忘，甚至消失了。凭记忆回忆过去，很难完整地再现昔日的往事。想到此，更觉得每天记日记是一件很有意义的事。虽没有作家的文采和灵感，但朴实无华的白描更能逼真地再现过去的生活。

冬去春来，已经有七年了。这七年是人生的重要阶段，实现了二次飞跃。第一次是从有色金属贸易集团加盟中国首钢国际贸易工程公司（简称中首公司），并作为秘鲁铁矿总经理，把一个濒临破产的企业拯救活，自己有幸见证了秘鲁铁矿的变化。第二次是从首钢到中冶集团，负责境外资源开发。在这里能够利用自己的专业知识、工作经历。新岗位并非一帆风顺，仍然会有曲折，甚至，还会有无尽的苦恼、无奈……

正是通过日记，生动地记录了现在。当我们重新阅读这些日记时，人生的经历就像一部纪录片一幕一幕展现在眼前，有喜有忧，有苦有乐，有消沉，有悲愤。但最终还是靠百折不挠的精神，战胜了一切困难，一往无前。过去的岁月积淀为四个字，在心底刻下深深的烙印，贵在坚持。

领悟个人修养之点滴

/ 2005 年 4 月 18 日

“处贵而骄，败之端也。处富而奢，衰之始也。去骄戒奢，惟恭惟俭。”今天再读这段文字，有了新的体会。随着地位的上升，环境的改变，骄横的情绪自然滋生，奢侈的愿望自然膨胀。如果在思想上不重视，有可能滑向堕落，走向失败。防止骄傲情绪滋生，随时戒骄戒躁；警惕奢侈愿望蔓延，随处克勤克俭。

保持简朴的生活作风，戒贪戒奢。不和别人比金钱，比地位，要知足。经常反省自己是否无功受禄，是否不胜任工作，是否缺乏合作精神。吾日三省吾身，静坐常思己过，闲谈莫弄人非。偶有不快，不能影响情绪，更不能影响工作。学会忍耐，顺其自然。低调行事，放下架子。惟恭惟俭，方能求得平安；惟忍惟让，方能避开灾祸。隐忍谦让为先，克制宽容为鉴。

“蝼蚁之穴，能毁千里之堤。三寸之舌，可害身家性命。”古往今来，因小失大的教训无数，不慎言语的悲剧遍地。杨修因多言而惹祸，岳飞为耿直而丧命。

生性耿直，慎言极其难。因对上忠心耿耿，总是直言相劝，实话实说。不注意说话方式，不考虑上之感受。往往事与愿违，好心不得好报。甚至，因实话实说招来横祸。轻者，被贬发配；重者，命丧黄泉。古之忠良多悲伤，越是忠诚，命运越艰难；越是耿直，仕途越坎坷。尽管历朝历代的统治者都鼓励直言谏上，在上往往难以采纳谏言。虚荣之人性使然，不能兼听，更不能纳谏。

以史为鉴，可以少走弯路。不为直言找借口，多想慎言保平安。说实话伤人，说真话惹人。少说官话，不说套话。宁愿默默无闻，也不树大招风。

自高者处危，自大者势孤，自满者必溢。为人处世，既要慎言，更要平易近人。对上对下，一视同仁；防止目空一切，不能自命不凡，切忌不可一世。

平易是一种心态。人应该正确对待社会地位，正确对待自己。长存感恩之心，不能忘乎所以，更不能盛气凌人。平易是一种修养。平易是道德品质的外化，是个性成熟的标志。凡是有雄才大略的人，都能平易近人，说话总能深入浅出，有“听君一席话、胜读十年书”的感受。平易是与人和睦相处的法宝。人都有被别人尊敬的期望。越是地位低的人，这种期望越高。身为领导，如能平易近人，会奠定良好的人际关系基础，能打开事业成功大门，踏上登堂入室的旅程。平易是事业成功的奠基石。无论多么有才华，如不能平易近人，很难在事业上获得成功。当今的社会分工越来越细，人们的互相依赖越来越多。如不能平易近人，很难取得别人的理解、信任，更得不到别人的支持和帮助，最终因孤陋寡闻而成为孤家寡人。

个人修养在于持续修为，事业成功在于不懈努力，人生价值在于点滴积累。积跬步之功，行千里之路。聚涓涓细流，成浩瀚江海。修养恪守礼仪，人生学会慎言，处事能够平易，事业秉持正义。

变通之道

/ 2005 年 5 月 14 日

宋楚瑜先生和胡锦涛总书记见面时应用了《易》中的内容：“……化而裁之谓之变，推而行之谓之通，举而错之天下之民谓之事业。”

今天，翻阅《易》经，发现其中不少地方在讲变和通。可以说，《易》是一部关于宇宙万物变、通规律的书。潜心钻研《易》经之理，仔细领悟自然之道，准确把握发展之势，稳健开辟人生之路。

在实际工作中，理论联系实际，掌握变与通的规律，积极进取，主动应变，寻求圆通。“化而裁之存乎变，推而行之存乎道，神而明之存乎其人。默而成之，不言而信，存乎德行。故圣人以通天下之志，以定天下之业，以断天下之疑。”

穷则变，变则通，通则久。这就告诉人们不能墨守成规，在追求变的过程中坚守仁、义、德、礼的基本原则。善不积不足以成名，恶不积不足以灭身。君子安而不忘危，存而不忘亡，治而不忘乱，是以身安而国家可保也。天地之大德曰生，圣人之大宝曰位。何以守位，曰仁；何以聚人，曰财。理财正辞、禁民为非曰义。至天下之民，聚天下之货，交易而退，各得其所。

由此可见，《易》经中充满辩证法，告诉人们应该坚守仁义德，积德行善，顺应潮流，慎独行事。把握变通之道，修炼仁义之心。

谦逊平和

/2005年6月21日

在别人没有完全认识你之前，不能急于让别人认识，要称沉住气。在没有放手让你干之前，不能抢着去干，要耐得住寂寞。在别人不愿意征求你意见时，不要主动发表意见，要守得住趣。凡事要冷静，保持谦逊的态度。

连战先生讲："走对路，才有出路。"关键是选对路，走起来慢一点没关系。只要不摔倒，总能向前行。学习龟兔赛跑的经验。多少事从来急，应该只争朝夕。但是，大环境不成熟，欲速则不达。倒不如养精蓄锐，以待其时。平时，在完善提高上下工夫，在理解、了解上养品行，在观察、分析上磨耐力，在控制、克制上练意志。

在社交场合，如果没有好的口才，交流不会成功。但是，只有好的口才，不会把握时机也难成功，学不会不说或少说，会事与愿违。因此，首先，训练口才，善于表达思想，言简意赅。其次，学会少说话，防止言多语失。第三，学会沟通。心领神会，有效沟通，积极合作。

在社交场合忌夸夸其谈，要虚心聆听。无论是办事，还是说话，要三思而行，学会控制自己。培养谦逊的态度，虚心向别人请教，不能自以为是。少说多听，不能自作聪明。讷于言，敏于行。

无论你多么敬业，难免有失落的时候；无论你多么坦诚，难免有被误解的时候。无论你多么忠实，难免有受委屈的时候。生活就是这样，没有绝对的公开、公平、公正。公平可遇不可求。过于理想化的追求，只能导致更大的失误。过于计较琐事，只能平添无尽的烦恼。保持平和心态，坦然面对一切。宠辱不惊，望天上云卷云舒；去留无意，看庭前花开花落。唯有心态平和，才能生活得轻松。唯有顺其自然，知足才能常乐，能忍方可自安。

名利地位，似过眼烟云；唯有生命才是人生财富。较劲会心灵失衡，放下能随遇而安。心平气和，讲的是养生之道。无论遇到多大委屈，生命在幸福就在。纵观历史，凡追名逐利、绞尽脑汁者，多无好结局。抚今追昔，道法自然。心态平和，保持谦逊。忘记名利烦恼，享受人生乐趣。

目标指引人生

/ 2005 年 11 月 18 日

“想你所得，得你所想。”一个人的思维轨迹决定了他的人生轨迹。成功者，坦荡荡，乐观向上；失败者，常戚戚，悲观失望。由此可见，积极的思维方式产生积极的生活态度。面向未来，愿景指路。乐观的人充满活力和激情，生活会幸福、富裕。这是人生迈向成功的起点。

然而，站在迈向成功的起点，如果没有明确的目标，不会到达成功的彼岸。就好比百米运动员，站在起跑线不知道终点在哪儿，他很难第一个到达终点。明确目标是人生成功的关键。目标指引人生，志向激励人生，行动塑造人生。

在明确目标后，你就要奋力冲刺，全力以赴，坚持到底。在具体的工作中，就要追求卓越，精益求精，以实现最理想的结果，把动机和效果有机结合起来。成功路上无坦途。在前进的道路上敢于克服困难，善于解决问题，既不悲观失望，也不盲目乐观。在干中学，积累经验，认识真理，增长自信。在学中干，领悟细节，把握要领，减少失误。

世界是物质的，物质是运动的。没有一成不变的真理，没有永恒的经验。活到老学到老，巩固旧知识，领悟新体会；学习新知识，开拓新视野。朝着正确的方向，盯着人生的目标，迈开双腿，加速奔跑。

无论是顺境，还是处逆境；都不能迷失目标，更不能见异思迁。处顺境时，要理性思考；准确分析道路上的障碍，巧妙化解前进中的风险。在战略上藐视困难，在战术上重视困难。运筹于帷幄之中，决胜于千里之外。处逆境时，要冷静应对；客观判断前进中的阻力，理性寻找突围的路径。

成功不能沾沾自喜，挫折不能动摇信念。有成绩不能好大喜功，受批评不能放弃原则。在赞扬声中查找不足，取长补短。在批评声中坚定信念，忍辱负重。秉持“达则兼济天下、穷则独善其身”的理念，以百折不挠的毅力拼搏，以坚忍不拔的意志奋进；坚信“天生我才必有用、长风破浪会有时”；追求真理，造福社会。

一如既往前进

/ 2006 年1月1日

一元复始，万象更新。一人独闯天下，万难千阻拦路，艰辛不言而喻。一旦凯旋归来，鲜花掌声相伴，喜悦情不止禁。然而，喜悦的背后饱含着艰辛，唯有一生不懈的追求，才有一时的喜上眉梢。回首往事，挫折坎坷一一浮现，一时的委屈，一时的无奈，没有动摇一生的追求。展望未来，困难障碍一一等在前面，一时的冲动，一时的自卑，都会留下一世的遗憾。唯有一如既往的努力，一心一意的工作，一往无前的奋进，方可巩固一时的成绩，开辟一席之地，实现一生的理想。

一生之路漫长，一事之迹短暂。唯有尽心尽力，有效利用一时，圆满完成一事，才能奠定一生事业之基础。光阴荏苒，岁月如梭。虚度光阴一时，草率处理一事，必将酿成一生之大错。人生经历，一点一滴积淀在胸；世人恩泽，一生一世铭刻在心。天生我才必有用，不怕一时之失意，不惧一事之曲折；只要矢志不渝，铸就一生辉煌，留下一世英名。一念在心，永世不忘。一如既往，鞠躬尽瘁。

人生的三大任务

/ 2006 年 6 月 24 日

人生有很多追求，有很多诱惑。但归纳起来，毕生有三大任务：事业、家庭和健康。要完成这三大任务，需要坚持一个宗旨：和谐。

事业成功离不开个人的努力和奋斗，离不开同事、客户的合作，所有合作都应该建立在和谐的基础上。加强个人修养，学会有效沟通。充分听取别人的意见，适当考虑别人的建议，尊重利益相关方的诉求，建立融洽的合作关系。

家庭幸福离不开忍让。敬老爱幼要以身作则，吃苦在前，享受在后。有话心平气和沟通，有事集思广益研讨，防止大男子主义，避免不负责任的寻花问柳。为子孙后代树立榜样，互相关心，互相爱护，互相帮助。无论穷富，教育子女都要恪守“诚信、勤俭”的准则，一粥一饭，当思来之不易。半丝半缕，恒念物力维艰。

健康生活离不开良好的习惯和平和的心态。良好的习惯是基础，平和的心态是保障。吾日三省吾身，有不良嗜好乎？被不良心态左右乎？纠缠于小事乎？做到“合理膳食、适当运动、禁烟限酒、心态平衡”。首先，保持合理的饮食习惯，不暴饮暴食；其次，坚持适量运动，不管什么运动，贵在坚持。贵有恒，何必三更起五更睡；最无益，就怕一日曝十日寒。第三，禁烟限酒，理智地应对社交，不酗酒。第四，保持心态平和。无论顺逆，不管得失，学会坦然面对。宠辱不惊，望天上云卷云舒；去留无意，看庭前花开花落。这是最关键的一点。人生得病的根源在于心情不好，气血不畅。气滞血瘀生成病灶，积劳成疾加剧恶化。人生苦短，学会呵护健康。人生短暂，学会乘风破浪。

无论成败，不管进退，都要冷静面对。牢记个人的社会责任，尽忠于国。事业有成，欣然；尽职尽责，坦然。承担自己的家庭使命，尽孝于家，赡养父母；健康生活，养育子女。自古忠孝难两全，这就需要运筹帷幄。在工作上，营造良好的人际关系，取长补短，不忘感恩。在生活上，形成和谐的家庭氛围，敬老爱幼，传承家风。

学习班结业有感

/2006年6月30日

为期两周的“国有重要骨干企业领导人员培训班”今天正式结业了。时间虽短，收获颇多。触及企业法人治理结构的前沿，结交央企不同行业的领导，对今后的工作有很大的启发和帮助。

带着收获和感悟返回工作岗位，认真审视集团公司的战略定位、运营流程、人员流程及薪酬制度等，结合自己的分工，努力提升自己的宏观指导能力和微观协调水平，以现有员工为基础，充分调动其积极性和创造性，沿着战略方向，完善工作程序，提高工作效率，理顺工作关系，营造充分发挥作用的环境，知难而进，不懈努力。

带着思考和理念返回工作岗位，审视自己的工作定位，既要到位，又不能越位。既要有主见，又要顾大局。既要认真，又要灵活。大环境是跨国公司的竞争，小环境是公司内部的竞争。以正确的思维方式面对竞争，以积极的态度准备竞争，以缜密的工作研究竞争对手，以不懈的努力提升公司的竞争能力，提升自己驾驭竞争的能力。知己知彼，百战不殆。

形势严峻，道路艰险。以忘我的精神投入，以必胜的信念进取，脚踏实地，默然前行。

挑战极限

/ 2006年7月1日

今天，举行青藏铁路格尔木至拉萨段通车仪式。在庆典上国家主席胡锦涛号召全国人民学习“挑战极限、争创一流”的青藏铁路精神。

青藏铁路的建成，确实是人间奇迹。它向人类的极限挑战，创造了无数人间奇迹。这是海拔最高的一条高原铁路，唐古拉山口的海拔高度达5072米。它是穿过全年冻土层最长的铁路，穿过冻土层长达590多公里。它也是国内建成的第一条污染物零排放的铁路。

青藏铁路的建成是几代人共同奋斗的结果，标志着我国铁路建设技术达到了世界先进水平。青藏铁路的建成对加强国防、促进当地的经济发展有极其重要的意义。

青藏铁路建设的经验，就是挑战极限。不论做什么，如果有挑战极限的决心和信心，就可以创造奇迹。和建设青藏铁路相比，我们的日常工作就显得容易多了。因此，我们没有理由在困难面前低头，没有理由半途而废。只要有争创一流的目标，我们就能够成功。人生应该有所追求，不能满足于现状，敢于挑战极限，永远争创一流。

挑战极限非一蹴而就。积跬步之功，行千里之路。聚涓涓细流，成浩瀚江海。踏破坎坷成大道，穿越激流扬风帆。挑战极限，要有扎实的基础，练就过硬的本领。挑战极限，需要顽强的意志，坚守必胜的信念。历尽千难万险，意志依然弥坚。挑战极限，非一己之力，乃众人之功。团结协作，攻坚克难。凝心聚力，所向披靡。

在感悟中静心

/ 2006 年 7 月 21 日

为期四天的培训班今天结束了。五十三名公开招聘的中央企业高管回到了自己的工作岗位。时间虽短，收获颇丰。既交流了思想，又沟通了信息。畅谈中共鸣，感悟中静心。公开招聘上岗的是一群不甘平庸的人，现实环境往往不尽如人意。因此，在各自的工作岗位工作一段时间后，在一起交流思想，其意义远大于学习理论知识。精神慰藉胜过理论武装。

物以类聚，人以群分，是公开招聘把我们聚在一起。我们的经历、阅历虽然不同，但勇于竞争的个性是相同的。工作中遇到的困难不同，克服困难的动力是相同的。那就是用自己的实际工作，证明公开招聘的方向是正确的，经过公开招聘选拔的同志是胜任工作的。

市场化选聘人才是大势所趋。但在传统思维的大环境中，用人单位对空降兵本能上会有抵触情绪。无形之中变成了对招聘人员实际工作的抵触，甚至会出现有意识的刁难。这种氛围不利于企业的国际化竞争，但有时是客观存在的，不能视而不见。因此，通过公开招聘上岗的人要有足够的心理准备，只能慢慢适应，在适应中站稳脚跟。不能被困难吓倒，不能漠视文化阻力。融入文化，身体力行。外圆内方，固守灵魂。

昨天的分组讨论，交流了学习、工作情况。虽说每个人讲得不多，但从各自的言谈中，感受到工作不易，体会到聪明才智，在困难中积极工作，度过了困难时期。每个人的工作环境不同，遇到的困难各异，但战胜困难的意志、品质是相同的：百折不挠，勇往直前。

在一起交流是互相勉励。别人有类似的困难，自己就不觉得孤单。听别人介绍工作方法，眼前豁然一亮，天无绝人之路。尽管都很难，大家都在坚持，打掉牙和血吞。这有点像在凄风苦雨中相互招手，彼此勉励。风雨无阻，星夜兼程。虽说不是交流成功经验，彼此没有分享喜悦。但这种苦涩似乎更具有感染力和影响力，在人生的旅途中会留下难以忘怀的一瞬。

工作让我们悟出取舍之道。我们必须先付出辛劳，不能期望马上有回报。同时，要有充分的心理准备，即使付出了辛劳，也许终究不会有回报。即使是这样，无怨无悔。为了理想，挑战自我。经历风雨的过程，远胜过欣赏彩虹。风雨中坚守，感悟中静心。

慎其独

/ 2007 年 1 月 15 日

自从 1978 年上大学离开家乡，今年已进入第 30 个年头。回顾这些年走的路和点滴进步，有赖于自己能“慎其独”。

在未来的工作中仍然要继续“慎其独”，不为各种诱饵所动。凡事三思而行，考虑后果和影响，始终牢记自己的理想，不能对自己有任何的宽容。在思想上不能松懈，在行动上不能自满。地位高了，往往容易滋生一些活思想，放松对自己的要求；有时，甚至为自己的有些行为找借口。因此，要时刻告诫自己“慎其独”。

正确对待自己，客观对待别人。学习别人的长处，弥补自己的不足。一切从零开始，朝着目标方向勇往直前。以坚韧不拔的意志向顶峰攀登，以百折不挠的精神跨过崎岖沟坎，以齐家治国平天下的目标规划学习工作。有计划、有步骤地沿着格物、致知、正心、诚意的道路前进。无怨无悔地在创业的荒漠里耕耘，不怕收成不好，只恐努力不够。不怕机会不多，只恐准备不足。全力以赴，呕心沥血。

始终恪守“但行好事、莫问前程”的座右铭，默然前行。人生自古谁无死，留取丹心照汗青。在困难中磨炼意志，陶冶情操。居庙堂之高忧其民，处江河之远忧其君。不以物喜，不以己悲。

虽说，有时为钱少困惑，没有钱不行。但冷静一想，金钱不是万能的。金钱应该用于造福他人，不是助长个人奢侈的生活方式；否则，就会堕落，灵魂会被金钱吞噬，志向会被美色淹没。坚持人生大方向，志不移。融入人生大熔炉，慎其独。

修炼心静神宁

/ 2007年1月28日

最近痒疹严重，难以入睡。昨天，一清早挂中医专家许先的号，下午瞧病。大夫见面问的第一句话是：最近心情烦不烦？睡眠好不好？我说，不烦，睡眠不足。其实，我的心情和睡眠最近确实不好。

离开医院，我似乎找到治病的途径。一是心情愉快，二是睡眠充足。心情与自己的工作处境有关，睡眠与持续超时工作有关，尤其在境外出差，需要与国内同步汇报工作、颠倒时差，严重影响了睡眠。心情愉快、睡眠充足的前提是心静神宁。心静神宁是人生的最高境界。平时，难以做到心情好、睡眠好，可能有客观原因；但从根本上讲，还是心浮气躁，没有摆脱物欲的隐忧和名利的熏陶。在日常生活中被这些身外之物所左右，心难静，神难宁。

然而，人非圣贤，孰能无欲无求。只是我们面对名利、物质金钱不要太认真，顺其自然，随遇而安。不要为工作的事而苦恼，不要为金钱的拮据而惭愧；不要和别人攀比，不要和自己较劲。一切事情，只要尽力了，就问心无愧。

话可以怎么说，但事情真要轮到自己头上，心中难免有失落，难免惭愧，一种不满足的冲动自然而生，无形中给自己增加了压力。总希望通过自己的努力改变现状，以卧薪尝胆的付出获得社会认可，换来家人生活的富裕。这种心理状态就是自己和自己较劲，觉不敢多睡，钱不敢多花，久而久之，透支了体力；在不知不觉中牺牲了健康。当现实再不能如愿时，心情无法平静。这就是问题所在，是不甘平庸的性格所致。

问题清楚了，原因找到了，真要做到心静神宁，路漫漫其修远兮，吾将上下而求索。

难怪古人把修身摆到齐家治国平天下的高度来对待。一是说明修身的重要，它关系到能否实现齐家治国的目标。二是告诉人们如何实现修身，如何做到“正心、诚意、致知、格物”。

所谓格物就是看清事物固有的规律、本质；比如，对人而言，总要经过生老病死。因此，当为名利所困时，就要想到穷人富人都会死，保持心情舒畅。身体健康比财富、地位重要。

所谓致知，就是既知其然，还要知其所以然。但不为一时的谬误当道而愤怒，也不为一事的小人得志而苦恼，铭记孟子“达则兼济天下、穷则独善其身” 的教诲：把一切不如意都归于命运的力量，为人恪守原则，做事尽己所能，保持一颗平常心。

所谓诚意就是忠诚老实。以诚待人，以信守约。不见风使舵，不见利忘义。不说假话，不存侥幸。

所谓正心，就是坚守做人的基本原则，不昧良心，不损人利己。对事不对人，秉公行事，做到“尽职尽责，岂能尽如人意；鞠躬尽瘁，但求无愧我心”。修身离不开学习，学习离不开健康，保持二者之间的平衡，相得益彰。

不能忘记使命

/ 2007 年 2 月 6 日

工作不忘劳逸结合，休闲不忘人生使命。人生漫长，机会稀少。能有今天的岗位，要珍惜机会，不负众望，不辱使命。人才济济，竞争激烈。逆水行舟，不进则退。人生无捷径可走，唯有依靠勤奋。勤勉刻苦是根本，发扬吃苦耐劳精神，甘做老黄牛。知己知彼，百战百胜。静坐思不足，关心外界少，埋头拉车多。不能统揽全局，缺乏整体信息。谨记，履职尽责，全面发展。精通业务，熟悉环境，营造良好的外部环境。弥补不足，取人之长。把握原则性，保持灵活性。严于律己，宽以待人。关心下属，适应领导。勤奋学习，虚心请教。

眺望理想之峰，沉思肩负使命。不能安于现状，多少事，从来急。将相本无种，男儿当自强。人生能有几回搏，不过风波怎肯休？

踏上新的征程，一如既往拼搏，一心一意奉献，一点一滴积累。劳逸结合，有张有弛。不忘使命，学会平衡。脚踏实地，刻苦用功。热爱劳动，愿吃苦中苦。丢掉幻想，甘当螺丝钉。忍辱负重，不辱使命。

增强履职意识，培养担当精神。营造良好关系，培养竞争能力，积极参与竞争，开拓新领域。提高个人修养，履职不辱使命。修身好比登山，会当凌绝顶，一览众山小。唯有不懈攀登，才能登上品行高峰。履职不忘使命，修身不忘初心。

欲成大事，必先从小事做起。正心诚意，致知格物。欲攀高山，必从山底起步。一鼓作气，不懈攀登。欲修身养性，必先从静心节欲开始。

老子曰："五色令人目盲；五音令人耳聋；五味令人口爽；驰骋畋猎，令人心发狂；难得之货，令人行妨；是以圣人为腹不为目，故去彼取此。"

修身先悟道，悟道先体验。凡事先从个人修身开始，打好基础。修身持之以恒，择善而存，扬长补短。修身理论联系实际，师古不僵化，弘扬其精华。修身自我反思，为人谋而不忠乎？与朋友交而不信乎？修身不急功近利，岂能尽如人意，但求无愧我心。

市场经济发展对修身提出挑战。物质生活改善对守志产生动摇，同事间攀比对节欲产生冲击。修身坚守定力。物欲横流，置其中而不染。履职不忘使命。群英争先，尽其职而不惧。踏破坎坷成大道，而今迈步从头越。

四十九岁生日感怀

/ 丁亥年正月二十八日

今天是我的四十九岁生日。按照中国人的习惯，我已经五十岁了，即孔子所说的知天命之年。回顾四十九年的岁月，有苦，有累。正是苦和累，铸就了不屈不挠的人格。有喜悦，有悲伤。喜悦激发再接再厉的动力，悲伤凝聚逆境奋发的力量。有迷茫，有幻想。身处逆境，几经挫折，陷入路在何方的迷茫。事遂人愿，机遇垂青，流露出意满志得的幻想。

有志者，事竟成。剖析四十九年的历程，风雨兼程，历尽艰辛。能有今天，心中珍藏的是感恩，心中积淀的依然是奋进。感恩父母给了我生命。父母勤劳朴素的作风是一面明镜，对照检查自己的一言一行。良师益友的帮助，让自己走出困境，迎来了又一次黎明。伯乐的无私，让自己从茫茫人海里走入央企高管的人群，肩负起为国效力的重任。领导的关怀，同志的信任，自己得以继续前进。爱人的奉献是全身心投入工作的保证。自己能有今天，感谢所有支持、帮助、关心我的领导、同事、亲人、朋友。滴水之恩，当涌泉相报。

苦心人，天不负。一分耕耘，一分收获。人要有不屈不挠的精神，积跬步之功，至千里之行。实现理想靠一分一秒的耕耘，树立威信靠一点一滴的真诚。敬人者，人恒敬之。人无贵贱之分，只有分工不同。农民子弟，永不忘本。敬老爱幼，传承家风。

厚其德，正心诚意修身。慎其独，致知格物精进。淡泊名利，宁静致远。清心寡欲，敬天畏人。

思考人生

/ 2007 年 7 月 15 日

常言道：知足常乐，能忍自安。这是告诫人们如何处世、如何生活。其实，这里只讲了问题的一面，要实现长久的乐和安，不仅要知足和忍耐，还要居安思危，不断进取，不懈努力。坐而言，不如起而行。行动是解决问题的唯一途径。思危不能有畏惧心理，以积极的心态分析困难，判断危机，以实际行动防范危机，在危机出现时化险为夷。

行动不是盲目的，经过深思熟虑，采取果断措施。盲目的行动只能使问题复杂化，使自己陷于被动。草率的行动只能顾此失彼，因小失大。经过深思熟虑的行动是有针对性的，果断的行动能抓住最有力的时机，化险为夷。

居安该知足，居安更要思危。临危不乱，沉着应对。处变不惊，果断采取行动。只有分析透彻危机的根源、危难的严重程度，才能对症下药，因势利导，把问题处理在萌芽状态，营造可持续的安居条件。唯有不断学习，才能增长防范风险的知识。唯有果断行动，才能争取主动，立于不败之地。学习、思考、行动是人生的三项历练。活到老，学到老，思考到老，历练到老。

学思行为的是立德、立言、立功，朝着“为天地立心、为生民立命、为往圣继绝学、为万世开太平”的人生目标执著前进。

立德就是确立自己的道德、行为准则，明确人生观、价值观。这是有志于干一番事业的人必须坚守的底线，而且，应该是高标准的，能够反映时代特征，代表社会发展方向，是别人学习的楷模。

立言是强调在学术上有建树。无论是治国方略，还是专业技术，都有独到的建树，成为指导别人行动的指南；具有启蒙作用，并能引领思想潮流。

立功是对社会的具体贡献。坐而论道，无论多生动、多感人，都不能产生直接的社会贡献，必须身体力行地实践自己的理想和诺言，对社会做出具体贡献，为改善百姓生活、推动社会进步有具体的促进作用。

实践是检验真理的唯一标准。只有对社会做出了贡献，你的理想、信念才能对别人产生积极的影响，你的言论才有说服力。因此，做一个合格的人，在立德、立言、立功上下工夫，以实际行动为人民做表率，以对社会的贡献诠释自己的价值观。

知足与不知足

/ 2008 年 10 月 12 日

最近，凡是到家里来的亲戚朋友都说该知足了。我发自内心告诫自己，确实应该知足，应该感谢所有关心、支持、帮助过我的人。

到了知天命之年的我，对生活享受、待遇应该知足，但是，对自己为社会的贡献不能知足，对父母和家庭的奉献不能知足，对工作的不断改进完善不能知足。

逆水行舟，不进则退。面对激烈的竞争环境，自己处于劣势，不能有一丝的马虎，更不能有一点的骄傲。在生活上不能有一丝的放纵，在事业上不能有一毫的自满。永远不知足，永远向更高目标看齐。

知天命并不是自己放弃努力的借口，更不是随波逐流的理由。无论处在什么位置，对自己的要求都不能放松，工作标准不降低，精益求精。对生活待遇知足，不去和别人比穿比吃，不和别人比名比利。工作目标不知足，百尺竿头，更进一步。春蚕到死丝方尽，蜡炬成灰泪始干。以远大的理想为指路明灯，脚踏实地，勇往直前。

人生有抱负，工作有思路。在前进的道路上不懈努力，致力于突破约束，充分发掘潜能。既遵章守纪，又敢于创新。既勇于探索，又理智思考。工作，既要理性思考，又要充满激情。作风，稳妥不消极，积极不盲从。

人生不忘感恩

/ 2008 年 11 月 26 日

每年十一月第四个星期四是感恩节。这个节日源于刚移民到美国的欧洲人，在当地原住民的帮助下度过生存的难关。在一年的丰收之后，以表达对当地人的感谢，出现了感恩节。

其实，对中国人来说，应该有自己的感恩节。在感恩节之际，真诚感谢帮助过我们的友人，尤其是在抗日战争期间曾经帮助过我们的所有外国团体、友人和海外侨胞。

自己能有今天的生活条件和工作环境，应该有一颗感恩的心。感谢招生制度的改革，恢复了高考，自己有幸成为恢复高考后的第一届大学生。感谢公开招聘的用人制度，给了自己展示才华的舞台。

自己的成长离不开外界的机遇，离不开同事和领导的认可，更离不开别人的帮助。因此，无论何时，都要有一颗感恩的心；无论何地，都不以功臣自居。牢记人民是历史的创造者。自己是普通的一员，要尽职尽责，奉献自己。

感恩不空谈，付诸行动；施舍财物，回报社会。常怀慈悲之心，关心弱势群体；恪守怜悯之意，帮助危难之人。厚德载物，启迪众生。心存善念，拯救灵魂。

人 生

/ 2009 年 3 月 3 日

人生的旅途不论长短，人生的价值不分高低，人总会遇到生命中无法跨越的坎，死亡的威胁。无论是穷人，还是富人；无论是老人，还是小孩；当死神降临时都有着同样的恐惧，同样的留恋，同样的迷茫……这就是人生。

人生不论创造多少财富，自己能享受的有限，大部分留给了后人和社会。但是，并不因为如此，就放弃了人生追求而自甘平庸。这就是人类进步的力量源泉。

人生不论地位高低，当你回首往事时，不因虚度年华而懊悔，不因碌碌无为而歉疚。作为社会的一员，在生活中扮演着特定的角色。只要在人生的舞台上尽力了，就值得后人尊敬。

人生不论贫富，当你回首往事时，不因贫穷而丧志，能够独善其身；不因富贵而荒淫，能够洁身自好。这一生就值得后人学习。

人生不论得志与否，你的表现，你的作为，你的功过，都要留给后人评说，无需庸人自扰。人生如此短暂，珍惜每一天，做有意义的事。人生如此简单，过好每一天，做有价值的自己。唯有心情平静，胸怀才能坦荡。唯有志向高远，才能领略人生风采。

人生快乐与否，不完全取决于金钱和地位。人生幸福与否，不完全取决于事业与财富。人生幸福与否主要取决于心态。幸福人生在于尽情享受生活中的乐趣，以激情抒发自己的情感，以勇气展示自己的才华，以毅力坚持自己的爱好，以豁达的心态品味生活情趣。幸福人生是在实践中享受生活，孜孜不倦地丰富人生，百折不挠地陶冶情操。

传统思维鼓励人们追求功名。家长从小就给孩子灌输功名利禄思想，从小就围着分数拼搏奋斗，争取上一流的初中、高中、大学，跻身上流社会，创造快乐人生。实际上，孩子从小就失去了童年的乐趣，错失了陶冶道德品质的机会，人生的价值观发生扭曲。一旦步入社会，突显高分低能，是非分辨能力低。更有甚者，面对人生挫折而轻生，面对同僚不合而残害。

凡此种种，是教育迷失导致的人生扭曲。家长倾尽全力培养的精英，在步入社会后，人生如愿者寥寥，能力平庸者偏多，轻生厌世者有之。这就给我们留下诸多思索，什么样的人生幸福？什么样的人生成功？只有钱绝非是幸福，只有权绝非是成功。健全的人格是健康的基础，高尚的情操是成功的保证。

仁者无敌

/ 2009 年 7 月 27 日

伟大思想家孔子、孟子对仁有很多论述。仁是孔孟治国之道的核心。子曰：人而不仁，如礼何！人而不仁，如乐何！子曰：不仁者，不可以久处约，不可以长处乐。仁者安仁，知者利仁。子曰：唯仁者能好人，能恶人。子曰：苟志于仁矣，无恶也。《孟子·梁惠王上》有“仁者无敌”，强调靠仁德治国的重要性。

对于今天的人来说，仁者，行仁义之事，孝敬父母，关爱兄长。仁者，心胸开阔，包容天下，为人厚道，惠及他人。仁者，关爱弱者，化敌为友，化干戈为玉帛。

古之强调“正心诚意修身、齐家治国平天下”的追求，核心就是坚守仁义礼智信。仁是个人修养的准则。如孟子所言：“达则兼济天下，穷则独善其身。”无论处于什么环境，不能放松对自己的要求，不能舍弃仁爱思想，不能动摇仁爱之心。仁是为人处世的准则。不能见利忘义，为富不仁。更不能巧言令色，投机钻营。仁是治国安邦的准则。国家不分大小，平等相处。百姓不论贵贱，一视同仁。

面对浮躁趋利的环境，不忘为人之使命。“为天地立心，为生民立命，为往圣继绝学，为万事开太平。”坚守仁义，立德。尊崇礼教，立言。奉行义举，立功。取信于人，智慧人生。冷眼观世界，博学之，审问之。静心谋未来，慎思之，明辨之。志存高远，笃行之。

思想传承乃文化基因。大陆和台湾虽分治六十年，但由于中华民族的传统文化在世代延续，国学被两岸中国人共同传承。正因为两岸同文同种，我们有义务促进两岸的和平发展，共同繁荣，最终实现国家统一，民族复兴。

“仁义礼智信”是两岸中国人共同遵循的道德准则和价值观。大忠大爱是为仁，大孝大勇是为义，修齐治平是为礼，大恩大恕是为智，公平合理是为信。此乃中国人之共同追求。

由于内战导致两岸分治，国家虽然处于分裂状态，因为文化基因的纽带，命运把两岸紧紧系在一起。2005 年胡锦涛总书记会见国民党主席连战时达成五项共识，开启了两岸关系的新篇章。过去五届国共论坛和两岸三通，扩大了两岸的交流，逐步在消除误会，增进互信，为国家的统一奠定基础。

尽管在国家统一的道路上还有很多困难和障碍，但由于共同文化的熏陶，共同伦理思想的传承，会逐渐融化情感上的积雪，弥补互信上的裂痕。仁义礼智信的传统文化基因必将为祖国的统一发挥不可替代的作用，仁者无敌。

修齐治平

/ 2009 年 8 月 23 日

今天阅王氏源流的资料，始祖王子晋因谏言周灵王被贬谪到太原沦为庶民，后世人称王家。王氏后人多儒官，都抱着儒家“明明德，亲民，止于至善”的做人宗旨和“正心诚意、修齐治平”的人生目标，以有限的官俸，维持简朴的生活。

从历史上看，王氏先贤皆因正直在仕途上遭遇坎坷，屡屡遭贬。这是历史宿命，还是基因所致？也许与王氏信奉并追随儒教的人生哲学有关。王诩著有《鬼谷子》、王通著有《中说》、《止学》、王阳明著有《传习录》，为后人留下了取之不尽的智慧。他们教书育人，其弟子对历史有深远影响，王诩的学生有苏秦、张仪、孙膑、庞涓、李斯、商鞅等历史名臣，影响了先秦的历史进程。王通的学生魏征、房玄龄、杜如晦、李靖等历史名臣影响了唐朝的发展。但愿在未来的岁月，王氏能开启历史的先河，真正修齐治平。

身为王氏后人，为我们的祖先感到骄傲。尽管他们的仕途不平坦，但他们的人生追求始终没有变化。王诩隐居讲学，培养纵横捭阖的人才。王通著书讲学，立志做“王孔子”。从《中说》可以看到他的理想、抱负和人生追求，达则兼济天下，穷则独善其身。先天下之忧而忧，后天下之乐而乐。从《止学》可以领略其人生智慧，如此精辟，耐人寻味。王阳明的心学强调知行合一，学以致用。

“正心诚意修身、齐家治国平天下”是知识分子的最高人生目标，也是自己的人生追求。始终不忘“为天地立心、为生民立命、为往圣继绝学、为万世开太平”的历史使命。无论身处顺境，还是遭遇逆境，都要坚持做人准则。不放弃人生追求，矢志不渝，勇往直前。以自己的实际行动，指导后人，示范后人，沿着先贤指明的修齐治平方向前进。知行合一，自强不息。

空中遐想

/ 2009 年 9 月 23 日

飞机升空后，躺在头等舱座位上，感慨万千。能有今天的条件，全凭昨天的辛勤付出和不懈努力。

空姐热情的服务，飞机一流的设施，真正感受到受人尊重、享受生活的满足。能有此刻的满足感，往日一切的酸甜苦辣都烟消云散了。眼前浮现昨日的岁月，此时回忆过去，仿佛吃苦是人生的必由之路。对天道酬勤有了深刻的理解，对命运的埋怨似乎没有了。人生就该付出，没有付出哪有回报？

人在云中游，遐想掠心头。回忆往事，方知昨天的付出奠定了今天的基础。昨天的磨炼铸造了今天的刚毅。

人在云中随风走，明日使命涌心头。看现在，全凭昨日的拼搏。望未来，岂能坐享金秋，要靠今日的继续奋斗。

人生犹如种树，前人种树后人乘凉。履职尽责，不辱使命。种瓜得瓜，种豆得豆；莫怨时运差，潜心浇灌花。待到金秋时，果实挂满架。

今天的收获证明有志者、事竟成。明日的辉煌有赖于搏激流、攀高峰。一分耕耘一分收获。要想享受未来，定要抓住今朝。莫怨天，莫尤人。孜孜不倦，书写人生。

学习与修身

/ 2009 年 10 月 10 日

古人云：“大人之学也为道，小人之学也为利。学者，所以求为君子也，求而不得者有矣，夫未有不求而得之者也。”

“耕道而得道，猎德而得德。修身以为弓，矫思以为矢，立义以为的，奠而后发，发必中矣。是以君子强学而力行，珍其货而后市，修其身而后交，善其谋而后动，成道也。”

古人把学习和修身紧密相连，对今人有重要的指导意义，符合德智体全面发展的原则。学习的目的在于掌握知识，修身的目的在于合理运用知识，以造福人类。德才皆备是选人的起码原则。有德有才要大用，有才无德要慎用，无德无才不能用，无才有德要小用。

在学习知识、掌握技能的同时，不能忽视个人修养。修身从正心诚意开始，修身的目的是齐家治国平天下。想实现治国平天下的夙愿，一定要丰富知识，积累经验，营造氛围，改善环境，陶冶情操，磨炼意志。

学习不遗余力，知其然，知其所以然。子曰：“三人行，必有我师焉，择其善者而从之，其不善者而改之。”学贵有恒，水滴石穿。积跬步之功，至千里之行。修身不忘小节，慎其独，静其心。“圣人不患智寡，患德之有失焉。”曾子曰：“吾日三省吾身：为人谋而不忠乎？与朋友交而不信乎？传不习乎？”静坐常思己过，闲谈莫弄人非。

江河汇聚大海而不绝，小溪容入湖泊而流长。尽一己之力，做一国之事。春蚕到死，蜡炬成灰。一人之力渺小，民族之力伟大。

面对激烈竞争，正确评价自己。面对矛盾冲突，不能忘乎所以。面对暂时的挫折和失利，不要低估自己的潜力，不要夸大环境的影响。无论身处顺境，还是陷入逆境，都要尽一己之力，做自己该做的事，不怨位之不尊，只恐己之不能。

国家由个人组成。唯有每个人尽义务，做好本职工作，国家才会强盛，百姓才能安居。滴水，唯有汇入江河，才能形成浩荡的洪流。个人，唯有融入团体，才能形成坚不可摧的队伍。滚滚洪流奔腾不息，航船乘风破浪向前，驶向胜利的彼岸。威武之师所向披靡，横扫千军万马，建设美好家园。热爱家园，就要为民族奉献自己的力量。热爱生活，就要关心他人，奉献自己的一切。

健康值钱多

/ 2009 年 10 月 26 日

人生都有规划。为了人生的伟大目标，生命不息，奋斗不止。然而，有时事与愿违，积累了金钱，伤害了健康；失去了欢乐，换来了虚荣；得到了名利，失去了亲情……

当年乾隆皇帝下江南，曾问身边的人，大运河上如此忙碌的人们在干什么？纪晓岚告诉他四个字：追名逐利。

此话入木三分。古往今来，无一例外。当你春风得意时，为自己的奋斗感到欣慰；可是，当你驾鹤西归时，谁会为你留下的东西感激呢？当你不辞劳苦攀上一个台阶时，掌声和鲜花让你头脑发热，忘记了该呵护健康，耳边“人生能有几回搏”的召唤在回响。生命不息，奋斗不止。当你积劳成疾躺在病床上时，廉价的安慰无法让你全面康复，即使有宏伟的人生计划，也力不从心……

唯有淡泊，才能平静。唯有平静，才能健康。与世无争不是一时的口号，是一生修炼的境界。当我们告别逝者时才知道健康的价值。可是，当我们回到生活中却忘记了呵护健康。

养身从养心开始，养心从寡欲做起。人生如能为腹不为目，就会少很多烦恼，心就会静，神就会宁。看看三妹夫走得如此仓促，才真正感悟到：“财富诚可贵，健康价更高”。

走出灵堂，感悟到一个“空”字。财富是人生最大的追求，但生不带来，死不带去。一溜青烟随风去，两抔残灰入盒中。这就是人生的归宿。

人生既然如此，又何必自寻烦恼呢？穷也是一生，富也是一生。得意，二十四小时一昼夜，失意，十二个时辰过一天。有谁能明白这个道理，善待自己呢？

人的欲望无止境，在有限的人生路上起早贪黑，拼死拼活。纵使有家财万贯，一闭眼睛，一切都不属于你。与其为更多的财富而累死，莫不如少攒点钱而享受人生。

人需要钱财养家糊口，需要工作安身立命。但是，在解决了温饱之后，就该关爱自己的健康，珍视有限的生命。少一点攀比，多一点自足。

三寸气在千般用，一旦无常万事休。活就应该活出质量，不为琐事困扰，坦荡荡面对名利；不为钱财倾倒，静悄悄享受宁静。人，来时空，去时空，财富瞬间影无踪。万事皆空，心事莫太重。抓住今日，享受人生。

附件：

送别李满元，
冰躯辞别太平门，
纸钱飘洒车马龙。
哀乐哭声撕肝肺，
祭物燃烧映天红。
一缕青烟随风去，
两抔残灰入盒中。
人生自古皆如此，
生前何需忧心忡？

四十五岁过一生，
亲人难忍心头痛。
勤俭持家人皆知，
认真教子重家风。
倾心浇灌桃李旺，
敦厚为人口碑丰。
白发老母盼儿归，
英年早逝天地恸。

古今之悟

/ 2009年11月17日

“上古之人，知其道者，法于阴阳，和于术数，饮食有节，起居有常，不妄作劳，故能形与神俱，而尽终其天年，度百岁乃去。”

“今时之人不然也，以酒为浆，以妄为常，醉以入房，以欲竭其精，以耗散其真，不知持满，不时御神，务快其心，逆于生乐，起居无节，故半百而衰也。”

《黄帝内经》开宗明义告诉古今之人因生活态度不同而身体状况各异。今天读来感悟颇深。天有道，人应该法天，不能随心所欲。道法自然，人应该顺从自然。保护环境，不能利欲熏心。自然规律表现为阴阳平衡，四季周而复始。因此，人要和于阴阳，调于四时，积精全神，去世离俗，游行天地之间，视听八达之外。

习古，以明自然之法，天地之道。顺应天道，顺乎人情。忘我无为，默默耕耘。悟今，以辨经济之势，人心之向。把握趋势，凝聚人心。承前启后，造福人类。习古，牢记养生；悟今，不忘创新。弘扬大道，与时俱进。总结经验，引领后人。继往开来，世代传承。

伏羲观天察地，发现宇宙有规律，遵循阴阳平衡、互动的法则。继之，发明八卦。太极生两仪，两仪生四象，四象生八卦。

伏羲之后两千多年科学研究成果验证了他的推断，万事万物处于对立统一之中，即阴阳平衡互动。平衡是动态的、暂时的，不平衡、对立是永恒的。宇宙间的万事万物遵循此规律。

企业作为一个组织，也有阴阳平衡、互动的特征。阴中有阳，阳中有阴。作为经营者，要知晓这一特性，把握规律，促使企业在相对平衡中发展，在打破平衡时变革，实现转型，以达到新的平衡，实现新的发展。深谙阴阳之道，把握生存之理。探索自强之道，保持阴阳平衡。

作为个体的人，自身受阴阳之道支配。阴阳平衡则健康。阴虚则火旺，外邪容易入侵；阳虚则体弱，七情容易伤身。人的阴阳平衡不仅与自然的阴阳有关，也与大自然的运行有关。春生、夏长属阳，秋收、冬藏属阴。在春夏宜滋阴，在秋冬需补阳。

天体运行，企业经营和个体生存，都遵循阴阳平衡之道。察阴阳，辨虚实，知进退。此乃古今之道，不可不察。探索道，感悟理，人生之大事。学先贤之精神，做后人之向导。弘扬传统文化，造福子孙后代。

家风、家教、家范

/ 2009 年 11 月 21 日

今天，百家讲坛讲了《易经》的家庭卦。他强调家庭是一艘最温暖的船，谁也不能破坏家庭的和睦、美满，谁都有义务维护家族的荣誉。

不同的人家，有不同的家风。家风不同，家族的命运也不同。真可谓善恶到头终有报，只争来早与来迟。家风不是一天形成的，是世代相传的。家风源于家教。家风靠家教代代相传。家教以身作则，身教胜于言教。家教坚持原则，严格要求。家教是非分明，从正心诚意修身开始。诚信为本，礼貌待人。克制为鉴，心平气和。宽大为怀，忠恕厚道。忍让为先，助人为乐。

家范是家族中的表率。为后人起模范作用，传承家庭伦理。一个家族，一定会有一位德高望重的家长。他能够凝聚大家的智慧，团结众人，共同弘扬家族美德，扶危济困。

作为家庭的一员，争做家族的楷模，带头传承家风，以身作则推行家教。凡事从家族大局出发，不为个人私利，不求个人荣誉，以求整个家族的兴旺发达。人人秉承仁义礼智信的美德，个个熏陶温良恭俭让的涵养。助人为乐，行善积德；但行好事，莫问前程。

家教是潜移默化的家规，在耳濡目染中熏陶。家长率先垂范，以上率下。家风是家德的外化，是家庭修养的自然流露。家风体现为人处世的准则，坚守做人做事的底线。家范是引领家风、弘扬家教的楷模。学为人师，行为世范。

作为家族的一员，牢记自己的使命。严于律己，宽以待人。秉持家教，恪守家风，争做家范。

一如既往

/ 2010 年1月1日

一年伊始，千头万绪；一生奋斗，千难万阻。回首过去的一切，千回百转，依然是一跬一步向前，一阶一级向上。究其因，一生矢志不渝，一贯勤奋刻苦，一直默默耕耘，一向忍耐谦让，一心恪尽职守，一意报效国家。

沉思现在的一切，每一样都来之不易。一事虽小，不可大意。一念之差，铸成大错。一着不慎，满盘皆输。一钱虽少，不可浪费，一言一行，世人关注。一举一动，影响左右。

展望未来，一点不能马虎，一丝不可浪费，一言不宜多讲，一语不可自负。一粥一饭，当思来之不易。一朝一夕，深感弥足珍贵。一日不可偷懒，一时不可苟安，一刻不能妄为，一分不能放纵。

一日不长，如白驹过隙。一生不短，似攀峰登山。一日之计在于晨，不让一秒溜走。一年之计在于春，不让一日虚度。一生之计在于青，不让一步踏空。一点一滴，汇聚成江海。一砖一石，构筑成大厦。一如既往，一台一阶攀登。一息尚存，一分一秒耕耘。

一代传一代，家运昌盛。一辈爱一辈，人丁兴盛。一生从修身始，正心诚意妇孺皆适。一世以感恩终，滴水之恩涌泉相报。一生守诚信门，履约守信乃人品之基。一世传忠厚道，分文小事当生命看待。

一言九鼎，勿言虚幻。一掌难鸣，勿自逞能。一己渺小，勿生妄念。一代看一代，耳濡目染。一人传一人，有口皆碑。严于律己，勿图一时之快。宽以待人，勿记一事之恨。静以修身，勿贪一时之欢。俭以养德，勿求一事之荣。

敬老爱幼，勿守一己之私。克己奉公，勿纵一己之欲。忠恕仁义，勿求一人之富贵。扶贫济困，勿惜一时之钱财。

道法自然，一统天下。人循规律，一帆风顺。顺道者生，逆道者亡。一生书为伴，寻古今真理。一世笔为友，写千秋史话。齐家治国，乃一生之追求；正心诚意，乃一世之修炼。致知格物，一切有章可循。修身养性，一切有师可鉴。

陋室铭

——学刘禹锡《陋室铭》有感

/2010年1月23日

屋不在大，心静则宁；钱不在多，知足则静。斯是陋室，尽享天伦。诗书冶情操，丹青怡精神。粗茶淡饭香，促膝炉火红。缝补话家常，夜宁静。无闹市之喧嚣，无远征之劳形。蓝天飘白云，皓月映星空。泥土香，扑面清风。

屋不在多，宜居则尊；人不在富，快乐则荣。斯是陋室，修身养性。学古今圣人，书人生豪情。窗外寒风劲，屋内书声轻，笔底走龙蛇，傲苍穹。无宦海之惊涛，无商场之剑影。杯酒驱寒意，品茶沐春风。心宁静，海阔天空。

人不在贵，有德则名。权不在大，尽职则灵。斯是陋室，心系人民。想百姓之苦，念百姓之情。慎独行善事，豁达体谅人。倾注微薄力，济世人。无成败之忧伤，无胜负之揪心，犹春蚕吐丝，似蜡炬燃尽。星之火，点亮人生。

人不怕贫，有志则名。事不怕难，用心则灵。斯是陋室，志在青云。天寒衣正单，顶风冒雪行。求学何畏难，不甘当白丁。坎坷人生路，默然行。无惊人之业绩，无骇世之骂名。平凡中尽职，细微处尽心。铺路石，造福后人。

静悟人生

/ 2010年2月24日

人生好比一段旅程，旅程的尽头是告别人世，由世人盖棺定论。人赤裸裸地来到这个世界，无牵无挂。随着时间流逝和个人成长，欲望也在膨胀。生活享受和名利诱惑成为人生追逐的目标。因为人的欲望无止境，无论多么富有都不知足。因为升迁的机会有限，无论多么努力都不如愿。因此，在追名逐利的大潮中，几家欢乐几家愁。荣登庙堂者荣华富贵，子袭父荫而无忧；面朝黄土者缺衣少食，子承父业而无望。流浪街头者饥寒交迫，居无定所而无安，知足常乐者乐施好舍，普度众生而无求。

人生的意义不在于你的出生和家庭，也不在于你的地位和财富，而在于有限的人生做了什么？为社会留下了什么？古人追求齐家治国平天下，要立德立言立功。因此，人的首要任务是齐家。上要孝敬父母，中要关爱兄弟姐妹，下要哺育子女。内要和睦家庭，外要帮扶贫困。忠厚传家久，诗书继世长。为人忠诚厚道，不可投机取巧。子女虽愚，诗书不可不读。

治国是人生的理想境界，人人为之奋斗。正心诚意是基础，修身养性是关键，致知格物是保障。想治国者众，能治国者少。无论你能否实现治国的理想，只要为之付出了，在立德立言立功上有收获，就足矣。

刘向《说苑》的君道给后人指出了努力的方向：“人君之道，清静无为，务在博爱，趋在任贤，广开耳目，以察万方，不固溺于流俗，不拘系于左右，廓然远见。”

“人君之事，无为而能容下。夫事寡易从，法省易因，故民不以政获罪也。大道容众，大德容下，圣人寡为而天下理矣。”

《易》曰：“夫君子居其室，出其言善，则千里之外应之，况其迩者乎？居其室，出其言不善，则千里之外违之，况其迩者乎？言处于身，加于民；行发乎迩，见乎远。言行君子之枢机，枢机之发，荣辱之主；君子所以动天地，可不慎乎？诗曰：慎尔出话，敬尔威仪，无不柔嘉。”

作为普通人，即使不能成为君子，应该学习君道，行走正道。即使不能成为君王，也该为社会做贡献，为百姓做表率。因此，平时就要以君道为楷模，规范自己的言行，陶冶情操，清静无为。博爱，任贤，容众，容下。慎言语，树威仪。牢记“正心诚意修身”的责任，肩负“齐家治国平天下”的使命。践行君道，恪守孝道。弘扬君道，开辟大道。

人生学无止境

/ 2010 年 4 月 7 日

荀子《劝学》篇开门见山："君子曰：学不可以已。故木受绳则直，金就砺则利。"这说明后天的教育对人有矫正、磨砺的作用。玉不琢不成器，人不学不知义。

求学路艰辛，勤学莫呻吟。"故不登高山，不知天之高也；不临深溪，不知地之厚也；不闻先王之遗言，不知学问之大也。"敏而好学，不耻下问。养成谦虚好学的习惯，探究天地之奥秘。

学习要循序渐进，忌一曝十寒。"吾尝终日而思矣，不如须臾之所学也；吾尝跂而望矣，不如登高之博见也。登高而招，臂非加长也，而见者远；顺风而呼，声非加疾也，而闻者彰。假舆马者，非利足也，而致千里；假舟楫者，非能水也，而绝江河。君子生非异也，善假于物也。"学习在于领悟，善假于物。拓宽视野，增长才干。学习要付诸实践，脚踏实地。

"积土成山，风雨兴焉；积水成渊，蛟龙生焉；积善成德，而神明自得，圣心备焉。故不积跬步，无以至千里；不积小流，无以成江海。骐骥一跃，不能十步；驽马十驾，功在不舍。锲而舍之，朽木不折；锲而不舍，金石可镂。蚓无爪牙之利，筋骨之强，上食埃土，下饮黄泉，用心一也。蟹六跪而二螯，非蛇鳝之穴无可寄托者，用心躁也。"

学习要心无旁骛，用心一也。做人要诚信为本，静心守也。学贵有恒，水滴石穿。"少而好学，如日出之阳。壮而好学，如日中之光。老而好学，如秉烛之明。秉烛之明，孰与昧行乎？"立志求学，犹未为晚。人生漫长，学无止境。

感悟人生

/ 2010 年 8 月 16 日

从上学开始，老师教我们知识，更教我们做人的道理，渐渐地形成了世界观的基础。然而，当我们步入社会，现实毫不留情地颠覆了价值观，我们顿时陷入迷茫。随着岁月的流逝，渐渐地对人生、社会有了新的感悟。对人生和社会的态度也在潜移默化，既不像小时候那样狂热，也没有刚步入社会时那样迷茫。正如小马过河的故事，只有自己趟过河去，才知道河水的深浅；河水既不是小松鼠说的那么深，也不是老马说的那么浅。

世事变迁，皆有规律。观表象未必是真，听人言岂能全信。眼睛是心灵的窗口，用眼睛未必能看见心灵深处，真相往往在所见之外。语言是思想的外衣，用语言未必能表达思想境界，境界往往在于无声处。行动是达成目标的手段，靠行动未必能达成目标，目标往往受制于人。忍让是避难的手段，靠忍让未必能等到平安，平安往往受制于天。

天人合一，道法自然。肉眼凡胎，世事纷繁，难悟彻真谛。顺势而为，随遇而安，易知足常乐。失望时感觉人生漫长，看不到苦难的尽头，容易绝望。得意时觉得人生短暂，抓不住天赐良机，容易放纵。人活在长与短的纠结中。没有理智导航，人生势必迷茫。人困于长与短的迷茫中。失意时易消沉，得意时易放纵。

一部《止学》悟透人生，字里行间指点迷津。“智极则愚也。圣人不患智寡，患德之有失焉。才高非智，智者弗显也。位尊实危，智者不就也。大智知止，小智惟谋，智有穷而道无尽哉。”

这就告诫人们“智不可用尽、功不可独享”，机关算尽太聪明，反误了卿卿性命。古今多少事，尽在笑谈中。智慧的运用不能偏离道德的方向，不能见利忘义。智慧有限，大道无尽，勿自恃聪明。谦虚谨慎，虚怀若谷。

“众逐利而富寡，贤让功而名高。利大伤身，利小惠人，择之宜慎也。天贵于时，人贵于明，动之有戒也。”

这就告诫我们对待名利要慎，防止因逐利的冲动而忘乎所以。识不逾人者，莫言断也。势不及人者，休言讳也。力不胜人者，悟言强也。穷不言富，贱不趋贵。忍辱为大，不怒为尊。

修身戒欲

/ 2010 年 9 月 2 日

《解厄鉴》的戒欲卷云："欲大无根，心宽无恨；好之莫极，强之莫咎。君子修身，避祸也。小人无忌，授首也。一念之失，死生之别也。治贪以严莫以宽，惩淫以辱莫以隐，伐恶以尽莫以慈。制欲求于德，勿求于戒。悟者畅达，迷者困矣。"

一千多年前，北宋的晏殊对"戒欲"的认识如此深刻，对今人有重要的警示和指导意义。他指出了欲的危害，告诫人们如何惩治贪欲。言之有理，入木三分。

曾经功勋卓著的人，因欲大无根而摔倒了。代价如此之大，实在令人可惜！然而，后人不能引以为戒，反而贪欲膨胀，花样翻新，不择手段，最终纸包不住火，贪得愈多，摔得愈狠，败得愈惨。尽管如此，好多局内人仍不以为然，似乎在用生命赌明天。好像飞蛾扑火，自取灭亡。看看现实，令人毛骨悚然，人似乎发疯了。

治贪，对症下药。借鉴古人智慧，抑制无尽贪欲。眼睛向下，看看老百姓的疾苦，控制点贪欲。心灵向外，感悟老百姓的渴求，节制点权欲。多一份感恩心，少一点占有欲。戒欲是远离祸患的良药，知足是享受人生的根本。

曾子曰："吾日三省吾身，为人谋而不忠乎？与朋友交而不信乎？传不习乎？"戒欲，从正心修身开始，致知格物精进。治贪，从慎独处事做起，清正廉明尽职。

晏殊曰：“忧身者无邪，正而久焉。忧心者无疚，宁而吉焉。智不及事，非察莫中。人心多易，非思难度。”晏殊把修身深化了，不仅忧身，还要忧心。智不及事易误事，细察其能，严考其绩。心不专一易祸人，深辨其心，严律其身。

戒欲修身，永无止境。省身励志，警钟长鸣。新环境有新诱惑，不省身者易马失前蹄，跌入绝境。新环境有新挑战，不省身者易江河日下，滑入泥坑。省身，知不足。取人之长，补己之短。修身，有自信。踏平坎坷，绝处逢生。修身，贵自律，累积点滴功。修身，贵戒欲，长存敬畏心。

天地之所贵者人也

/ 2010 年 9 月 12 日

“水火有气而无生，草木有生而无知，禽兽有知而无义。人有气、有生、有知、有义，故最为天下贵也。”

天地之所贵者人也，圣人之所尚者义也，德义之所成者智也，明智之所求者学问也。

人之所以贵，就是通过后天的学习，掌握知识，传承文化，秉行仁义礼智信的基本原则，扶危济困，先天下之忧而忧，后天下之乐而乐。

学习可以获得知识，但知识不能直接转化为对社会的贡献。知识能否转化为对社会的贡献，直接取决于掌握知识的载体——人，取决于人的道德境界和品行。因此，学习的首要任务是修行，而不是简单的获取知识。修行从正心诚意开始。只有这样，才能致知格物。

学习既可以从师而学，也可以通过网络自学。古人多半从师学，古代尊师重教，有一日为师终身为父的说法。故曰：“黄帝师风后，颛顼师老彭，帝喾师祝融，尧师务成，舜师纪后，禹师墨如，汤师伊尹，文、武师姜尚，周公师遮秀，孔子师老聃。”

随着科学技术的进步，今天的学习更加便捷。借助网络，可以拜古今中外智者为师。秀才不出门，便知天下事。犹如登高望远，声非加疾，而闻者彰。君子生非异也，善假于物也。人所以贵也，既善于学也，又假于物也。网络信息庞杂，认真筛选，明辨之，审问之，以防误入歧途。人生时间有限，恪守本分，博学之，慎思之，笃行之。

夫为国者，以富民为本，以正学为基。民富乃可教，学正乃得义。民贫则背善，学淫则诈伪。入学则不乱，得义则忠孝。故明君之法，务此二者。以为成太平之基，至休征之祥。

富民才能强国，学正才能兴邦。目睹现实，令人焦虑。民不富，国库被虫蛀。学不正，造假已成风。走富民路，倡正学风，乃国之大事，事关民之治乱，影响国之安危，不可不察。治国先治本，治本先治基。固本强基，抑恶扬善。救贫厄于水火，匡富贵于迷途。净化心灵，和谐相处。扶贫弱，享太平。

灵魂深处的冲击

/ 2010 年 9 月 16 日

延安，一直是我向往的地方。因为在这里发生了扭转乾坤的伟大转折。在这里孕育了国家第一代领导人，无数外国友人因好奇而来到这里，同中国共产党人并肩战斗。在这里形成了毛泽东思想，在这里诞生了延安精神，在这里自力更生、丰衣足食变成了现实……

怀着崇敬的心情参观了延安革命纪念博物馆。历史把我带回到 1935 年的陕北，蒋介石的围追堵截，胡中南的大兵压境，红军立足未稳，1937 年日本全面发动了侵华战争。弱小的中国工农红军在中华民族危亡之际，团结全国各族人民展开了持久的抗日战争。1945 年抗日胜利的喜悦还未平静，国民党发动了全面内战。在敌强我弱的形势下，中央不得不撤出延安。在极其困难的形势下，坚持国内革命战争，并于 1949 年推翻了蒋家王朝。这么多的事件和延安联系在一起，心底有无限的谜团。

当我参观了八路军司令部、总政治部会议室和毛泽东生活、工作的窑洞，我的灵魂深处受到了巨大的冲击，终于找到了上述谜团的答案。领袖和人民在一起，心连心，会产生强大的力量，可以战胜任何困难，可以创造任何奇迹！

红军长征刚到陕北，物资匮乏，给养不足。如何站稳脚跟？如何巩固弱小的陕甘宁根据地？这对当时的中央红军是一个现实而严峻的课题。

立足自己，发展生产，关心百姓生活，建立健全边区管理机构，为巩固根据地发挥了重要作用。大办教育，教育边区人民，培养文化水平低的战士，加强马列主义理论学习和宣传，对提高共产党干部队伍素质、增强军队和人民群众的凝聚力产生了巨大的促进作用。

昂扬的斗志，积极向上的精神风貌，吸引了国内外仁人志士为抗日战争、解放战争献身，扩大了共产党的影响。艰苦朴素，具有坚定的政治信念，坚持正确的政治方向，共产党人成为中华民族的脊梁。在日本入侵的危难之时，发挥了巨大的作用，中国第一次打败入侵者。

这些奇迹的发生，深深地冲击着我的心灵。在改革开放的今天，物质丰富了，环境改善了，我们如何继续发扬延安精神？把中国的社会主义事业推向前进！在思想深处的沉思，不如在王家坪参观时的触动。

历史是最好的老师，事实胜于雄辩。从 1935 年 10 月红军长征到达延安到 1948 年离开延安的 13 年间，中国共产党领导八路军、新四军和全国人民一道打败日本侵略者，又领导人民解放军，以小米加步枪，打败了用美式装备武装的国民党八百万大军，其成功令人难以置信。

今天，当我们参观杨家岭故居和七大报告礼堂时，似乎发现这种成功是顺理成章的事情。因为，在这里我们看到了共产党领袖群体特有的精神和灵魂。正是这种特有的精神，感染了穷苦老百姓；他们站在共产党一边，军民团结如一人，试看天下谁能敌？正是这种特有的灵魂，凝聚了志士仁人的力量；组成了坚不可摧的钢铁长城，抵御了日本侵略者的烧杀掠抢，抵御了国民党的狂轰滥炸。

当一种精神代表了时代前进的方向，当一种行动代表了广大人民群众的根本利益，无论这支队伍多么弱小，在实践中会不断壮大，由弱到强；无论前进中的困难多么艰难，在前进中能迎刃而解，终将到达理想的彼岸。星星之火，可以燎原。

中国革命的成功不是一个领袖的功劳，是一群领袖的示范。他们带领广大劳苦群众同心同德，坚持真理，修正错误。当这种精神发扬光大，这个民族将坚不可摧，会屹立于世界之林，会不断创造出难以置信的奇迹。

难忘的记忆

/ 2010 年 12 月 3 日

为期 40 天的封闭命题工作圆满结束。这是平生一次难忘的经历。四十天与外界断绝联系，起初有点不习惯，外界还有点猜忌和忧心。四十天的活动范围就在一个小院，确实单调和枯燥。四十天的任务非常明确，就是为国资委公开招聘央企领导命题。题目有笔试题、面试题和小组讨论题等形式。

每天的工作计划周密，时间紧凑。除了小组活动，就是所有命题人员一起学习、讨论、交流。人人全力以赴，个个字斟句酌。为了让枯燥的生活丰富一点，中组部考试中心领导还在业余安排了达人论坛，并要求每人写一篇文章，最后，结集成《学思集》。这是不可想象的安排，更是难以置信的成果。在结束 40 天集中封闭命题工作前，拿到散发着墨香的《学思集》，对考试中心领导的组织能力和办事效率敬佩不已。从《学思集》序言的字里行间流露出深厚的文字底蕴和知识积淀，引经据典，字字珠玑。

四十天的特殊经历留下难忘的记忆，四十天的朝夕相处结下深厚的友谊。四十天的形单影只，聊天绕不开共同的话题。在幽静的小院，迎来了四十个日出，从深秋到仲冬，寒气日盛，落叶飘零。在幽静的小院，送走了四十个日落，从命题到讨论，气氛热烈，观点鲜明。

达人论坛，五彩人生。三下南极的壮举令人钦佩，诙谐幽默的话语让人敬重。爱情资产负债表解析的浅显透明，资产重组的风险，或有负债的风险，大家洗耳恭听。漫谈幸福指数，解析人生的幸福基因，苦与乐在于心态。严肃的话题，诱发出爽朗的笑声。既丰富了业余生活，又引起了思想共鸣。

撰写案例，交流体会。丰富的内容勾勒出五彩人生，深邃的思考反映出治学严谨。既共享了经验体会，又激发了求知热情。

四十天的封闭感受着相对论。初始的印象是相当漫长，看不见日落，期盼着黎明。临别的眷恋又觉得时间飞快，恨不得锁住昨日的黎明。让时钟暂停，再论往日的争鸣。让红日高挂，一起欣赏欢快的人生。

在人生中，四十天是短暂的一瞬。这特殊的四十天是人生难忘的一瞬。它仿佛是一枝火柴，划破了平淡的记忆，照亮了璀璨的人生。记忆难忘，友谊永恒。

戒厄防患

/ 2010 年 12 月 8 日

人往往被困厄所扰。殊不知困厄多半因锋芒太露所致。要想减少困厄，就要学会藏锋。冷静地想一想，厄是自己惹的祸，要管住自己的嘴。只要心态平和，厄是可以避免的。厄是励志的良药。厄愈多，志愈坚，忘我无忧。厄是事业的阶梯，一步一步向前走，就能登上理想的巅峰。

藏锋难是人的本性。人总想出人头地，光宗耀祖。殊不知，露锋必惹祸，惹祸必伤身。隐而不显需要修炼，藏而不露需要智慧。

全其身方可图其志，敛其锋方可避其祸。不争一时之高下，不图一时之虚荣。藏得自然，显得木讷；藏得深沉，显得愚钝；藏得持久，显得无求。藏锋需要忍，遇事不可争。藏锋需要静，名利不动心。图谋高远，积淀厚重。莫轻狂，忌张扬。

吸取教训，狡兔死，走狗烹。铭记历史，江山定，功臣尽。学会急流勇退，远离是非，保全自身。处顺境时有忧患意识，不能飘飘然，忌四面树敌。不能自鸣得意，忌喧宾夺主。定位要准，做事要稳。态度要恭，说话要慎。凡事宜谨慎，做人要谦逊。得意莫忘形，职场多陷阱。贵贱有别，人格平等，学会尊重人。尊卑有序，敬老爱幼，学会关心人。

藏锋需主观努力，加强自身修炼。戒惕要对外防范，增强抵御能力。藏锋戒惕如一个硬币的两面，互为补充，不可偏废。藏锋是毕生的修炼，防范是远祸的宝剑。宝剑锋从磨砺出，梅花香自苦寒来。

戒厄先戒嘴。对上戒，不该问的不问，不该说的不说，不该做的不做，慎独。对下戒，不该纵的不纵，不该赏的不赏，不该近的不近，庄重。同僚戒，不该议的不议，不该怨的不怨，不该信的不信，中庸。戒急用忍，从长计议。戒骄包容，居安思危。

民生不可忘，民意不可欺。天道不可逆，天理不可违。私欲不可纵，私利不可追。谏言不可忘，小人不可随。出身贫寒若不忘本，能为劳苦大众造福。出身贫寒若飘飘然，必坠入浑浑噩噩的陷阱。由俭入奢易，由奢入俭难。慎独一生的张居正，因一时忘乎所以而自食其果，家破人亡。聪明一世的伍子胥复仇鞭尸遭报应，夫差赐死顺江流。

以史为鉴，明得失，知兴替。藏其锋，避其厄。守道义，全其身。

求实慎言

/ 2011 年 1 月 3 日

《解厄鉴》求实卷云："致远者实，近利者虚，众趋者慎，己悦者进。不拘于书，则不失于本。不求于全，则不损于实。人无贱者，惟自弃也。大智无诈，顺乎天也。小智无德，背乎情也。识察勿忧，忧弗学也。苦劳而少获，非实之过也。闲逸而多得，乃实之旨焉。"

今天重温这些论述，对我们总结中冶兼并恒通、葫芦岛的失利有深刻的现实意义。教训在于求近利和虚名，赶兼并做大的潮流，今天饮恨于此。

仁者见仁，智者见智。远与近相对而言，虚与实因人而异。为人不能急功近利，做事不能见利忘义。为人诚实为本，做事务实为根。为人恪守道德准则，做事不越良心底线。虚实难以分辨时，靠良心权衡。远近难以取舍时，凭道德指引。道德是拨开迷雾的指路灯，良心是趋利避害的试金石。贪图私利而牺牲道德者，终将遭遇报应。机关算尽而昧良心者，迟早承受惩罚。

凡事勿算计自己的得失，随遇而安。做人勿算计他人的前程，顺势而为。无为之上定有为，天道赐也。自我至上定无为，天理难容。天人合一，不可逆天理而纵人欲。名利有因，不可追名利而昧良知。

在新的一年，以《解厄鉴》慎言卷为指引，谨言慎行，不走错路，少走弯路。"言之祸，无论优劣也。语之弊，由人取舍也。君子不道虚言，实则逆耳。小人不表其心，伪则障目。见言见志，其行亦断也。贵者宜谦不宜傲，卑者宜恭不宜放。人无信则言勿听。不知机而无泄，大安也。不避亲而密疏，大患也。”

晏殊的精辟论述，是后人的指路明灯。尤其对性格耿直的人，就是一位良师的忠告。愚忠的直言惹祸，灵活的技巧自保。初出茅庐者，不识人间百态，慎言为上。闯荡江湖者，饱尝人间辛酸，慎言为先。身居高位，接待人间百官，慎言为本。身处逆境，难辨真假善恶，慎言为命。谨防一时冲动而失言，克制冷静，修身不止。牢记得意忘形会失态，事要三思，以静制动。一年伊始，慎言启程。矢志不渝，默然前行。但行好事，莫问前程。

五十三岁生日感怀

/辛卯年3月2日

今天是农历正月二十八，自己的五十三岁生日。下午参加了集团2011年反腐倡廉建设视频会议。听取了各位领导的报告和讲话，对廉政建设有了新的认识。原来以为廉政是作为党政干部应该具备的职业操守，现在才切身体会到廉政是自己欢度晚年、共享天伦的根本保证。从这个意义上讲，凡是对自己人生负责、对家庭负责的人，就应该自觉恪守职业操守，做廉洁奉公的楷模。

把今天的听会有感写下来，算作是自己的生日礼物："以人为本，执政为民。谨慎用权，淡泊名利。静守寂寞，彻悟红尘。警惕诱惑，书写人生。"

回想过去的五十三年，有二十年在农村度过。在那里形成了自己的基本世界观、人生观。大学四年、研究生三年，丰富了知识，拓宽了视野。矿山和研究院矿山科研的七年实践中，磨炼了意志，奠定了人生基础。处级岗位的耕耘奉献，陶冶了性格，增强了忍耐力。公开招聘的摔打，领略了人生境界。会当凌绝顶，一览众山小。享受了尊严，悟出了理念。人生贵在奉献，以自由之身服务社会，以真诚之心与人交往，以慈爱之心关心弱者。唯有这样，人生越来越辉煌，生日才能记录下闪光的足迹，留下美好的回忆。

传承与发展

/ 2011 年 3 月 4 日

中国是一个文明古国，中医有着悠久的历史，中医理论博大精深。华佗、孙思邈、张仲景、李时珍等的医学成就，后人难望其项背。在翻阅中医专著时，心中顿生疑团。古时候是如何界定十二经络、奇经八脉和每个穴位的具体位置和治疗功效……

今天的医学虽然结合了现代科技成果，尤其是检测手段很先进。但是，门诊的望闻问切和古人相比要逊色得多。究竟是今人不努力？还是在传承中遗失了什么？

越看中医典籍，越觉得奥妙无穷，越按捺不住内心的冲动，像一个顽童，总想在中医这个五光十色的沙滩上捡一二枚绚丽的贝壳，领略其中的奥秘，探寻生命的法则，以实际行动践行天人合一的理念。

传承中医理论易，传承中医治病的经验难。望闻问切靠的是日积月累，靠的是感悟总结。这是现代医圣少的根本原因。中医的实践性强，辩证治疗，不能照搬照抄。这是中医名家少的原因之一。中医需要传承，更需要借助科技手段发展。

“余闻上古之人，春秋皆度百岁，而动作不衰；今时之人，年半百而动作皆衰者，时世异耶？人将失之耶？”黄帝问于天师。

岐伯对曰：“上古之人，其知道者，法于阴阳，和于术数，食饮有节，起居有常，故能形与神俱，而尽终其天年，度百岁乃去。今时之人不然也，以酒为浆，以妄为常，醉以入房，以欲竭其精，以耗散其真，不知持满，不时御神，务快其心，逆于生乐，起居无节，故半百而衰也。”

以上黄帝与老师的对话深刻揭示了古今之人因生活态度、习惯不同而寿命不同，健康状况不同。这就警醒我们如何更好地生活？如何传承博大精深的中医医术，造福人类自身。健康完全取决于自己的生活习惯、生活态度。

在人类社会的进程中，作为大自然中的高级动物，人因其智商高而主宰世界。同时，人因过度开发、消耗资源、破坏环境而导致天灾频发。仔细品味《黄帝内经》所言，全球性问题皆因人类以欲竭大自然资源、以耗散祖宗的财富所致。

中医认为，人的身体遵循四时运行的规律，春生夏长，秋收冬藏。同时，还要保持阴阳平衡。因此，人应该兼顾适应时节和阴阳平衡。

和于阴阳，调于四时。去世离俗，积精全神。天人合一，和谐共存。顺应四时，节欲守真。法于阴阳，恬淡利名。饮食有节，减少妄行。形神皆具，开拓人生。

无我之见

/ 2011 年 3 月 12 日

老子《道德经》第十一章："三十辐共一毂，当其无，有车之用……故有之以为利，无之以为用。"老子的无我之见深刻地揭示了世间万物的价值不在于其独立性，而在于融入系统，各司其职，在系统中发挥作用，从而实现其价值。

这和西方强调自我为中心、个人至上的理念截然相反。西方价值观强调个人奋斗，推动了资本主义财富的丰富，出现了不和谐的现象，积淀了社会矛盾，扩大了贫富悬殊。这是资本主义难以克服的困难，是自我为中心的个人主义难以解决的问题。

随着改革开放的不断深入，中国经济不断壮大，西方人对中国的进步产生了好奇，进而对东方文化产生了兴趣。实际上，在西方价值观遇到困惑的今天，仔细品味《道德经》，就能找到问题的答案。有"无我"的胸怀，就能成为有用之才。有"集体主义"精神，就能创造和谐。这正是科学发展观的基本要求。只有忘我，才能在社会进步中有我。历史不会忘记忘我英雄，社会需要"无我"的价值追求。持无我之念，做有用之人。

灵魂的洗礼

/ 2011 年 3 月 29 日

今天上午，在人民大会堂听杨善洲事迹报告。五位报告人从不同侧面介绍了杨善洲一生关心群众、带领群众干的动人事迹。公仆本色在人民心目中永不褪色。他从宝山市委书记的领导岗位退下来后，毅然带领群众上山植树造林。二十二年的辛勤植树，昔日的荒山，今天变成了绿洲。他给偏僻的村子修路，为没电的村子架电线，为没水的村子挖沟引水，埋管送水……

他的心里装着百姓，却没有家人和自己；他给别人花钱特别大方，为家人花钱格外节省……

杨书记清贫一辈子，奋斗一辈子，奉献一辈子。听了杨书记的事迹，心情久久不能平静。他做的一切都是为了群众的实惠。他把百姓的利益看得比天大。他捧出一颗心，不拿半根草。他之所以能这样，因为有崇高的理想和信念。他始终坚守为人民服务的价值观。对照杨善洲同志，发现我们差在坚持和坚守上。对党和事业的忠诚，贵在坚持，难在坚守。心怀大众，以苦为乐，以奉献为荣。我们应该学习杨善洲的可贵精神品格、崇高思想境界、公仆本色和百姓情怀，自觉加强党性修养，忠诚党的事业，无怨无悔地服务百姓，燃烧自己，照亮别人。

何以天长地久

/2011年4月2日

“天地所以能长久者，以其不自生，故能长生。是以圣人后其身而身先，外其身而身存，非以其无私耶，故能成其私。”

老子的辩证论述，告诉我们天长地久的道理在于不考虑自己的利益，先考虑别人的利益，最后反倒实现了自己的利益。

这一辩证关系，对寻常百姓的生活有现实的指导意义。谁想实现夫妻的恩爱天长地久，谁就应该多关心对方，多考虑对方的切身利益。凡事不以自己为中心，最终能建立融洽的夫妻关系，家和万事兴。

这一辩证关系对企业经营有深刻的启迪。企业的目标是追求利益，但是，不应该把重点放在追逐利益上，应该放在为客户提供优质服务、优质产品、满足用户需求和内心关切上。在满足用户利益和需求的过程中，企业的利润会源源不断。

这一辩证关系，对指导人际关系有深远的影响。与人交往中，谁能关心别人，帮助别人，本着吃亏的态度与别人相处，一定会建立良好的人际关系，危难时一定会得到别人的帮助。如此这般，便可天长地久。

善乃至宝

/ 2011 年 5 月 2 日

善乃至宝，一生用之不尽。德为良田，百代耕之有余。富贵贫贱，知足即为称意。山水花竹，得闲便是福气。

老子曰：水利万物而不争，处众人之所恶。人的一生应该树善念，有善心，做善事。人之初，性本善。性相近，习相远。苟不教，性乃迁。教之道，贵以专。昔孟母，择邻处。

树善念，代代相传。言传身教，耳濡目染。积善之家有余庆，修得阴德庇子孙。有善心，时时怜悯。推己及人，关照弱邻。善心萌动佑众生，赢得口碑传美名。做善事，处处可行。举手之劳，扶危济困。善行累积成功道，远离灾祸运亨通。

行善源于德，修身锤炼德。正心诚意修身，齐家治国平天下。唯有正心，才能立德。唯有诚意，才能守礼。唯有齐家，才能治国平天下。

书香门第，德高望重。满朝朱紫贵，尽是读书人。不论强弱，让人民崇尚读书。书中有哲人的智慧，纸上有贤人的忠告。善乃至宝，与人为善，与邻为伴。和睦相处，共享太平。

思维方式决定生活质量

/ 2011 年 5 月 27 日

人活得幸福与否，不取决于物质财富的多少，取决于思维方式。现实生活中有些人不为自己生活条件的改善而高兴，不为自己的居住条件和收入改善而满足，而是专挑自己无法改变的不如意折磨自己。只有这些不如意的事按自己的想法改变，才能心态平和。否则，整天愁眉苦脸，郁郁寡欢。这是典型的自寻烦恼。

一欢哲人说过，只要你不再考虑自己生活得是否幸福，你就是幸福的。这就说明思维方式对生活再量有直接的影。人生活得幸福，需要一定的物质基础；当解决了温饱之后，人对幸福的要求更高了，精神追求的比重在上升。

人越富有，思维方式对生活质量的影响越大。本来凭现在的生活条件，你完全可以扬眉吐气；可就是因为思维偏激，看什么都不顺眼，感觉什么都不如意。住得宽敞明亮，感觉不到阳光的温暖；吃得美味可口，没有一丝的满足。感觉天空阴云密布，老伴平庸无能，子女不贤不孝。这样的生活，看不到希望。这样的人，哀叹自己命苦；总羡慕别人的子女聪明能干，总觉得别人的老伴体贴关怀，总埋怨自己命运不济。这样的人生，在郁闷中被消极的思维方式毁了。想生活幸福又心中苦闷的人，应该先检查一下自己的思维方式。

积极的思维方式可以看到希望，期盼黎明。冬天过去了，春天还远吗？消极的思维方式只埋怨现实，诅咒黑夜。沉浸在黑夜的恐惧中埋 怨 ， 封闭积极的思想，陷入苦恼之中，情绪低沉，人生一片灰暗。假如你热爱生活，就接受现实，在现实中寻找快乐，寻找满足。知足者常乐，能忍者自安。

成于积淀

/ 2011 年 6 月 16 日

从古到今，凡成就伟业者，无不有深厚的积淀。无论是文化修养，还是治国方略，都对日后的创业有重要的作用。以前，我们只知道李世民是一代明君，有经邦治国的韬略。通过学习李世民的诗歌，才发现他文采飞扬，诗歌气势恢宏。所有这些都源于日积月累的积淀。

谁想成就一番事业，就应该从小刻苦学习，打好传统文化的基础，磨炼意志，铸就坚韧不拔的品格。读万卷书，行万里路。知行合一，理论指导实践。

今天的信息和科学技术为我们提供了方便的学习条件，应该比前人更容易运筹帷幄。可是，我们往往不珍惜有利条件，在五彩缤纷中领略眼花缭乱的热闹，沉溺于嬉戏之中，玩乐丧志。忘记了充实自己，忽视了提高自己。

业精于勤荒于嬉，行成于思毁于随。过度沉溺于欢娱，只能充当社会进步的看客，或多或少地断送了本该属于自己的未来。冷静思索，多少有点悲哀。沉溺游玩，荒废大好时光，竟然成了社会进步的受害者，似乎有点荒唐，细想有点苦涩。归根结底，不能抵制外界的诱惑，陷入水煮青蛙的温柔之中，渐渐失去活力，乃至丧失一切。

不受一番冰霜苦，哪得梅花放清香。想想古人的成就，看看现在的条件。我们没有理由虚度时光，更不应该平庸地生活。人生应该在苦难中积淀，在锤炼中爆发，在思索中进步，在拼搏中前进。

人生止境是不争

/ 2011年6月27日

今天，在北京老年论坛上看到一个帖子，题目是“人生止境是不争”。读罢该帖，颇有同感。帖子道理深刻，耐人寻味。谁能从中借鉴一点，谁就能摆脱平日的苦恼；谁能从中学到一点，谁就能进入平静的乐园。谁能从中悟出一点道理，谁就能升华人生的境界。

人生短暂，珍惜生活。多一点慈悲心，少一点嫉妒恨。多一点忍耐心，多一点涵养，少一点浮躁。淡泊宁静，与世无争。

大千世界，诱惑无穷。名利场上无完人，灯红酒绿有陷阱。涉足其中难自拔，铤而走险葬红尘。曾经风光座上客，一朝失足阶下人。变本加厉恶多端，粉身碎骨留骂名。

谁如果能在春风得意时，忍三分，退一步，谁就会全身而退，安享晚年。谁如果欲无止境，不择手段，虽有一时的辉煌，难保一生的宁静。

随遇而安，追求宁静。珍惜现在，言行自重。承先启后，重在修身。齐家治国，代代传承。继往开来，唯有不争。

开放勿忘国耻

/ 2011 年 7 月 17 日

今天上午带着儿子参观圆明园遗址公园。这是我到北京 28 年来第一次参观圆明园。在刚刚庆祝建党 90 周年之后，以这种方式让儿子从另一个侧面了解没有共产党就没有新中国的深刻历史内涵。

中国的近代史是一部血泪史，是外国列强欺侮凌辱中华民族的历史，是中华儿女不屈不挠、奋起反抗的历史，是腐败的清政府丧权辱国的屈辱史。从 1840 年鸦片战争开始，到 1900 年八国联军烧杀掠抢、火烧圆明园，清政府割地赔款，丧权辱国。山河悲泣无泪，日月愤怒无声。

新中国的成立，标志着列强入侵的历史宣告结束，劳动人民当家做主掀开了新的一页。

历史告诉我们，技术和文明比自负和官僚更具有优势！世界没有公理，落后就挨打是真理！

在圆明园遗址前驻足，胸中充满义愤。豪华的宫殿消失了，留下的是废墟和残垣断壁。石柱怒向苍天直立，仿佛在控诉西方列强的暴行。断壁忍辱交错叠压，仿佛在诉说中华民族的屈辱。周围的小草郁郁葱葱，仿佛在告诫列强，中华民族像小草一样。野火烧不尽，春风吹又生。

在圆明园遗址前沉思，胸中充满疑问。善良的中国人为什么会受到如此残忍的列强欺凌？自恃强大的清政府为什么在列强面前只有招架之功？列强掠夺走的中国文物国人为什么花天价买进？仁义道德的大度与宽容为什么阻止不了列强的兽行？外交无公理，实力是根本！

在圆明园遗址前长叹，忧心依旧重重？开放的大门敞开，曾经的豺狼变为座上宾？在军事侵略面前我们忍辱负重？在经济合作中我们依旧是累累伤痕？使馆被炸我们忍气吞声？美日军演紧盯我们的东大门？亡我意图恰如司马昭之心？改革牢记宗旨，开放勿忘国耻！

在圆明园遗址前自省，满腔热血沸腾！身为中华儿女，振兴中华是我们义不容辞的使命！在和平年代成长，不能忘记传承捍卫主权的神圣责任！加入世界贸易组织，保护我们经济独立的道路依旧坎坷艰辛！结束两岸的分治，实现中华民族的伟大复兴！

自助者天助

/ 2011年7月31日

昨天，买了本（英）塞缪尔·斯迈尔斯写的《自己拯救自己》。浏览前言，产生了共鸣。作者倡导的原则，就是自己一贯坚持的原则。

“在人的一生中，幸福的生活主要而且必定依靠自己的努力——依靠自己的勤奋、自我修养、自我训练和自律自制。但首先是靠诚实正直地履行自己的职责。”

作者的观点为所有人指出了追求并创造幸福生活的必由之路，就是靠自己、靠自助精神去开辟世界。自主精神是个人成长的根源。它体现在生活的各个方面，它也是构成国家强盛的真正源泉。

国家和社会的进步是通过个体的勤勉、实干、正直推动。国家衰败则是社会个体的懒惰、自私和邪恶的结果。爱国主义和博爱主义在于帮助和激励人们通过自己的独立行为来提高自我，而不是改变法律和修改制度。个人的内因决定一切事情，外因产生的影响相对较小。个人的天性是自由的坚实基础，是社会安定和国家进步的可靠保证。只要把精力集中在勤奋刻苦和精益求精上，我们将迎来更好的机遇和光辉的前景。唯有坚韧不拔，才能带来成功。只要我们精神饱满，热情前进，我们将共同拥有舒适、幸福、独立的生活。自助者天助，无畏者有为。人生自古多寂寞，唯有奋斗留其名。

我们这一代

/ 2011 年 10 月 4 日

国庆长假，在家休整。昔日的岁月如过电影，一幕一幕浮现在眼前，转眼间大学毕业将近三十年了。细细品味着我们这一代，饱尝岁月的艰辛，具有时代的烙印……

我们这一代，生在新社会，长在红旗下；该长身体时经历了三年自然灾害，该读书时经历了“文化大革命”，该上大学时经历了“上山下乡”。尽管如此，我们历经磨难，痴心不改……

我们曾经失去很多，历史又慷慨地给予很多。粉碎“四人帮”，恢复高考，给我们带来重新上大学的机遇。机会垂青有准备的头脑，恢复高考的第一届大学生，云集了“文革”十年中学生的精英。我是其中的幸运者，成为恢复高考的第一届大学毕业生。恢复高考后的第一届大学生，肩负起了几代人的嘱托和振兴中华的使命。

我们这一代，面对祖国的选择，一颗红心，两手准备；科学报国是第一选择。经过严冬的人，最知道太阳的温暖。经历过辍学的岁月，最知道读书机会的珍贵。大学四年，辛勤耕耘；报效祖国，无怨无悔。

光阴似箭，过去的三十年，如白驹过隙，我们经历了如火如荼的改革开放，历史给我们提供了展示才华的舞台和报效祖国的机会。

岁月如梭，过去的三十年，似万马奔腾，我们踏上了全民奔小康的征程，改变落后面貌、增强国家实力是我们的共同使命。

我们这一代，面对历史提供的机遇，如饥似渴。祖国的召唤就是个人的选择。任凭环境艰苦，依旧无怨无悔。我们深知，同龄人中的大多数依旧奋战在祖国的最基层，甚至有些人扎根农村，成为地地道道的农民。

我们这一代，经历了很多，曲折和磨难使我们懂得珍惜机会，岁月不能蹉跎。

我们这一代，错失了许多，挑战和机遇告诫我们忘记伤痛，继续拼搏！

我们这一代，赢得了许多，使命告诉我们责任重大，个人的力量汇入祖国的长河。

我们这一代，不能辜负祖国的期盼和人民的信任。恪尽职守，牢记使命。

我们这一代，不能忘记国力的增强和人民的安康，依旧是道远任重！

我们这一代，不能陶醉在赞扬声中，贫穷的农民、落后的农村依旧刻骨铭心！

我们这一代，承前启后，发扬优良传统；肩负时代重托，带着时代烙印！

我们这一代，继往开来，牢记历史使命；建设美好家园，实现民族振兴！

我们这一代，带着激情，雄赳赳、气昂昂，迎来一轮红日，奔向新的征程！

正确认识自己

/ 2011年10月12日

一位前国家领导人告诫自己的儿子，别把自己太当回事。这句话对自我感觉良好的人是一帖醒脑剂，特别对久居高位、远离普通百姓的人，有更直接的警示作用。个人的作用是有限的，组织的影响是深远的。个人的作用是短暂的，组织的使命是长远的。

正确认识自己，认真履行使命。正确认识组织，扮演好自己在组织中的角色，确保组织使命的持续。无论个人多么重要，都不能取代组织。无论个人多么伟大，都不能凌驾于组织之上。毛泽东是一代伟人。毛泽东的逝世，中国的现代化进程和外交受到巨大影响，但中国共产党领导的改革开放事业依旧前进。邓小平是一代伟人，他的逝世，我们失去了改革开放的总设计师，但在中国共产党的坚强领导下，香港、澳门如期回归，一国两制顺利实施。

在历史的长河中，任何个人的作用和影响都是有限的。作为普通百姓，更不能把自己当回事了。离了谁地球都在转。因此，在工作中不能有任何优越感，不能自负摆架子。

在科学技术飞速发展的今天，信息化与工业化深度融合。任何个人都需要与别人合作，唯有此，才能完成一项具体而重要的任务。没有别人的配合，任何个人单独难以完成大事。因此，要清醒地认识到谁也离不开和别人的合作，孤掌难鸣。谁都需要别人的帮助，否则，寸步难行。现代化的今天，我们每个人都扮演着互相服务的角色，履职尽责，造福别人，回馈自己。

放下架子，向老百姓学习，真正了解基层群众的基本需求，使任何决策都立足于基本的国情，切忌闭门造车。防止形式主义思潮盛行，警惕哗众取宠行为泛滥。正确认识自己，发挥自己有限的作用，履行自己的使命。无为而有用，当好螺丝钉，保证铁路畅通运行。

事能知足心常泰

/ 2011年11月19日

事能知足心常泰，人到无求品自高。知足是个性修养的一种境界，不在于怎么说，而在于心态的真实感受。知足是内心满足的心灵外化，心静神宁，不急不躁。无求是内在欲望的满足，不在于说什么，而在于具体行动和具体关切。无求是面对物质财富的淡泊，面对诱惑的内在克制，是个性修炼的外化。坦荡无私，兼济天下。

无论多富有，总有不知足的时候。无论多高贵，总有心中缺憾的困惑。作为普通百姓，真正做到知足无求，实属不易。但要生活得充实，除了个人努力外，保持良好的心态是至关重要的。哪怕现实与自己的理想有较大差距，但只要比过去有改善，就尝试说服自己知足。知足才能常乐。对现实中每一个微小的改善都要心存感激，对每一个微小进步都要心怀感恩。

无求难，从少求做起。求多求少，不在于你的愿望，关键在于客观现实。得多得少，不取决于你的态度，关键在于财富多少。有改善，该知足。有回报，该感恩。有余力，多施舍。有不满，该自省。

物欲横流，霓虹耀眼。内心躁动，容易着迷。珍惜现在，安享人生。勿贪不义之财，不碰法律红线。慈悲宽大为怀，恪守灵魂底线。“贵视其所举，贫视其所不取，富视其所与，穷视其所不为。”识人任事，视德而取，量才而用。

隐忍

/ 2011年11月21日

明代薛瑄的《为官镜鉴》是他心路历程的真实写照，是为官之道的高度概括。隐忍为了生存，保全自身。东山再起，以图大计。但是，隐忍不是为了不可告人的目的，那是阴险。为实现不可告人目的的隐忍终将铤而走险，不择手段。隐忍属于君子修炼，阴险则是小人本性。

隐忍要审时度势，不可意气用事。磨勾践卧薪尝胆之志，练孙膑装疯卖傻之智。隐忍要淡泊名利，不可患得患失。与世无争，远离追名逐利之凶险；自得其乐，近观山川河流之气势。领悟山之坚实，巍峨挺拔。沉思水之浩瀚，一泻千里。伺机而动，勿鲁莽行事。忍人不能忍之冒犯，为人不能为之事功。

天下之事，没有尽如人意的，一定学会忍。普通百姓需要忍，君主圣上也要忍。唐王李世民忍魏征之谏，把心爱的鹞子捂死在怀中。勾践忍亡国之恨卧薪尝胆。唐玄宗忍将士之怒，马嵬坡赐爱妃之死。

以史为鉴，知兴替。以人为鉴，知得失。隐忍是人生的必修课。隐忍是人生的守护神。失意事来，治之以忍，方不为失意所苦。快心事来，处之以淡，方不为快心所惑。隐忍而平静，知足而安宁。

《陋室思》

/ 2012 年 2 月 10 日

小时候，喜欢引用刘禹锡的诗句“沉舟侧畔千帆过，病树前头万木春”；长大了，则更喜欢看他的《陋室铭》。每看一次，总有新的体会和感悟。既同情他的坎坷人生，又钦佩他的铮铮傲骨。两年前，学习《陋室铭》，有感而发，写下自己的《陋室铭》。

今天，再看自己的《陋室铭》，感慨光阴似箭，转眼又是两年。欣然命笔，写下《陋室思》。《陋室思》，领悟人生。正心诚意修身，知足常乐为民。

“人不在俊，有德则名。智不在高，有志则灵。斯是陋室，天下纵横。古今圣贤书，中外治国经。深钻有顿悟，细研治性情。何惧风云起，傲苍穹！无战火之硝烟，无饥寒之窘境。国泰民自安，心静神自宁。知足者，乾坤在胸。”

五十四岁生日感怀

/ 2012 年正月二十八日

今天是我的生日，
我的祖国；
清晨，
我放飞心中的白鸽，
飞向蓝天；
赞美大好河山，
疆域辽阔！

今天是我的生日，
我的父母；
昨晚，
我彻夜难眠，
辗转反侧；
思念的话语，
难以诉说！

今天是我的生日，
我的爱人；
黎明，

我追寻清贫的生活，
艰难苦涩；
风雨同舟，
携手前行。

今天是我的生日，
我的儿子；
清晨，
我遥望初升的太阳，
放飞梦想；
洒下汗水，
收获坚强！

五十四个寒暑，
仿佛一晃；
清晨，
迎来日出，
播下希望；
传承着勤劳家风，
收获着坚韧自强！

五十四个春夏，
艰难漫长；
夜晚，

乡村的祖屋，
油灯微黄；
父亲挑水劈柴喂羊，
母亲灯下缝补衣裳。

五十四个秋冬，
收获理想。
黎明，
曾经陪父亲锄草，
露水浸透衣裳。
换来微薄的收入，
积蓄家庭的给养。

五十四年的岁月，
充满希望。
清晨，
憧憬未来，
迎着初升的太阳。
秉承勤俭持家，
续写人生梦想！

固本强基

/ 2012 年 7 月 15 日

曾国藩总结自己的为官生涯，指出“悠悠万事，修本为大。正心养德，砺志自强。居贫穷而养其心，处危难而志不移。忧虞之际，赴汤蹈火。报国复邦，建功立业。此所谓本，本固则胜，忘本必败。”

无论是为官，还是为民。固本是基础。曾国藩所谓的本，就是做人的立身之本。首先，正心养德，以诚为本。砺志自强，以勤为要。人生的逆境对固本是最好的考验。古人患难忧虞之际，正是德业长进之时。其次，增知长智，学以致用，知行合一。增知贵在勤，勤能补拙。“三人行，必有吾师焉，择其善者而从之，其不善者而改之。”再次，做事有恒。不为困难所惑，矢志不渝，勇往直前。不为名利所动，追求人生目标，勇攀理想高峰。

人生事业的大厦犹如建高楼大厦，基础要稳，承压能力要够。人承受生活压力的耐力有多大，事业的大厦就能建多高。因此，砺志自强，奠定事业基础。增知长智，增加基础的承压能力。恒则固本强基。唯有此，才能建造事业的大厦，创造人生的辉煌。

“逢遇”与“累害”

/ 2012 年 8 月 28 日

王充的《论衡》“逢遇”篇引经据典指出，人能否发迹，不完全取决于品行和才能；在很大程度上取决于时遇，取决于能否把握机遇。“处尊居显，未必贤，遇也。位卑在下，未必愚，不遇也。”因此，我们看待社会上的显达之人和普通群众时，不能势利眼，都应该尊重。牢记“三人行，必有吾师焉，择其善者而从之，其不善者而改之。”对处尊居显未必贤者，不要嫉妒。认真观察其长处，取人之长，补己之短。

但是，如果把个人的前途和命运完全寄托在“逢遇”上，难免有守株待兔之险。也许有显的时候，但若没有真才实学，即使能显，也只是昙花一现。从根本上讲，个人的通达与否主要取决于自身的综合素质。内因是变化的根据，外因是变化的条件，外因通过内因而起作用。即使暂时运气不佳，身处逆境，只要不懈努力，不断进取，仍然有“柳暗花明又一村”的机会。

对于“不遇”有心理准备，不是自甘位卑在下，而是心态平和。达则兼济天下，穷则独善其身。无论遇与否，都不能动摇做人的准则，更不能投机钻营。修炼品行、增长才干是人生赖以立身的根本。舍此别无出路。

即使“修身正行，不能来福。战栗戒慎，不能避祸。福祸之至，幸不幸也。”人生作为社会的一员，应该面对现实，趋利避害。既然无法避开周围的“累害”，就要有承受“累害”的心理准备。避开“累害”，不沾沾自喜；依然行事谨慎，如履薄冰。受到“累害”，不怨天尤人；恪守做人准则，如临深渊。

正确看待“逢遇”，欣逢不骄，偶遇不傲。正心诚意，修身不止；齐家治国，忍辱不怨。认真剖析“累害”，居安思危，有备无患。谨慎择友，防止异心疏薄而累积怨恨。同事，难于同进退；同僚，无法共患难，此乃累害之源。

无论能否“逢遇”，都要和谐人际关系。低调做人，高标做事。无论有无“累害”，都要坦然面对，有则忍辱负重，无则洁身自好。防累避害在于慎，少走弯路。审时度势在于思，韬光养晦。排查“累害”隐患，辨识“累害”危险源。要未雨而绸缪，勿临渴而掘井。防患于未然，砥砺前行。

一生难忘

/ 2013 年 1 月 1 日

送走 2012 年最后一缕阳光，心头一阵忧伤。一年在忙碌，留下一世迷茫。一月才不见，降临灾难一场。一日没通话，铸成一生悲伤；一条短信，撕肝裂肺；一句答语，心血流淌；孝子未送终，一生难忘。床前一再抚摸，父亲熟睡一样；灵前一再端详，目光平日一样。一七冰天雪地，吊唁人来人往，守灵刻骨难忘；三七面对遗像，无言诉说衷肠，泪如泉涌；五七医院陪床，期盼父亲目光，一人独自忧伤；七七跪在坟前，兄弟姐妹呜咽，心情一样悲伤。燃香烧纸，哀思一腔。酹酒敬天，眼泪一眶。

迎来 2013 年第一丝霞光，心中充满遐想。一年之计在于春，冒严寒，迎接新的希望，不再忧伤。一日之计在于晨，踏冰雪，迈出新的步伐，不再彷徨。一家之主驾鹤西归，长子即家族栋梁。敬慈母，一言一行，仔细掂量；家和睦，一分一秒，慎独思量。尊长者，一桩一件，放在心上；疼弟妹，一举一动，亲情流淌；爱晚辈，一点一滴，家风发扬。睦邻里，一如既往，能忍能让。尽职责，一丝不苟，东奔西忙。勤学习，一字一行，敏思苦想。善工作，一弛一张，把握方向。深思虑，一堑一想，养晦韬光。

一样的新年，心情不再一样；一样的天空，期许不再一样；苍天夺父，一生难忘；照顾老母，一日不忘。医院陪护，一分一秒不能离床；一人无法一直陪伴，兄弟姐妹轮流陪床；在家呵护，一时一刻不能缺氧；一瓶备用一瓶流淌，随时测心率量血氧。一日虽短，母亲依旧很忙；一边咽下药片，一边准备吸氧。一日虽短，陪护依旧很忙。一边倒开水，一边晾衣裳。一言难表谢意，感激化作目光。一日不通话，母亲惦记；一日无短信，母亲猜想。一语难诉衷肠，忠孝无法斗量。心中悲痛，一生难忘。

五十五岁生日感怀

/ 2013 年正月二十八日

五十五个寒暑，
一晃而去。
岁月的烙印，
珍藏了人生的记忆。
如丝的皱纹，
积淀了征程的回味。
光阴似箭，
做好自己。

五十五个春秋，
悄然而至。
岁月的洗礼，
尝到了成功的滋味。
逆境的磨炼，
悟到了人生的真谛。
百折不挠，
做好自己。

五十五个年轮，
环环相继。
岁月的长河，
聚细流而奔腾不息。
人生的旅程，
慢跬步而不进则退。
长江后浪推前浪，
做好自己。

踏着五十五载积淀，
迎来新的晨曦。
凝视父亲遗像，
使命感油然而起。
忠厚传家久，
从点滴做起。
传承家风，
做好自己。

远 虑

/ 2013 年 3 月 12 日

人无远虑，必有近忧。读书悟道，体察真谛。论事不可趋一时之轻重，当思其久而远者。《为官镜鉴》曰：“去弊当治其本。本未治而徒去其末，虽众人之所暂快，亦贤知之所深虑矣。”

《呻吟语》言：“撼大摧坚，要徐徐下手，久久见功，默默留意。攘臂极力，一犯手自家先败。”处事不以聪明为先，为以尽心为急。不以急事为先，而以方便为上。与人居官者言，当使有益其身，有益及于人。怀永图者，缓绩效；负远略者，遏浮言。

《左传》曰：“思其终也，思其覆也，人能每事即虑始终，则必无悔吝之极。”

以古为鉴，可以知兴衰。以史为镜，可以明事理。细读《为官镜鉴》，领悟为官真谛。品味《呻吟语》，感悟世间事。研读《左传》，探秘历史。以人为鉴，可以知成败。以事为鉴，可以知得失。细析为官之道，顿悟做人之本。做人坦荡、忠诚，为官豁达、宽容。遇误解冷静，陷困境自信。遭算计不灰心，凡做事要求精。达则兼济天下，穷则独善其身。忙则有条不紊，闲则慎独求静。喜则思久远，谨言慎行。怒则顾大局，忍让为先。

成功源于超凡的付出

/ 2013 年 5 月 23 日

稻盛和夫的一生，印证了一条真理。做任何事都肯付出比别人多的努力，不能偷懒，不能寻捷径。他的感悟源于对大自然一切生命的观察。在沙漠里，偶尔下雨，掉入沙中的种子发芽成长，然后，再将种子撒下而枯萎，等待再一次的甘霖，再次发芽成长……人类亦然，经历灾难的考验，不懈努力，不屈挣扎，世代繁衍。

在信息化的今天，知识信息大爆炸。亮点纷呈，很容易分散注意力。环境诱人，不能专注于专业。暴富迷人，无法静心于事业；年轻人渴望成功，很容易随大流；这山望着那山高，总想走捷径。道法自然难如愿，心猿意马总落空。小猫钓鱼凑热闹，狗熊掰棒步后尘。唯有潜心钻研，付出比别人更多的努力，才能发现机会。只有认真准备，做好每件事，才能捕捉机会。只有心无旁骛，过好每一天，才能创造机会。只有锲而不舍耕耘，才能收获丰硕成果。

业精于勤，勤能补拙。“蚓无爪牙之利，筋骨之强，上食埃土，下饮黄泉，用心一也。”不要羡慕别人的功成名就，潜心付出比别人更多的辛苦，台上一分钟，台下三年功。无论是谁，不管现在怎样？唯有付出，才有希望。唯有不懈的努力，才有事业的精进。成功无捷径，只要肯做牛，总会有田耕。恪守六项精进，人生无悔，事业稳健。

生活的意义

/ 2013 年 7 月 14 日

上世纪 80 年代已读过《最伟大的推销员一书》关于奥格·曼狄诺的故事。今天再次阅读英文原著，不但学习了英文，而且对书中理念和原则的认识有所升华。比如在三十年前，认为生活的意义在于创造业绩、建立功勋、青史留名。今天读来，对生活意义的理解就更广泛，有自己对人生的感悟。

生活的意义在于以自己的存在给社会和后人带来正面影响，产生积极作用。哪怕自己很平凡，健康快乐的心态能感染别人，诚实正直的品行受人尊重，勤劳自立的行为社会承认。这种认识的升华，源于对自然和人的理解。大自然无私奉献，无所求，它能四季周而复始运行，人想抓住一切，挖空心思，到头来还是两手空空。天人合一，道法自然。人应该崇尚自然，豁达大度。

生活是一个过程，生活的意义不在于最后达到的境界，而在于生命经历的过程、创造的价值和对社会的奉献。拥有足够的金钱，占有足够的物质，生活不一定开心。唯有宽广的胸怀、博大的爱心，才能让人过上真正富足的生活。人生旅程的精彩在于自强不息，精神世界的满足在于慈悲为怀。

洒汗水于天地

/ 2013 年 9 月 20 日

利用中秋假日的空闲，在家校对《人生正能量》书稿。两年多的日记，涉及生活的各个方面，始终贯穿一条主线，自力更生，自强不息。虽说曾经的理想未能如愿，但自己从未偷懒，从不消极，更不会玩世不恭。过去的平凡是洒汗水于沃野，牢记自己的本色，扎根泥土，播下自强不息的种子。以日记的方式记录思想、认识、观念和人生追求、感悟。

今天，把日记付梓印刷，把思考留在人间。《人生正能量》只要对少数读者的成长有影响、有触动，我就知足了。我曾经的人生追求就是对周围的人有正面影响。我的存在，给大家带去欢乐，留下思考。《人生正能量》如能触动年轻人的思想，改变思维方式，走出迷茫，坚定信念，在逆境中成长，我就非常满意了。

我的人生追求就是对社会产生积极的影响。虽不能改变现状，如为年轻人摆脱消极影响注入积极的思想，就足矣。年轻读者若能走出迷茫，坚定信念，是最大的欣慰。《人生正能量》面世，自己为社会进步、年轻人成长传递正能量。书人生理念，写事业篇章，立德不气馁，立言不慌张。始终坚持“勤勉、谦和、豁达、宽容”的人生态度，达则兼济天下，传递思想；穷则独善其身，坚守原则。

守身为大

/ 2013 年 9 月 21 日

孟子曰:“守孰为大？守身为大。”《诗》曰:“既明且哲，以保其身。”古人于身亦何重哉？夫以此身也，不但自家性命依之而存，即一家之内，无不赖之以生。推而言之，为天地立心，为万物立命，为往圣继绝学，为万世开太平，无非此身为之主宰。

守身为的是立命，实现主宰世界的理想。而主宰此身者惟道。道不能凭空而独立，必赖人以身承之。故曰：“身存则道存，身亡则道亡。”显见，守身为大。

修行之人，当大道未成之时，身远尘世，迹遁山林，韬光养晦，乐道安贫。耳不闻人声，口不贪时事，足不履红尘。不只是为避祸全其身，更重要的是安身以立命。因此，人世荣辱之事，耻辱之端，皆不以为然。不以功名富贵扬其身，而以仁义道德修其性，以成万年不坏之躯。这是道家之理念，就修身全身而言，值得我们借鉴。

君子所由贵，藏器以待时，安身以崇德。世之修士欲成千万年之神，为千万人之望，造非常之业，建不朽之功。须一言一行，不稍放肆。即贵其身而身存，乃可为天下所寄命者。一动一静，毫不敢轻，即爱其身而身存，乃可为天下所讬赖者。

对普通人而言，虽不求不朽之躯，尚须立身立世。虽不能天下寄命，仍要尽忠尽孝。由此可见，守身为大。守身，乃人身之大事。事关“为天地立心、为生民立命、为往圣继绝学、为万世开天平”之使命，不可小觑。

勤奋节俭为本（示儿）

/ 2013 年 10 月 1 日

勤奋，乃人生之本，立业之基。业精于勤，勤能补拙。勤于修身，立德立言。“达则兼济天下，穷则独善其身。”勤于学习，凿壁偷光。少而好学，如日出之阳。壮而好学，如日中之光。老而好学，如秉烛之明。少壮不努力，老大徒伤悲。塑造人格，珍惜秒阴。勤于实践，读万卷书，行万里路，知行合一。

节约，乃治家之本，传世之基。淡泊以明志，宁静以致远。俭以养德，福泽后人。富则兼济亲友，贫则志向不移。俭以养廉，洁身自好。不贪图不义之财，但求平安健康。不羡慕衣锦还乡，但求心情舒畅。俭以养心，陶冶情操。净化心灵，平抑物欲。远离灯红酒绿，珍惜泥土清香。

愚拙不可怕，愚宜专注，勤能补拙。聪明不足恃，天外有天，人上有人。富贵不能淫，淫威丧德，人格堕落。威武不能屈，人贫志不贫，卑贱傲骨存。

聪明不如勤奋，富贵难比节俭。聪明反被聪明误者众，坚守勤奋成才者多。富贵不俭难长久，勤俭持家传万代。聪明加勤奋，品格可出众。富贵再节俭，有志可登天。

天生汝才必有用，知行合一惜秒阴。长风破浪会有时，直挂云帆济沧海。

人因梦想而伟大

/ 2013 年 10 月 3 日

今年国庆长假，我和儿子一起陪母亲在呼市度过。今晚和儿子在校园散步，路边的一个宣传标语深深印入我的脑海：“人因梦想而伟大，人因学习而改变，人因行动而成功。”的确如此，古有神童诗：“自幼多才学，平生志气高，别人怀宝剑，我有笔如刀。”今有泽东赋：“孩儿立志出乡关，学不成名誓不还。埋骨何须桑梓地，人生无处不青山。”莘莘学子，无不因梦想而进入高等学府；也许有人因高考不理想，没有进入梦想的大学；但是，正是因为他的梦想，才进入高等学府，开始了塑造人生的里程。即使现在的学校不理想，还可以通过学习改变现状，以优异的成绩完成学业，考研可以再次向理想的学校进军。这就是大学的使命。让学生孜孜不倦地学习，不断改变自己的知识结构，不断提高自己的适应能力和竞争能力。

一分耕耘一分收获。你在学习上付出得越多，在改变命运上积累的资本越多，实现理想的基础越扎实。大学就是让学生争分夺秒，刻苦学习。将来不因虚度年华而悔恨，不因曾碌碌无为而苦恼。

大学毕业迈出校门，开始人生创业奋进的旅程。依靠经久不衰的梦想和扎实雄厚的知识积淀，矢志不渝，脚踏实地，以一个又一个的执著行动，朝着奋斗的目标，一步一步地靠近，以自己的成功回报自己的梦想，回报学校的培养，回报父母的心血和汗水！

五十六岁生日感怀

写于巴新马当省

/ 2014 年正月二十八日

清晨，
眺望瑞木河，
云腾雾升，
矿山仿佛仙境。
迎来五十六岁生日的黎明，
生活依旧饱含憧憬。

辞行，
离开泥泞矿区，
道路颠簸，
起伏酷视人生。
回顾五十六个寒暑，
道路一样艰辛。

敲门，
寻求应对策略，
仔细聆听，
敬业忘记一路风尘。

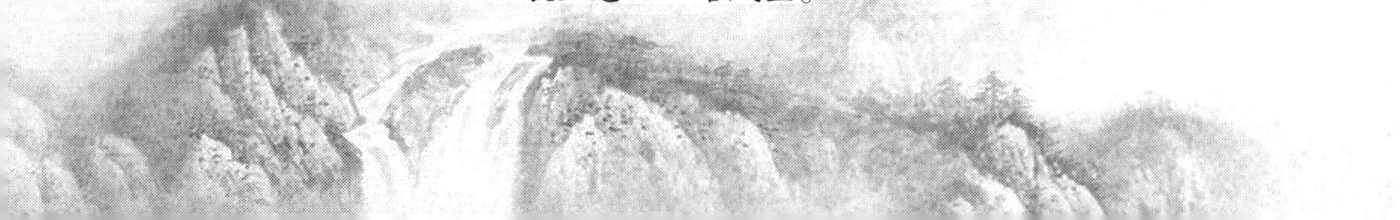

送走五十六个冬夏，
工作依旧充满激情。

灯下，
面对合作者尖刻刁难，
默默静听，
应对据理力争。
告别五十六岁生日的傍晚，
心中难以平静。

夜深，
品味合作者建言，
项目实施确有教训，
自己却着急无奈痛心。
十载的宝贵光阴，
仿佛是清晨的流云。

人静，
感悟十载的流云，
耳边响起妻儿越洋祝福的声音，
亲情融化了一切艰辛。
五十六岁生日的忙碌，
心中再次燃起激情！

五十七岁生日感怀

/ 2015 年正月二十八日

走过五十七载人生，
迎来新一天的黎明。
记忆牵动着思绪，
朝霞把天边染红。
一轮红日喷薄欲出，
仿佛看到少年人生。
春回大地孕育生机，
呵护幼苗汗湿衣襟。

眺望红日冉冉升空，
思绪翻腾感悟人生。
人生如昼夜，
岁月有阴晴。
不经过黎明前黑暗，
哪知晓旭日东升。
唯有熬过寂寞长夜，
才能领略朝霞迷人。

沐浴大地阳光明，
人若四季循环行。
沿着春生夏长轨迹，
收获秋收冬藏充盈。
把握时令辛勤耕耘，
在风雨中茁壮长成。
饱经风霜方成熟，
不畏严寒收藏尽。

大地承载万物生，
默循四季运不穷。
忍辱磨难世代续，
和谐安康社会宁。
红日循迹渐西下，
夕阳余晖映乾坤。
莫言暮年似浮云，
春蚕到死丝方尽。

过去十一年

/ 2015 年 11 月 9 日

自 2004 年 11 月参加央企公开招聘进入中冶，已经过去十一年。十一年的感悟，汇聚笔端。十一年的积淀，拓展人生。

十一年的岁月，
晃若一瞬。
曾经踌躇满志，
今已日暮晨昏。
光阴似箭，
错过昔日的机缘。
岁月如梭，
留下交织的印痕。

十一年的岁月，
宛如梦境。
有山花烂漫的憧憬，
有风雨交加的黎明。
有泥泞路上的跋涉，
有天涯深处的攀登。

有矢志不渝的执著，
有忍辱负重的坚挺！

十一年的积淀，
屏息感悟人生。
勿固执己见，
应学会包容。
勿自恃清高，
应顺势而行。
坚持原则做事，
做人不变初衷。

十一年的学习，
方知海阔天空。
个人的渺小，
在工作中感受最深。
自负的傲慢，
碰壁方如梦初醒。
秉承为天地立心之志，
继续默然前行。

十一年的耕耘，
以黄牛精神奋进。
办事争分夺秒，

合作豁达坦诚。
耕耘风雨无阻，
送走夜色迎来黎明。
静候种子萌芽，
用心血呵护其长成。

十一年的黄金人生，
记忆刻骨铭心。
马不停蹄驰骋，
留下两鬓如霜的年轮。
任劳任怨耕耘，
谨防杂草丛生。
迎来一轮红日，
照见一片丹心。

五十八岁生日感怀

/ 2016 年正月二十八日

清晨，
凝视东方的晨曦。
红日冉冉升起，
白云牵动着记忆。
回味泥土的清香，
追寻童年的足迹。

清晨，
眺望无垠的天际。
思绪在脑海中萦绕，
泛起往昔的记忆。
回眸人生岁月，
触摸成长足迹。

清晨，
黄河畔上的炊烟，
伴着泥土的清香，
袅袅升起！
祖辈在这里耕耘，
日出而作日落而息。

清晨，
田间地头的清风，
和着白云的妩媚，
沁人心脾！
世代在这里栖息，
忠厚传家耕读为计。

清晨，
秋收的镰声响起。
谷穗压弯了腰，
笑声中洋溢着甜蜜。
场院堆满了粮，
丰收回馈大地。

清晨，
塞外的寒风凛冽。
室内围炉秉烛，
屋外冰天雪地。
迎新炉火红，
白雪望无际。

清晨，
充满希冀。
心静如水映日月，
神宁似山载天地。
善良结硕果，
智慧蕴奇迹。

畅想

/ 2016年4月1日

我愿成为一座吊桥，
伸出钢铁般的臂膀，
拉紧两山的脊梁，
人们安全过往。
任由风吹雨打，
忍受落寞和凄凉。

我愿成为一座桥墩，
伫立在激流险滩上，
以钢铁般的毅力，
托起宏伟的桥梁。
任凭湍急的洪流冲刷，
桥身安然无恙。

我愿成为一颗螺钉，
紧紧拧在轨道上，
任凭车身颠簸，
何惧重载超常。
凝神坚守岗位，
保证运行通畅。

我愿成为一根枕木，
静静承载轨道传递的重量，
任凭风吹日晒雨淋，
恪守寒夜的凄凉。
屏息托起延伸的轨道，
把客人安全送往远方。

我愿成为一棵乔木，
默守在祖国的边疆。
迎来冉冉升起的红日，
沐浴温暖阳光。
伴着游人的笑声，
送走晚霞迷人的夕阳。

我愿成为一粒飞沙，
伴随狂风在空中飘荡。
追赶飞驰的列车，
穿过奔腾的长江。
落入万花丛中，
融进大地观绽放。

领悟道

——读《道德经》有感

/ 2016 年 9 月 6 日

自然之道，深奥莫测，在实践中悟。治国之道，法天守地，在顺应中寻。为君之道，安邦爱民，在无为中见。近贤明，远小人；抑物欲，能兼听；安社稷，育苍生。为臣之道，忠上尽心，在奉献中生。顾大局，抑私心；守社稷，尽忠魂。

天地无私，循道而行；圣人无私，弘道守中。君子无私，一视同仁。天地所以能长且生，以其不自生，故能长生；思想所以能传世久者，以其无我而生，故能长存；但行好事，莫问前程；助人路自宽，无我心宁静。

人生有追求，适可而止；把握度，不逾矩。自然有规律，因势利导；深钻研，不迷路。部分融入整体，无我而有用，形成整体功能。“三十辐共一毂，当其无，有车之用。凿户牖以为室，当其无，有室之用。故有之以为利，无之以为用。”

领悟道，慎贪有。遵循道，恬淡无。理智对待身外之物，不贪声色，不掠奇异，抱朴守真。静心沉思肩头之职，不迷荒淫，不坠奢侈，正心诚意修品行。“五色令人目盲；五音令人耳聋；五味令人口爽；驰骋畋猎令人发狂；难得之货令人行仿。是以圣人为腹不为目，故去彼取此。”

为腹，常思百姓之苦，常怀恻隐之心。以百姓安居乐业为己任，铭记南唐后主李煜之悲。梦中不知亡国恨，隔岸犹唱《后庭花》。人生为腹不为目，读诗书以励志，习礼仪以修身。志存高远，趣避邪庸。勿攀比，勿沉迷；勿放纵，节淫欲；知温饱，能体恤；走正道，顺民意。

不为目，宠辱不惊；居安思危，居危思变。以天下为己任，正心诚意修身，致知格物精进。不放纵性情，不显耀聪明，精神顺物而动。随天而行，从容无为，自然升腾。不沉溺于色彩，不迷恋于声音，不惑乱于常德，不违背于常理，不追求巧伪，不热衷于淫逸，不彰显技能，不炫耀机智。谨慎言辞，检点行为；悟道于心，修炼于志；守道于行，弘道于德。言传身教，修炼品行。德存天地，道法自然。

浪淘沙·白露

/ 2016 年 9 月 7 日

昨晚，我和小学至高中同村的老同学小叙，不自觉地就回到共同的记忆：1975 年 7 月高中毕业的母校。上学期间，每周一早晨五点前，我们一起骑自行车五十多里路程，骑行三个多小时，在早八点前赶到学校上早自习。冬夏如常，风雨无阻，夏天衣服汗浸透，冬天衣服结成冰……

户外正风寒，
露水凝栏。
同窗叙旧话艰难。
记忆珍藏思母校，
塞外江山。

少小志登攀，
雨雪何难？
骑车汗浸冻衣衫。
辘辘饥肠充淡饭，
梦里书山。

教师节感悟师道

/ 2016 年 9 月 10 日

今天是教师节，人们自然怀念自己的老师。有五千年历史的中华民族，我自然想到先贤哲人。孔子，弟子三千，七十二贤人。鬼谷子隐居山林，有高徒苏秦、张仪、庞涓、孙膑名垂史册。老师呕心沥血于深山，弟子叱咤风云在政坛。荀子的弟子韩非子、商鞅主张变法，促成秦统一中国大业。王通隐居为师，弟子魏征、房玄龄辅佐唐太宗李世民，传承齐家治国平天下的理念，出现贞观之治。

师者，传道、授业、解惑也。老师启迪智慧，引领人生。师者，悟道于内，感化弟子 ；开启智慧，净化灵魂。弟子，驰骋于外，传承文明；开天辟地，造福人民。

师道尊严，世代传承。弘扬优秀文化，正心诚意修身。为天地立心，为生民立命，为往圣继绝学，为万世开太平。

尊师重教，本应蔚然成风。开启国门，追逐市井利名。治学浮躁，学者昏昏。急功近利，作弊成风。世风日下，师道失之久矣。呜呼，哀哉！

匡正世风，重塑学风。尊师重教，恪守人伦。师者，立德、立言、立功。学子，尊师、敬长、爱幼。治学，务实严谨，思想独立，立场坚定，勿人云亦云。求学，虚怀若谷，善于思考，循序渐进，敢于发问。

江山代有才人出，名师高徒何处寻？回顾教育改革历程，忧心忡忡。学术风气待净化，弘扬师道事艰辛。传承重任觅志士，教育返朴待归真。此乃民族之希望，师道之灵魂。

教师节，兴尊师重教之风。忆往昔，名师高徒誉满天下。看今朝，潜心治学寥若星辰。望未来，弘扬师道困难重重。

教师节，呼唤师道；治学时，期盼师魂。教师是人类灵魂工程师，大学乃传承文化的人才摇篮。唱响摇篮曲，弘扬时代主旋律，师道尊严。实现摇篮梦，正心诚意修身，齐家治国平天下。

弘扬师道，路漫漫其修远兮，吾辈上下而求索。践行师魂，铁肩担道义，妙手著文章，引领未来。

寒露悟道

/ 2016 年 10 月 8 日

今天是寒露，是一年的第十七个节气。四季循环往复，天地运行不辍。这就是道。人法地，地法天，天法道，道法自然。天人合一，不仅要遵循道，还应该坚守德。领悟自然之道，理解《道德经》的深邃内涵。遵循天地之德，把握天地人的和谐奥妙。

上德若谷，大智若愚。不能以表象判断事物、衡量人才。从道固有的属性领悟万物。上德不德，是以有德。高以下为基，贵以贱为本。下德不失德，是以无德。上德无为而无以为，下德为之而有以为。德之所存，道之所依。道隐无名，大器晚成。天人合一，和谐共存。

凡事皆有度，不可过。循道守德，顺其自然，恪守中庸。“名与身孰亲？身与货孰多？得与亡孰病？甚爱必大费，多藏必厚亡。故知足不辱，知止不殆，可以长久。”反之，富贵而骄，自遗其咎。

悟道于自然，持道于天地，守道于人生。抱朴守真，知足常乐。大智若愚，大巧若拙。罪莫大于可欲，祸莫大于不知足，咎莫大于欲得。悟道识性，把握玄机。守德循道，顺应自然。故“不行而知，不见而明，不为而成。”做事勿急功近利，探寻内在规律，因势利导，顺其自然。做人勿自私自利，滋养万物长，不自恃其功。虚怀若谷，以无有成其大。

天人合一，道法自然。万物生于道而长于德。人生，悟道与修德并举，守道与弘德兼容。顺应天时，捕捉地利，营造人和。忘我无为，悲天悯人。修品德之基，坚如磐石；筑事业之道，通向繁荣。“善者，吾善之，不善者，吾亦善之；信者，吾信之，不信者，吾亦信之。”道之所依，德之所存，善信所在。宁愿人负我，我绝不负人。但行好事，莫问前程。

修德，从小事做起，贵在坚持。“骐骥一跃，不过十步；驽马十驾，功在不舍。” 修德，从点滴做起，贵在积累。积少成多，积沙成塔。悟道愈久，守德愈坚。悟道愈深，蓄德愈厚。

悟道修德

——学《道德经》有感

/ 2016 年 10 月 12 日

天人合一，道法自然。筑事业之道，奠品德之基。修德，“塞其兑，闭其门，终身不勤。”抑制欲望，釜底抽薪。否则，“开其兑，济其事，终身不救”。若顺应世俗，必放纵嗜欲。欲害其身，越陷越深。悟道于心，见微知著，见小曰明。修德于身，以柔克刚，守柔曰强。天地之道，蕴德于身。

观古今之衰亡事，非道之不存。然达道甚夷，而人好径。奈何？朝甚除，田甚芜，仓甚虚，视而不见。乃歌舞升平。服文采，带利剑，厌饮食。财货有余而不止，奢欲无尽而膨胀。此非道也哉。呜呼？哀哉！天下乃百姓之天下，非一人之天下。君视民如伤，臣恪守臣道。恬淡无为，百姓安居乐业。

修德以教化而启蒙，百姓悟道而修身。教化以传承而言志，志存高远而修身。传承以弘扬而净风，民风淳朴而睦邻。弘扬以兴邦而同心，聚民心而御列强。修德兴邦，依赖民众。静心修德不止，正气之源不竭。凝心聚力国安宁，共度时艰民安居。慎独修身，弘扬家风。耕读齐家，仁爱勤俭。立德为示范，立言教后人，立功青史铭。无德非以为人，修德磨炼品行。

含德若婴，守拙如初，善始善终。纯洁至精，强以御伤。物壮则老，物极必反。恪守规律，因势利导。孔子曰：“君子有三戒。少之时，气血未定，戒之在色。及其壮也，血气方刚，戒之在斗。及其老也，血气既衰，戒之在得。”无为而治，文景盛世。穷兵黩武，汉武没落。贞观之治，广开言路。开元盛世，好景不长。安史之乱，盛唐不再。康乾盛世景不长，闭关锁国有灾殃。夜郎自大祸所生，引狼入室山河崩。割地赔款，丧权辱国。火烧圆明园，列强罪滔天。历史铭记盛衰之因，含德不厚积宿怨。后人不忘修德之贵，物极必反灾祸生。

铭记物极必反之则，恪守虚怀若谷之心。“塞其兑，闭其门，挫其锐，解其纷，和其光，同其尘，是谓玄同。”领悟天道，和谐共存。知之不言，韬光养晦。放下贵贱亲疏，看淡名利得失。淡泊以明志，宁静以致远。知盛衰之理，守拙如初，常怀敬畏之心，修德利民。晓存亡之道，忌盈满之欲，守清廉之志，修身为己。奠定德之基，通达兴旺道。恪守赤子心，修身戒贪欲。悟道修德，人生必修课。活到老，学到老，感悟到老，老有所得。

培养独立性

/ 2016 年 10 月 22 日

教育是一个系统工程。从幼儿园到小学，从中学到大学，教育的内容和重点不同，学知识，学技能各有侧重。然而，有一项内容应该从小不间断地培养。这就是独立性培养，即思想独立，不人云亦云；人格独立，不依附别人；生活独立，不依赖父母。

现在大部分学生十八岁时要有成人礼仪式。在这个仪式上很少有人提示思想独立、人格独立和生活独立等内容；多半乐于涉足成人的社会活动。其实，成人应享有民事权利，承担民事义务。这是一个硬币的两面，不可分割。

十八岁以后，如果在思想上不能独立，就缺乏独立于社会生活的精神准备，缺乏应对具体问题的能力，一旦步入社会，遇到问题不能理性判断，不会冷静思考，就会手足无措。如果在人格上不能独立，缺乏担当意识，有依赖思想，诸如啃老族。独立人格的培养和形成贯穿于从幼儿园到大学教育的全过程，需要家长潜移默化的影响。

长期以来的独生子女政策，孩子从小被溺爱，衣来伸手，饭来张口，渐渐形成了自我为中心的意识，以为父母和爷爷奶奶等都是为他服务，他扮演着小皇帝的角色。这种四二一的服务架构不仅错失了孩子形成独立人格的关键时机，助长了孩子的依赖性，甚至养成寄生习惯。把人生狭义地理解为享受。

缺乏独立思想、独立人格的子女，往往缺乏独立生活能力，甚至还会因此而使家庭关系紧张，往往不认为是自己做得不好，总觉得父母做得不够；更有甚者会埋怨父母无能，没有为他创造舒适生活的条件；对择业眼高手低、这山望着那山高，没有独立生活的责任意识，没有危机感，总有依赖思想。

家庭条件越好，子女的独立性就越待提高。穷人家的子女因生活所迫磨炼了独立生活能力，会养成独立思考的习惯。这有利于形成独立思想，有助于培养独立人格。相反，家庭条件好，子女的独立意识差，总有依赖思想，没有自己独立去面对生活的压力，缺乏独立思想和独立生活能力。

培养学生独立性是全社会的事情，关系青年的素质，影响民族的素质，乃教育之大事，不可不察。无论贫富，不管贵贱，在孩子成长过程中应该把独立性教育放在首位，从小确立正确的人生追求，为天地立心，为生民立命，为往圣继绝学，为万世开太平。

家训三字经

/ 2016 年 10 月 25 日

黎明起，洗漱忙；净居室，洁衣裳；凝心读，书声朗。
上学路，不张望；提前到，勿慌张；勤扫除，乐帮忙。
铃声响，坐端详；仔细听，深思长；做笔记，顺序详。

勤温习，解惑忙；作业清，不惆怅；早预习，学有方。
伏案写，无遗忘；坐立思，心无旁；聚心志，悟字行。
多阅读，有思想；勤修身，德高尚；传家风，做忠良。

习礼仪，长幼详；事尊长，恭敬上；举止稳，四维彰。
重人伦，守五常；敬父母，心体谅；德智体，耕读养。
品学优，义伸张；潜心学，有榜样；文中子，及老庄。

孝宗亲，源流长；祭祖先，礼仪彰；多润寡，少自享。
勤持家，俭立邦；睦邻里，和同乡；明善恶，恭俭让。
弟谦恭，兄温良；姐妹亲，妯娌让；忠厚仁，诚信藏。

通古今，国有纲；守法纪，莫贪赃；戒争讼，习公羊。
济贫弱，肯解囊；黄赌毒，家破亡；严律己，智慧长。
互敬爱，比翼双；戒陋习，比学帮；兴社稷，做栋梁。

晓中外，有异邦；语言异，文明长；虚心学，博众长。
彼此敬，事周详；忌奸猾，情谊伤；善交流，架桥梁。
有危难，互相帮；人性善，慈悲长；天道助，能兴邦。

示儿

/ 2016年11月23日

荡涤沙尘雾气清，
蓝天映日沐春风。
人生岁月需锤炼，
事业耕耘尚韧恒。
莫道前程多坎坷，
谁言进步少艰辛？
英雄自古多积淀，
汗水晶莹少愤青。

一路前行

/ 2017 年 1 月 1 日

雾霾挡不住黎明，晨曦一样来临。清晨的寒意，透出一丝阴沉。迎来新的一年，挑起一肩重任。一如既往，一路前行。

岁月留不住夕阳，一年宛如一瞬。细想过去的征程，一生好似急行军。一鼓作气，不辱使命。一草一木见证一步一个脚印，一山一水伴随一跌一撞的艰辛。

忙碌的一年一样日夜兼程。安全检查，神色凝重。一桥一洞都有隐患，一梁一柱不能轻心。一铆一焊不可大意，一机一闸也有险情。一厂一矿有事故，一人一责需辨清。

忙碌的一年学习一样任重。两学一做抓落实，一字一句需认真。信仰指明一生方向，信念坚守一世灵魂。讲政治，恪守一言一行。顾大局，珍惜一秒一分。学《准则》，吃透一字一句。悟《条例》，规范一点一滴。抄《党章》，检验一举一动。讲党课，把握一言一语真谛，防止一丝一毫偏差。

忙碌的一年汗水一样晶莹。一本《走出去的记忆》，一部海外矿业管理的记忆。汇聚一点一滴的体验，凝结一言一行的真情。一集《修身不忘初心》，一卷正心诚意修身的写真。志存高远，一尘不染。心系百姓，一如既往。

展望明日，一样充满激情。恪守一贯的宗旨，避免一时的冲动。一肩担道义，一肩履使命。一手著文章，一手扭乾坤。一日不虚度，一分一秒刻印痕。一事不马虎，一桩一件全弄清。一人不可轻，一言一语暖人心。一语不随意，一丝一毫有分寸。

喜迎丁酉，告别丙申。任务一样艰巨，形势一样严峻。不计一事之短长，不怕一时之艰辛。履职尽责，一步一个脚印。正心修身，一言一语庄重。追求卓越，一点一滴精进。

自强、善良

/ 2017年1月2日

人要自强，心地善良。不怨天尤人，常自省纲常。悲天悯人，巧医创伤。和睦邻里，善意交往。不自卑，取人之长。莫自负，天地无常。正心诚意，国学导航。

人要自强，莫存幻想。寄人篱下，希望渺茫。能吃苦中苦，定为强中强。逢迎取巧，迟早遭殃。贫穷志不移，百炼能成钢。

人要自强，慈悲如常。感念众生，心存善良。不嗔不贪，知足能长。困境虽苦，锤炼中成长。莫羡慕富贵，因果潜藏。自觉做善事，他日定辉煌。

人要自强，家风弘扬。敬老爱幼，贫穷何妨？天伦之乐，孝心为上。卧冰求鱼，世代不忘。耕读济世，凿壁偷光。知书达理，子孙兴旺。

人要自强，诚信为纲。不谄媚权贵，不屈意捧场。卑贱傲骨存，贫穷志坚强。虚怀若谷，博采众长。常怀感恩心，处处有吉祥。

人要自强，潜修道场。知行合一悟真谛，自强不息著文章。弘扬正气，传承善良。闻思儒道释，修炼净心场。放下无谓事，看淡名利场。苦中心能静，慎独不彷徨。苦读悟世界，感恩记心上。滴水之恩不能忘，涌泉相报源流长。

诗书继世长

/ 2017 年 1 月 3 日

读《父子宰相家训》一书，为清代名臣张英父子所感动，倒不是因为“一纸书来只为墙，让他三尺又何妨。”、“万里长城今犹在，不见当年秦始皇”的名句，而是因为《聪训斋语》和《澄怀园语》的微言。一门之内，祖父子孙，先后相继入南书房，自康熙至乾隆，经数十年之久，此他氏所未有也。父子宰相为官清正，心系百姓，堪称典范，得益于张英的以身作则，言传身教；得益于澹泊致远、克己清廉的“家风”，得益于“六尺巷”。

仔细阅读《聪训斋语》，对诗书继世长有了更深的感悟。张英的家训是他为官处世的亲身经历和心得体悟、治家乃至为政的要道；内容包罗万象，包括务农、节用、学习经典、慎交朋友、诫勉骄奢淫逸，以及培养高雅情趣等各个层面。

张英治事防微杜渐，在《聪训斋语》开篇写道：“圣贤领要之语，曰：‘人心惟危，道心惟微。’危者，嗜欲之心，如堤之束水，其溃甚易。一溃则不可复收也。微者，理义之心，如帷之映灯，若隐若现，见之难，而晦之易也。人心至灵至动，不可过劳，亦不可过逸，惟读书可以养之。”他认为书卷乃养心之第一妙物。

古往今来，多少志士仁人都酷爱读书。故有“遗子黄金宝、何如教一经”之说。读书循理悟道，知危见微，知行合一。“人心惟危，道心惟微，惟精惟一，允执厥中。”书卷养心，苦中有乐；书载世道，奥妙无穷。悟道得乐，多欲则苦。“闲适无事之人，镇日不观书，则起居出入，身心无所栖泊，耳目无所安顿，势必心意颠倒，妄想生嗔，处逆境不乐，处顺境亦不乐。”循理有趣，逆道必苦。读书明理，修身正心。少欲知足，安命循理。

唯有读书才能得乐。“圣贤仙佛，皆无不乐之理，彼世之终身忧戚、忽忽不乐者，决然无道气、无意趣之人。孔子曰：乐在其中，颜子‘不改其乐’，孟子以不愧不怍为乐。”

读至此，眼前豁然一亮，“父子双学士，老小二宰相”的秘诀就在于此。乐观豁达，见微知著，居安思危。读至此，蒙学诗句跃入眼帘：“天子重英豪，文章教尔曹。万般兼下品，唯有读书高。”“自幼多才学，平生志气高。别人怀宝剑，我有笔如刀。”“满朝朱紫贵，尽是读书人。”读至此，对“忠厚传家久、诗书继世长”有了更深的感悟。

读书不忘初心，正心诚意修身；为官不辱使命，齐家治国平天下。

感悟“慈、俭、和、静”四字诀

/ 2017 年 1 月 4 日

张英在《聪训斋语》中谈论养生，他认为长寿秘诀有四：曰慈、曰俭、曰和、曰静。这是对“静以修身、俭以养德”的具体解读，和养生长寿联系在一起看静与俭，离不开慈与和。慈悲人生是佛教的初衷，和为贵是传统伦理的精华。

人若能慈心于物，不为一切害人之事，即一语有损于人，亦不轻发。心存慈悲，扫地恐伤蚂蚁命，爱惜飞禽罩纱灯。在静中修慈悲之心，在俭中炼勤俭之德。我们虽然达不到出家人修慈悲的境界，但是，若能慈悲待人，不会有无尽苦恼；若能和气，不会有无端争斗；若心能静，不会愤世嫉俗；若生活能俭，不会有无尽的贪欲。

从古到今，心存慈悲，济世度人。勤俭持家，忠厚待人。节俭生活，与世无争。少一点贪欲，多一丝同情。生活不攀比，心中少郁闷。挣钱好比针挑土，花钱若是水推沙。花钱精打细算，生活细水长流。静以修身，俭以养德。不贪不义之财，人生平安。铤而走险贪财，身陷囹圄。俭能抑制贪欲，勤能挤走无聊。心怀感恩心，长存报答意。

古今中外，和气生财。多少悲剧缘起误会，多少破镜圆于和气。礼之用，和为贵。中国是礼仪之邦，生活中理应多一点和气，少一点冲突。然而，迫于现实生活的压力，人们少了和颜悦色，多了几分针锋相对；少了几许礼让，多了几分霸气。盛气凌人者欺压贫弱，奴颜婢膝者讨好权贵。因缺少和气，生活中悲剧频发。

走出急功近利的缠绕，回归慈悲人生的轨道。勤俭持家，忠厚待人。兄友弟恭，和睦邻里。唯有静下来，才能有理智。唯有慈悲心，才能关爱人。唯有多读书，才能悟真谛。唯有读好书，才能修美德。养生之道，修慈悲之道，养勤俭之德；锤炼洁净品行，陶冶宁静心性。

修静于山水之间，检验于抚琴之时。正音出于腕下，清兴超于物表。琴音听心境，琴弦锁乾坤。细微处见真性情，无奈时藏假颜面。回归自然，忘却红尘。修静于山水间，天人合一，灵性相融。抚琴弄弦，尽显人性。喜形于色，性浮于音。一拨一弹，可观心境。心境微有不清，指下好似荆棘丛生。心机无事，旷然天真，宛若潺潺流水之声，如入清风明月之境。心境不急不躁，则琴声合于自然，缓急轻重有节，仿佛天籁之音。

养浩然正气，生慈悲智慧，晓天地之理，走人间正道。

知命为君子

/ 2017 年 1 月 6 日

《论语》云：“不知命，无以为君子。”朱熹加注：“不知命，则见利必趋，见害必避，而无以为君子。”

重温先贤语，善学悟人生。知命，既不坐享其成，亦非坐以待毙。知命，要勤勉，尽人事，听天命。知命，要守本分，勿贪不义之财。知命，恪守礼仪，尽心竭力。知命，敬畏法律，行法以俟命。知命，勿求大富大贵，勿谄大悲大喜。知命，势不可用尽，功不可独享。

知命，致富不忘亲朋，忌为富不仁；为官不忘穷人，忌仗势欺人。富可敌国，不昧良心。位高权重，不欺百姓。官居宰相，不蚀官银。知命，福不可至累而求，官不能谗媚而得。知命，寡欲清心，修炼灵魂。知命，铁肩担道义，慈悲度众生。

知命，不忘教子之功。仁义礼智信，寒窗苦读功。正心诚意修身，至知格物精进。知命，要奋进，莫嬉戏人生。知命，要包容，莫独断专行。知命，要感恩，莫利欲熏心。知命，要虔诚，勿亵渎神灵。知命，要慎思笃行，不忘初心。知命，敬老爱幼，传承家风。

知命，不忘本，奉献智慧人生。助人为乐，豁达坦诚。知命，不堕落，开辟事业征程。踏平坎坷道，攀登陡峭峰。知命，不消沉。笑对逆境苦，智取挫折经。知命，不自负，静观天外天，崇敬人上人。知命，不自卑，自力更生度日月，自食其力享天伦。

知耻为人

/ 2017 年 1 月 7 日

读《了凡四训》，思善恶真谛，辨廉耻之意，悟立命之基，存敬畏之心。行义理之道，养仁慈之德，动恻隐之心，济贫弱之人。

知命而不认命，知难而奋进。知过而改，知善而为，知恶而止，知耻而戒，知不足精进，知礼而行。此乃立命之基，成事之源。

知命而不懈怠，人不知而不愠，事不遂而不怨，功不彰而不急，名不显而不躁。处顺境，不忘道德仁义；行善事，不在功名富贵。

知命为君，知耻为人。礼义廉耻，国之四维。四维不张，充斥乱象。居安思危，知耻不忘。知耻则改，莫存侥幸。弄巧，掩人耳目，事拙，惹怒鬼神。心存善念，知耻而后勇。敢于担当，知不足而精进。

知耻为人，净化心灵。为善守德，重义轻财，荫积子孙。为善非易，守诺重行，善意生根。善树结善果，枝繁有绿荫。善恶终有报，知耻正言行。

知耻为人，民族基因。世代进化，恪守人伦。礼仪之邦，正心修身。诚意存善，祛邪避庸。整肃吏制，为官爱民。任人为贤，弘扬国魂。知耻为官，净化世风。知耻为人，弘扬家风。

读书在于知行合一

/ 2017 年 1 月 20 日

读《传习录》，知行合一；悟校训，自强不息。读书，在于知行合一，做人，恪守自强不息。学习的目的全在于应用，即使把“黎明即起、洒扫庭除”背得滚瓜烂熟，如果依旧睡懒觉、不修边幅，那这种倒背如流也没有达到读书的目的，不会达到“正心、诚意、修身”的境界，无法实现“齐家、治国、平天下”的宏愿。

知行合一的前提是至善于心。读书要用心，心专注于知；知止于至善，专注于行。至善之理在于心，静心寡欲勤修身。恬淡之中悟真谛，君臣父子贵忠诚。亲民动恻隐之心，明德施仁爱之政。

知而不行，不是真知。知行合一，自强不息。学以致用，勿高谈阔论；用以尚学，忌随心所欲。以知为纲，恪守做人准则；行有所依，不破做事底线。知理以清心至善，致行于达道天下。至善，忠无怨；至诚，孝无悔。

知是行的主意，行是知的功夫。知是行之始，行是知之成。知在悟透真谛，忌一知半解；行在矢志不渝，勿心猿意马。知乃行之向导，行是知之先锋。知行合一，自强不息。

心正则中，修身则和。读书，贵在循序渐进；修身，切忌一曝十寒。读书，悟知善之道；做事，循至善之理；读书，积仁爱之德；做事，修慈悲之心。心善则仁，仁乃天理，生生不息。读书，循自然之理，犹冬至一阳生，渐至于六阳。读书明理，明理弘德。知至善在吾心，晓慈悲在于行。仁爱积于心，智慧聚于行。心乃至善之地，心定则能静，静则能安。安则能虑，虑则能得。知行合一，自强不息。

静虑人生

/ 2017 年 1 月 21 日

今天，到北京大学肿瘤医院去看望一位朋友，曾任某大学校长十几年。前年卸任领导职务，还在学术上继续耕耘，带博士、硕士，搞科研。他非常敬业，工作夜以继日，学术精益求精。他的乐观态度，他的坚强，让我看到曾经驰骋学术界的勇士风采。

走出病房，我下意识地思考人生。忙忙碌碌一生，退休后能否如愿享受属于自己的时间，领略大好河山，分享人间盛景，取决于我们的身体。中医讲气血平衡，人的气血流动不畅，就会气滞血瘀，形成病灶，时间长了会发生病变，最终有可能出现癌细胞……

人在忙碌时会透支身体，出现气血亏损；人在郁闷时会气滞血瘀，就会生成病灶，病灶就会侵蚀健康的细胞；久而久之，就会吞噬健康。这不是危言耸听。我们都应该关注健康，注意气血通畅，保证心情舒畅。自我调节，舒缓精神压力；自我安慰，摆脱自责；自我激励，告别郁闷；自我完善，放下执著。

生命的意义在于健康地享受人生，积极地投入生活，无私地奉献才智，坦荡地包容他人。生命的价值在于启迪思想，开辟未来，共享欢娱，共渡难关。救人于危难之时，雪中送炭；帮人于贫困之际，解囊相助。人生苦短，珍惜当下。世事无常，坦然面对。

人生有追求，事业有压力，难免会殚精竭虑。凡事皆有度，物极必反。奋斗不能以牺牲健康为代价，人生不能以他人为坐标。尽心尽力，做好自己，足矣！

“发上等愿，结中等缘，享下等福；择高处立，寻平处住，向宽处行。”处顺境勿喜，天有不测风云，人有旦夕祸福。陷逆境勿悲，塞翁失马，焉知非福。宠辱不惊，望天上云卷云舒；去留无意，看天庭前花开花落。天人合一，顺其自然。

赠言与人生

/ 2017 年 1 月 23 日

中国是一个文明古国，对人生有独特的文化价值取向。重视启蒙修身立志，强调正心诚意读书，追求齐家治国平天下。故有“遗子黄金宝、何如教一经”的古训，仁人志士有立德、立言、立功的追求。达则兼济天下，穷则独善其身。

在中国，有“赠人以言，重于金石珠玉”的说法。朋友相聚，嘘寒问暖；谈古论今，推杯换盏。交流思想，共享以言；赠言题诗，励志以言。故君子之于言也，志好之，行安之，乐言之。志意致修，德行致厚，智虑致明，是天子所以取天下。李白赠汪伦真实反映了朋友情谊的赠言情结。“李白乘舟将欲行，忽闻岸上踏歌声。桃花潭水深千尺，不及汪伦送我情。”

即使在“文革”时期“读书无用论”盛行，毕业前每个人都要准备一个笔记本，每个同学都要留下毕业赠言。赠言是同窗好友的叮嘱，也是人生征程的导航。赠言有激励和鼓舞，有欣赏和赞许，有关爱和牵挂。赠言胜过赠钱，授人以渔胜过授人以鱼。当你身处逆境时，拿出朋友的赠言看一看，心头暖流涌动，眼眶泪水滚动。当你孤寂时，赠言伴你穿过慢慢长夜，迎来希望的黎明。

为了写好赠言，既要了解朋友的特质，也要提升自己的文化素养，以免让别人贻笑大方。既要刻苦读书，也要向别人学习。学莫便乎近其人，身教胜于言教。赠言是互相勉励的学习方式，既表达对朋友的希冀，也反映自身的文化底蕴。赠言有明显的时代特色。既可看到时代烙印，也能流露出价值取向。

读赠言，悟人生。一日不可虚度，一时不能张扬。小辨而察，见端而明，本分而理，圣人士君子之分具矣。自知者不怨人，知命者不怨天。怨人者穷，怨天者无志。生而同声，长而异俗，教使之然也。学贵有恒，水滴石穿。君子生非异也，善假于物也。积跬步之功，致千里之行。

赠言警句指路，人生榜样引领。赠言传承文化精髓，人生攀登事业巅峰。好读书，学思悟，知行合一；读好书，砺品行，自强不息。人乘于学，博古通今；借于外物，拓展视野。学宜早，贵在恒。闻道有先后，术业有专攻。

有感过节租女友

/ 2017 年 1 月 28 日

今天有一则微信：春节推动租“女友”活动兴起，租金一天三千元至一万元。大年初一看到这样的信息，让人啼笑皆非。“女友”在人们的伦理词典里有特殊含义，通过异性交往相处，具有以谈婚论嫁为目标，情感基础渐深，排他性明显。“女友”是相处情感的结晶，并非租金合约下的服务。

租“女友”若成为时尚，是伦理瓦解。租“女友”如拓为市场，是道德崩溃。租“女友”者一般是高学历者，也许有难言之隐。但若遵循相识、相知、相爱的情感轨迹，租“女友”难以如愿以偿。除了应急父母望子成婚的情感需求外，酿下了自欺欺人的苦酒。租“女友”无异于饮鸩止渴。呜呼，哀哉！

出租对象一般也是有知识者，属于供给侧。把个人当成别人的“女友”出租，无异于把个人当成特殊标的物作价，为租金提供者提供有偿服务，会有难以启齿的尴尬，甚至会吞下难咽的苦果。也许出租者有经济困难，但也不能突破伦理，见钱眼开。否则，会滑向危险的边缘，染上奢侈的生活作风。人若不能靠工作自食其力，热衷于过节的短平快创收，迟早会坠入人生苦海，今天是出租对象，明天为被包养角色。

令人忧虑的是社会舆论似乎对这种活动持包容态度，有

人对租 “女友” 不以为然，有的人则习以为常，更有甚者，当事人也许自以为是。长此以往，默认租“女友”现象任其发展，会对青年人的人生观和价值观形成严重侵蚀，会对社会伦理道德基础产生严重破坏！

中华民族复兴的基础是不屈不挠，自强不息。租“女友”现象折射的是苟且偷安的人生态度。这种现象若呈蔓延之势，中华民族难以屹立于世界之林。这和实现中国梦是南辕北辙。此乃民族兴衰之大事，事关家庭幸福，影响社会和谐，触碰道德底线，瓦解人类灵魂，不可不察。这绝非危言耸听，受害者会沉沦。

读《荀子》“天论”有感

/ 2017 年 2 月 5 日

今天读《荀子》“天论”，对“天行有常，不为尧存，不为桀亡 。应之以治则吉，应之以乱则凶”有了深刻理解。

天行有道，道法自然。天人合一，人要顺应自然。自然有规律，四季运不穷。春生夏长，秋收冬藏。认识自然，遵循规律。强本而节用，则天不能贫。反之，本荒而用侈，则天不能使之富。勤俭持家是强本之举，兴家之策，成事之道。挥霍浪费是荒本之始，败家之路，亡家之因。欲求世代荣华富贵，定要强本而节用。富不可奢侈，节用而助人。心存慈悲，宽厚待人。

天行有道，道法自然。种地，人误地一时，地误人一年。种地须应时守节，不误农时，播种，施肥，浇水，间苗，锄草一环不能少，一环不能拖延，哪个环节不到位，都会影响农作物收成。锄禾日当午，汗滴禾下土，谁知盘中餐，粒粒皆辛苦。热爱劳动，珍惜粮食。勤俭节约，接济贫弱。

天行有道，道法自然。读书，人误书一时，书误人一生。读书须趁早，一日之计在于晨，朗朗书声破黎明。一生之计在于青，少而好学，如日出之阳。壮而好学，如日中之光。老而好学，如秉烛之明。少壮不努力，老大徒伤悲。一年之计在于春。趁春天大好时光，用心读书，潜心悟道。成功有常，不为富存，不为贫亡。寒门生贵子，白屋出公卿。

天行有道，道法自然。为人，正心诚意，坦荡包容。不谄媚权贵，不欺凌贫弱。人在做，天在看。积善之家有余庆，积恶之家有余殃。善恶到头终有报，只争来早与来迟。正心诚意修身，但行好事，莫问前程。齐家治国平天下，普度众生，不求扬名。

天行有道，道法自然。做事，专心致志，尽职尽责。正视现实，尽力做自己能改变的事，不埋怨改变不了的事。学会包容，肯定别人的长处，取长补短。包容别人的意见，求同存异。做事，顾大局，敢担当。以身作则，以上率下。牢记“空谈误国、实干兴邦”，深入实际，解决问题，不做表面文章。正视现实，研究突出问题，不回避矛盾。心系民之安危，解民忧，化民怨。

天行有道，道法自然。为官，积跬步之功，至千里之行；聚涓涓细流，成浩瀚江海。民为邦本，本固邦宁。民之治乱在于上，国之安危在于政。人之成败在于己，克己奉公。事之成败在于机会，机会垂青有准备的头脑。

天地有常，循理而行。吾日三省吾身，做事有违天道乎？做人有违伦理乎？为官有违法制乎？成败有道，克己守礼。权为民所用，利为民所谋，情为民所系。视民如伤，爱民如子。

诗中有真意

/ 2017 年 2 月 8 日

在昨晚结束的第二季《中国诗词大会》总决赛中，上海复旦大学附中 16 岁少年武亦姝夺冠。这一结果印证了自古英雄出少年，长江后浪推前浪。诗中有真意，文化传承长。

诗词的真意在于闻道有先后，术业有专攻。读书破万卷，上场如有神。出口成章，对答如流。引经据典，准确无误。旁征博引，视野开阔。

不受一番冰霜苦，哪得梅花放清香。少而好学，如日出之阳。读书须趁早，莫负好时光。读书深思熟虑，细悟此中真意。

诗词的真意在于诗言志，志飞扬。久经沙场的岳飞写下“壮志饥餐胡虏肉，笑谈渴饮匈奴血”的豪言壮语。陆游示儿则不忘山河破碎的忧伤，“王师北定中原日，家祭无忘告乃翁”。文天祥的“人生自古谁无死，留取丹心照汗青”，一直激励着热血青年投身正义事业。毛泽东则写下“孩儿立志出乡关，学不成名誓不还”。从小的志向演化为“问苍茫大地，谁主沉浮”的抱负，在革命生涯中升华为“数风流人物，还看今朝”的伟大现实，中国人民从此站起来了。红雨随心翻作浪，青山着意化为桥。

诗词的真意在于抒发情感，激发热情为理想献身，为道义捐躯。“生当作人杰，死亦为鬼雄。至今思项羽，不肯过江东”，写出了志士仁人的傲骨。“红军不怕远征难，万水千山只等闲”，则写出了毛泽东的英雄气概和豪迈情怀，激励后人迎难而上，笑对挑战。李大钊的“铁肩担道义，妙手著文章”，为真理献身的英雄形象跃然纸上。

诗词的真意在于释怀天地间，欣赏大自然。“采菊东篱下，悠然见南山”，表达了陶渊明的田园意境和世外情怀。“明月松间照，清泉石上流”，这是一幅令人向往的自然画卷。心旷神怡，悠然自得。

诗词的真意在于抒发忧国忧民的情怀，表达对时政的针砭，对人民的同情。“国破山河在，城春草木深。感时花溅泪，恨别鸟惊心。”把杜甫忧国忧民的情怀表达得淋漓尽致。“居庙堂之高则忧其民，处江湖之远则忧其君”，浓缩了范仲淹的爱民情怀和报国之志，是知识分子齐家治国平天下追求的真实写照。

走进诗词世界，张开想象的翅膀，采撷美妙的词语，描绘心灵的向往。

走进诗词世界，凝视心灵的视窗，忧国忧民忧天下，思昔思今思远方。

走进诗词世界，托起理想的太阳，穿云破雾揽明月，乘风破浪迎朝阳。

走进诗词世界，品尝情感的佳酿，衣带渐宽终不悔，温馨暖意情荡漾。

诗中有真意，细品溢芬芳。拼搏舞龙蛇，耕耘翰墨香。生活多磨难，诗中沃土香。逆境多坎坷，诗蕴情悠长。

诗词是修养的甘霖，沐浴人生希望。

诗词是心志的脊梁，驾驭灵魂远航。

在比较中学习进步

/ 2017 年 2 月 12 日

今天，儿子的同学小石到家小叙，讲他读《走出去的记忆》之后，思想认识有了变化，对待工作的态度有了变化。以前畏惧的事情现在就不觉得难了。这实际上是人生态度在变化。

他的感想和此前另一位读者小崔的读书体会一样。小崔写道，以前自己工作经历中觉得很难的事，读了《走出去的记忆》，发现作者的人生经历更难。既然别人能挺住艰难，年轻人也不会示弱，面对现实中的困难就不畏惧了。他们明白了一个道理，在生活中每个人都不容易。成人不自在，自在不成人。

通过以上两位读者的读书感想，说明身教胜于言教。作为长辈，对晚辈的影响是潜移默化的,能以自己的实际行动影响晚辈对社会的认识，甚至能影响其人生态度。这是读书影响的具体体现，随风潜入夜，润物细无声。

长辈的行动无声胜有声，对晚辈确立正确的人生观，比简单的说教更有说服力和影响力。孩子不听家长说什么，而是看家长在做什么？家长在孩子心目中的形象是自己实际行动潜移默化的影像，有着时间的烙印。孩子是在比较中认识自我，在比较中学习进步，在比较中改变自我。

作为长辈，不能靠威权和命令影响孩子。任何的做作都会被自己的实际行动所揭穿。任何的装腔作势也只能赢得暂时的喝彩。因此，正心诚意修身不是熟读而已，更不是口若悬河地吹嘘，而是以实际行动诠释理念和价值观，让别人从你身上感觉到正心诚意。这就是王阳明的“知行合一”理念。

以实际行动诠释知的内涵，从而凝练自强不息的品行人格。这就是学习的意义。以自己的行动彰显价值追求，而不是以自己的身份好为人师。这就是书的社会价值。一本好书可以改变人的价值观，甚至，改变人生轨迹；可以拔开人生迷茫的雾霾，走向自强不息的明天。人在比较中学习进步，书写灿烂的人生。

重温日记

/ 2017 年 2 月 13 日

近日，整理 2001—2004 年的日记，过去的岁月浮现眼前，几多感慨。没有在逆境中倒下，全凭信念支撑；没有对人生绝望，全凭对生活的热爱；没有颓废，全凭人生修养积淀；没有消沉，全凭坚定的理想信念；没有见异思迁，全凭明确的人生准则。面对命运的捉弄，没有怨天尤人，而是痛彻心扉地查找不足；面对坎坷人生，没有悲观消沉，而是百折不挠地奋进。正因为有不屈不挠的意志和积极向上的信念，才度过了人生最艰难的日子，才能在 2004 年国资委组织的全球公开招聘央企高管中再次名列前茅，最终金榜题名。

重温日记，热血依旧沸腾。有志者，事竟成，百二秦关终属楚；苦心人，天不负，三千越甲可吞吴。重温日记，信念依旧坚定。千回百折终不悔，意志坚定不可摧。重温日记，追求依旧不减。老骥伏枥，志在千里；烈士暮年，壮心不已。

人生是一个过程，让有限的过程充满奋斗的乐章，在艰难的时刻弹出激情的旋律。让人生的旅程洒下耕耘的汗水，浸润沃野一片；让人生的旅程播下希望的种子，结出硕果一串；让有限的人生发出无限的光和热，温暖人间，传递信念。

人生是一段旅程，目标要明确，行动要积极，意志要坚定。既要追求到达终点的喜悦，领略“会当凌绝顶，一览众山小”的风采，又要欣赏沿途的景色，体会人生苦中有乐的情趣。在人生旅途中有坎坷，有风雨，有暗礁，有险滩。唯有经历风雨，才能欣赏雨后的彩虹。唯有踏平坎坷成大道，才能铸就事业辉煌。只有触过暗礁，才有起死回生的记忆。只有涉过险滩，才会珍惜幸福的坦途。只有付出辛劳，才有丰收的喜悦。

人生是一个过程。走好过程的每一步，全神贯注；用心抬腿，踩稳走好；积跬步之功，成长征之路。踏千难万险，攀悬崖峭壁。涉惊涛骇浪，穿云遮雾障。用好过程的每一秒，寸金难买寸光阴。多少事，从来急；矢志不渝，只争朝夕。珍藏奋斗的每一刻，胜不骄，败不馁。珍藏惊涛骇浪的惊恐，坚定驶向彼岸的信念。珍藏云遮雾障的黑暗，笑迎云开日出的蓝天。

青春岁月的影子

/ 2017 年 2 月 15 日

今天中午，高中同学来电话，说将军尧中学七班、八班建了一个微信群，他把我拉进去了。我进群一看，名字很熟悉，但大部分同学毕业四十二年没有见过面。不过，从微信的头像里依然能看出学生时代的影子，青春的活力若隐若现，风华正茂的岁月顿时浮现……

1973 年 8 月 20 日，来自六个公社十几个初中毕业班经过高中升学考试、其中仅有 9% 的 120 多位同学有幸升入高中，分为七班、八班，我被分在八班。当时，学生宿舍和教室在一起，都是平房。一个宿舍分为两个通铺，每个铺住 8 个人。经历过初中智育回潮熏陶、渴求继续深造的我们，在高中一入学就被张铁生的白卷彻底断送了潜心学习的机会，读书无用论再次席卷了学校。渴求知识的我们陷入迷茫……

本该读三年高中，在读书无用的日子里我们两年就毕业了。高中期间，求知若渴的同学在一起不是比学习成绩，也不是求解难题。我们在学工学农中消磨时光，物理课本变成了工业基础知识。不是学习语文，练习作文，而是在批林批孔中检验理想。啃《共产党宣言》，学《国家与革命》，辅导《反杜林论》，探讨《法兰西内战》……，全校每周一次的批判会雷打不动，各班级选代表发言，校园的高音喇叭实时播放……

在“我是中国人，何必学外文，不会 ABC，照样干革命”的答卷和被老师批评溺水而亡的河南马振富公社张玉清事件的综合影响下，我们的俄语老师不再敢要求学生上俄语课，政治宣传气势如虹，俄语老师不再上讲台了……

曾把学好俄语当做生活唯一出路的我（准备高中毕业当一名代课教师教俄语），也失去了最后一线希望。在迷茫中迎来了高中毕业。期末没有考试，学生怕戴上白专的帽子，一片赤子心，把农村广阔天地当成三大革命的战场。毕业没有继续学习的机会，背起书包回家种地。

1975 年 7 月 15 日告别了学习生活两年的将军尧中学，告别了同学和老师，各自回到自己的家乡。1976 年 5 月 1 日，因呼市在我们村建扬水站。我们村从包头土右旗程奎海公社划到托克托县中滩乡。1977 年 12 月恢复高考，我是在托县参加考试，而高中的其他同学是在土右旗参加考试。自 1978 年 3 月我被录取到东北工学院，至 2007 年在包头市见到老同学，高中毕业已经 32 年。这 32 年间我和高中同学处于失联状态。

2009 年我专程去萨拉齐，见了时任人大常委会主任的同学。同学相见，开怀畅饮。高中两年彼此没有言语交流的女同学，见面没有陌生感，喜笑颜开，格外亲切。

2011 年将军尧中学在萨拉齐举办了 1968 年建校以来毕业师生聚会。我专程赶回去相聚，见到了一半左右的同学和老师。晚上，我和高中的同桌同住一室，彻夜长谈，他给我介绍了三十六年来同学们的情况……

今天，加入高中同学的微信群，同学们要照片，话以往。微信搭起了老同学交流的桥梁，包头的同学问寒问暖，定居深圳的同学盛情邀请。同学情谊真诚，共同岁月难忘。思绪飞回母校，月亮照见青春的影像，星星回忆校园的足迹……

一颗平常心，一生和为贵

/ 2017 年 2 月 17 日

今天整理 2004 年 2 月 28 日、29 日的两篇日记，分别是“一颗平常心、一生和为贵”。这是我在中冶上班第一周的两篇日记，是在新环境中的人生定位。回首过去 12 年多的工作，有坎坷、有忧伤、有郁闷，但是，自己能挺住，平安地立足中冶，得益于刚进入中冶时的人生定位。

人的一生似乎漫长，但关键处只有几步。迈出人生关键的步伐后，会出现预想不到的新情况，甚至是新挑战。如何做到临危不乱、处变不惊，完全取决于当时的心态。心态取决于人生定位，人生定位取决于自己的愿景和对环境的总体评价。既有百折不挠的进取动力，又有随遇而安的生存哲学。既有挑战生命的激情，又有卧薪尝胆的谋略。

人生定位是人生航船的灯塔。航船在前进中乘风破浪而不触礁，遇激流而不惊，处险滩而不惧。首要任务是保证船的平稳，尽量随波浪行进，把握好方向，保持好平衡，防止失稳而翻船。在工作中保持平衡。系统思考是人生不翻船的基础；磨炼驾驶风浪的技艺是人生不翻船的根本；修炼应对波涛的心境是人生不翻船的必由之路。

夕阳无限好，风浪不可轻。继续保持“一颗平常心、一生和为贵”的人生准则，始终恪守“勤勉、谦和、豁达、宽容”的心态，威武不屈，富贵不淫，贫贱不移。达则兼济天下，穷则独善其身。

五十九岁生日感怀

/ 2017 年正月二十八日

戊戌之春，生命降临。茅草寒舍，饥寒贫穷。面朝黄土，耕读人生。丁未岁末，文革乱政。戊申之夏，学业全停。全国串联，批斗成风。结束“文革”，拨乱反正。丁巳岁末，恢复招生。戊午之春，入学东工。寒窗苦读，金矿启程。硕士进京，科研人生。丁卯岁末，矿山青春。戊辰之夏，矿业人生。井下灼伤，刻骨铭心。铜镍矿山，足迹有痕。丁丑岁末，五味杂陈。戊寅之夏，公选再拼。加盟首钢，秘鲁受命。全球竞争，中冶再赢。丁亥岁末，寒气袭人。戊子之年，方知天命。天涯海角，漂泊人生。悲欢岁月，几多浮沉。丁酉之春，回眸人生。

岁月年轮转，人生无遗憾。亲情滋养有恩德，天涯海角不孤单。岁月年轮转，人生多流汗。前进路上多坎坷，矢志不渝肯登攀。岁月年轮转，人生顺自然。喜怒哀乐随风去，柴米油盐心要宽。岁月年轮转，踏遍山河川。天生我才必有用，涉险避礁扬风帆。岁月年轮转，家和万事欢。勤俭耕读忠孝悌，敬老爱幼家风传。岁月年轮转，心泰身健安。名利钱财身外事，子孝妻贤世代传。岁月年轮转，亲情总回甘。千难万险何所惧，兄弟同心齐登攀。岁月年轮转，甲子回眸看。朝在田舍砺心智，暮登朝堂勤慎安。

理性思维，积极人生。居安思危，慎思笃行。苦难岁月，记忆永恒。正心修身，不忘初心。“耕夫碌碌，多无隔夜之粮。织女波波，少有御寒之衣。一日三餐，当思农夫之苦。身穿一缕，每念织女之劳。寸丝千命，匙饭百鞭。无功受禄，寝食难安。交有德之朋，绝无义之友。取本分之财，戒无名之酒。常怀克己之心，闭却是非之口。”铭记太宗所言，富贵功名可久。

守望

/ 2017 年 3 月 9 日

我家的大猫是三色猫，特别聪明通人性，可以和主人互动。特别是上楼时，跑动中回眸看的眼神，妩媚动人，真让六宫粉黛无颜色。2011 年正月十五，它的伙伴小花狸猫因故安乐死后，大猫连续几天晚上蹲在门口守候。白天，门外一有动静，它就跑过来听，期盼着小花狸猫的归来。看着大猫的忧郁，我们心里更觉得愧对小花狸猫，想办法为大猫找小伙伴。

2011 年 6 月的一天，爱人在马路边看到一个女同志为刚生的小猫找主人，一只小白猫，纯白色短毛，一只眼睛是黄色，另一只眼睛是蓝色，爱人平时隐约喜欢这种猫。小猫刚到家，也就像一只小老鼠大小，尽管小，大猫总算又有了伴，大猫百般呵护小猫。小猫慢慢长大了，大猫渐渐老去。

平时，我总是对大猫偏爱一点，小白猫看在眼里，对大猫心存嫉恨；当我们不在家时，小猫就欺负大猫。当小猫去吃猫粮时，大猫躲在一边；当它想去吃猫粮时，总是缠着我蹲在边上，它才吃得踏实。白天，我上班后，小白猫无疑会欺负大猫。当我下班回家后，大猫有了底气，主动出击小猫，看着小猫满眼的愤怒，使劲打大猫时，我心里比大猫都疼，就把小猫撵走……

越是这样，大猫越离不开主人。家里不管谁今天晚上没有回家，大猫都会一直在门口守候到天亮。每天我下班归来，只要电梯门一开，大小猫就齐刷刷地守候在门口。

爱人每次去岳父母那儿的前几天晚上，大猫总是蹲在门口守候，天亮了再失望地离去。儿子每次开学刚回学校的那几天晚上，大猫依然会在门口守候……

平时，爱人和儿子都不在。我出差归来时，两只猫总是齐刷刷地守候在门口。当我进家后，两只猫争先恐后地在地上打滚儿，展示它们的欢迎仪式。然后，跑来蹭我的腿，一声接一声地要妙鲜包吃。当我开冰箱门时，大猫总是紧跟着，有时不小心就踩着它的尾巴。

喂妙鲜包时，我得先把小白猫关起来，大猫才吃得踏实。从小白猫刚抱来时，大猫每次吃妙鲜包，总是给小白猫留几粒。以至于到现在，小白猫养成了习惯，吃完自己的妙鲜包后，跑出来先到大猫的食盘里再吃给它留的几粒，哪怕没有了，它也得舔舔盘子。

上周五，我回呼市看望母亲，周二晚上才回到家。上周日，儿子回学校前，把两只猫关在小屋里。尽管不缺吃喝，但是，平时习惯自由的猫，多少有点恐惧。一下子家里的人都走了。被关的这两天，两只猫是在孤寂、恐惧和守望中熬着……

周二晚上十二点多，我回到家，把它们从小屋放出来，没有了平时的打滚欢迎仪式，两只猫一个健步跑了，躲到电视柜下面。过了一会儿，惊魂稍定，才慢悠悠地出来，恢复了平日的平静，又到我跟前蹭来蹭去。当我从冰箱取出妙鲜包时，大猫也没有了往日的兴奋，吃食也漫不经心，多少还是有点惊恐。

当我去休息时，小猫紧跟着，大猫躲到了暖气底下。我又下楼把大猫抱上去，放到它的小窝窝里，轻抚它睡下。此时，它才平静了，发出呼呼的小鼾声……两只猫的鼾声此起彼伏，进入梦乡，可我却难以入睡……

周三晚上，睡觉前，没看见大猫。我楼上楼下来回找，终于又在暖气底下发现了大猫。我以为它怕冷，就没抱它回窝窝睡。

今天早上，不像平时，一到四五点钟它就在我身上跳来跳去，催我起床。当我不起时，它就把东西从桌子上扒拉到地上，制造动静。下楼后，我像往常一样给它们准备了妙鲜包，把小猫先关起来。大猫再没有以前那么兴奋了，它吃得那么费劲。吃两粒抬抬头。小猫吃完等得不耐烦了，在小屋里使劲叫。大猫没有吃完妙鲜包，就无精打采地离开了。

当我上厕所时，它也不像平时跑进来蹭蹭我的腿，而是艰难地走到厕所门口，无奈地蹲下，看着我，喘着粗气，脊梁一鼓一鼓地，好似有哮喘病，我的心里咯噔一下。

早上上班前，它再也没有像平时那样，抬头看着我离开。我找它时，它还有点害怕，躲到了电视柜下面。我发现暖气底下的垫子上有吐出的猫食，门口也有吐出的黏稠物……

一路上，我的心七上八下。大猫已经十三岁了，我已经养了十二年了，真怕它有个三长两短。

上班后，我给爱人发微信："大猫身体不好。总吐，没精神，走不动，吃饭都没力气。"

爱人看了微信，急得火烧火燎。马上和我联系，她恨不得马上回来，但又不能把两位老人留在那儿不管。爱人的焦虑我也理解。但我真不是故意让她着急。我真怕她回来见不到大猫……

晚上下班后，当我开门时，两只猫又像往常一样在门口守候着，没有了昨天的惊恐，行走也好多了。

晚上，爱人来电话时，我抱着大猫，打开免提。大猫听到了爱人说话的声音，主动喵喵地叫起来。那叫声中有委屈，有期盼，有守望时的孤寂，有守望中的无奈，有守望中的恐惧，有守望中的期盼……正是有期盼，才一直守望着……

晚上睡觉前，我找大猫，它卧在儿子房间的椅子上，是在守候儿子的归来……

我把它轻轻地抱起，回到大屋，把它放到窝窝里，轻抚它卧好。当我看书时，大猫已经响起了轻轻的鼾声，小猫也自动地到了它平时的老地方。

猫已经就位，我的眼睛也不听使唤，合上书本，上床睡了……

该憎恨什么？

/ 2017 年 3 月 11 日

最近，微信群里有煽情的段子，号召国人恨“美、日、韩”。作为有骨气的中国人，难道只有憎恨就够了吗？难道我们不该有具体反制吗？只有恨就能摆脱“美、日、韩”同盟给中国造成的军事威胁吗？难道我们不该居安思危吗？安而不忘危，存而不忘亡。

弱国无外交，强大是硬道理。唯有自己强大，才能防范外来风险。唯有凝心聚力谋发展，才能聚精会神创奇迹。唯有做好本职工作，才是应对外侵的最好选择。军民团结如一人，试看天下谁能敌。喊破嗓子嚷嚷，不如甩开膀子实干。国与国的较量是实力的比拼，是国力的较量。伊拉克为何被践踏？利比亚为何被肢解？难道只有恨能解决问题吗？

外强对我国的抑制、阻挠是由来已久的。在外交上没有永远的朋友，也没有永远的敌人。一切以维护国家的核心利益为出发点，有斗争，有合作。对邻国部署萨德导弹防御系统的敌意行为不能感到意外，应该反思我们曾经是否放松了防范。对于大国扬言在宝岛台湾部署兵力、萨德导弹的挑衅，我们需要理性应对，更需要做好反制的准备。国虽大，忘战必危，好战必亡。

外交博弈体现在很多方面，战争是解决问题的最后手段。本着“有理、有利、有节”的原则，应对 2017 年的外部威胁，针锋相对，以眼还眼，以牙还牙。在憎恨别人的同时，应该看到自己的不足，应该挺起脊梁，不能见便宜货就蜂拥而至。难道不该反思国人的行为举止吗？培养国民骨子里的自信和自强是艰巨而长期的任务，我们不该忘记甲午战争因陆军和海军内讧而引狼入室的悲剧，更不该忘记 1279 年崖山海战背后的悲剧。我们究竟该憎恨什么？想一想骨子里缺少什么？

卧榻之侧岂容他人酣睡，国之门户岂容任意挑衅。强国强军强人民，实干苦干加巧干。卧薪尝胆，敢于亮剑。人民强则国家强，少年强则人民强。国情教育是振兴民族的基础，国民教育是振兴中华的保证。平时工作不用功，遇事盲目喊憎恨。这恐怕于事无补。遇事多一点理性，行为少一点冲动。平时多一点准备，战时少一点慌乱。防患于未然，勿临渴而掘井。

交流与感悟

/ 2017 年 3 月 14 日

今天整理日记，读到 2006 年 7 月 22 日《在感悟中静心》篇，往事浮现眼前。2006 年 7 月，国资委公开招聘的央企高管一起参加为期四天的培训，培训有学习，有小组交流、讨论；最令人难忘的是彼此以简短的话语谈工作体会和个人感悟。

十一年过去了，今天读来心绪似乎更静了。人就是在交流中净心，在感悟中静心。不要以为自己有多难，别人比你更难；不要以为自己有多苦，别人比你更苦；当你感觉苦恼时，不要一个人埋头郁闷，主动找人交流，听听别人的处境，看看别人的心态。当你觉得累时，观察一下周围的人；当你觉得无奈时，想想排队挂号的病人。实际上，自己不是最苦，有人比你更苦；自己不是最无奈，有人比你更无奈。天有不测风云，人有旦夕祸福。知足常乐，能忍自安。

当我们挑剔周围环境时，想想叙利亚的难民，看看伊拉克的战火，平安是最大的幸福。当我们埋怨交通拥挤时，看看流离失所的难民，唯一的期盼是不见硝烟没有炮火，安全过夜就是幸福。他们能在偏安一隅找块地，种点蔬菜充饥，就是家庭主妇最大的乐趣。当我们埋怨工作又苦又累时，想想排着长队等待递简历的人群。你为工作累而苦恼，他为没工作而着急。你为自己做饭而发愁，他为没钱养家而焦虑。凡此种种，不一而足。有何苦也？苦中有乐。有何累也？累中有甜。积极进取，乐观人生。

当我们有苦恼时，找人聊聊，主动与人交流；走出去看看，和大自然交流。主动交流可以开阔视野，自我封闭会变得孤陋寡闻。交流有多种渠道。读书，和作者交流思想。心灵沟通，思想共鸣。启迪心志，砥砺前行。出门旅游，和大自然交流。感受天地山河之博大，体会自然奥秘之精深。与智者交流，不再彷徨；与勇者交流，学会担当；与青年交流，心灵充满阳光；与长者交流，举止冷静稳当。深入不同人群，发现不同处境，体会人生不易，感悟生计艰辛。珍惜当下，享受人生。

夜深人静，与心交流。吾日三省吾身，做好自己了吗？办事偷懒了吗？承诺兑现了吗？光阴荏苒，在交流中净心。岁月如梭，在感悟中静心。人生如梦，在凝神中成真。珍惜今天，活出精彩。把握今天，勇于攀登。心存感恩，慈悲人生。

敬业与担当

/ 2017 年 3 月 15 日

今天整理日记，读到 2006 年 8 月 22 日《难忘的阿根廷之行》篇时，心情难以平静。11 年前紧张工作的画面映入眼帘，11 年前唇枪舌剑谈判的场景一一浮现。真诚消弭业主的敌意；敬业赢得业主的信任；工作效率和专业技能，让业主大吃一惊。据理力争防范风险，曲折中让业主感动。短短的十六天，不，是十六个昼夜。燃烧自己的激情，团队昼夜工作。应对业主一个个刁难，化不可能为现实，令业主愣神。修订一处处条款，艰难中扭转被动，让业主敬重。无愧于组织的信任，处处彰显敬业忠诚。

现场尽职调查，一处一处看，一点一滴问，考证其真伪，查看其实情。认真的态度让业主吃惊，专业的质疑让业主感动。不是走马观花，工作处处认真。

准备商业计划书，是业主设下的陷阱，要求三天完成。此前的合作方两月都没能提交，想看中冶的笑话，让你就此无颜而走人。一夜的奋笔疾书，完整的商业计划书成形。第二天交给业主，老先生露出笑容。拿去让翻译译成英文，片刻过去，翻译退回原文，无奈地说不懂专业术语，无法完成。大家面面相觑，断定商业计划书无法完成。我接回原稿，下班前亲自翻译成英文，在业主眼皮底下完成，不到八小时，美国人也大为吃惊。

美国人一计不成，想着挖出下一个坑。让我们三天之内消化业主准备的合同英文稿，他们认定中国人一周也完不成，以此挤走中冶人，他们充满自信。不到三天，我们和律师一起阅研英文合同，提出我们的建议。在规定时间内和业主坐到谈判桌前，通过幻灯屏幕一条一条审查，中午不休息，就着三明治进行。三审过后，业主的大律师吃惊，不知我们小组是什么背景。甚至，最后关键时刻，对方的律师对我的观点和建议认同。业主已无法食言，需要小签股权购买合同。

几个回合过去，我们从被动转为主动。签约有望，克服了困难重重。防范风险，要求业主拿美国公司股权抵押，美国人气得差点发疯。连哭带闹，父女以上海话交流，怕我们听懂。我一句“when you come, should be calm.”美国人不再折腾，派财务总监从美国带着股权证书，送到阿根廷，由中冶的阿根廷代理律师抵押。此刻，我们紧绷的心才稍微放松。

接下来，是兑现给业主的承诺，再次付款，否则，前面的努力就化为泡影。越洋电话频频，国内国外同心。中冶人兑现承诺，交易总算没有落空。

艰巨的任务，特殊的使命。业主的刁难，处处是陷阱。以中冶人的敬业，赢得业主敬重。以不可思议的素养，跨过了一个个陷阱。以难以置信的效率，展示了中冶人的诚信。

完成美国人的股权抵押，我们如释重负。完成中冶付款的承诺，双方露出笑容。从刚见面时的冷眼旁观，到离别时的真诚问候，我体会到职业经理人的使命。把常理认为的不可能转化为可能，才能赢得对手的敬重。争分夺秒，据理力争，是捍卫职责的使命。

往事如烟，随风而去。记忆有痕，刻骨铭心。一次远征，不辱使命。

纯洁的眼神

/ 2017 年 3 月 16 日

贵州大学校长郑强在接受记者采访时谈了他选学生会主席的标准，不是能说会道，而是看眼神是否纯洁。他认为，大学的学生会是否成为官僚机构，主要取决于校长选什么人，用什么人。一句话，上行下效。在上如果眼神纯洁干净，在下贼眉鼠眼恐怕难成大器。

郑强的一席话，让我们反思当今的社会。为什么会有那么多不纯洁的眼神？为什么政府部门会有那么多令人难以忍受的事情？为什么总有眉来眼去的交易？为什么人的眼神越来越复杂？环境雾霾，眼神混沌。

眼睛是心灵的窗口，眼神是否纯洁，折射出心灵是否干净。在上提倡什么，在下一定会追随什么。眼神纯洁是个人修养的外化，没办法遮掩。有什么心思，就有什么眼神。口若悬河的雄辩，无法掩饰强势的眼神；慷慨激昂的宣誓，无法抑制热血的冲动。木讷淳朴的眼神，流露出厚道的气质；实话实说的个性，不会有躲闪的眼神。

正心诚意的修身，修炼表里如一的眼神；言行一致的行动，固化清澈坦荡的眼神。学校教育，塑造灵魂。为人师表，以身作则。尊师重教，净化灵魂。培养目光清澈的学生，需要坦荡无私的老师。塑造仗义执言的员工，需要肝胆相照的领导。选拔敢于担当的领导，需要胸怀全局的组工。反之亦然，世风日下。招摇过市者荣，忠厚老实者辱。

当我们埋怨社会上不如意的事时，先对着镜子看看自己的眼神。透过眼神，监视心灵。也许有的人久经沙场，擅长表演，能蒙混过关。也许有的人不识眼神，把纯洁误认为呆滞，因此，看眼神只能作为参考，不能取代考试，不能忽视考察，不能没有考核。只要“选人公正、用人公平、监督公开”。就不会“良骏败于拙御、智士踬于暗世”。物以类聚，人以群分。只要启用善良，就可防止狡黠。栽下梧桐树，定有凤凰来。净化人文生态，洗礼纯洁眼神。

慎其独

/ 2017 年 3 月 17 日

光阴荏苒，转眼又是十年。今天，重读十年前的日记《慎其独》，有着特殊的意义，权且算作送给自己的生日礼物，告诫自己，“慎其独”，不忘初心。从 1978 年上大学算起，步入社会已经四十年，今年进入“不惑”之年。回首往事，得益“慎其独”。展望未来，依赖“慎其独”。人生之路漫长，风云变幻莫测，唯有“慎其独”，可以远祸避险。“慎其独”，乃行走之向导，处世之悬镜。

一分耕耘，一分收获。“慎独”孤寂耕耘，积淀思想火花。今天下班前，冶金出版社以“荐书 让人生充满正能量”的文章让我心头一震。几十年的“慎其独”，化作让人生充满正能量的励志图书，影响读者，启迪思想，造福社会。

一分真诚，一分友谊。今天晚上，我在秘鲁铁矿时的同事一起小叙。自我 2001 年回国后，一直和这些当年的同事没有见面。他们多数已经退休，个别稍年轻的已进入领导岗位。老同事见面自然想到我们在马尔科纳矿区食堂的周六小叙。在荒无人烟的异国他乡，周六小叙就显得格外亲切，我主动多喝几杯二锅头，并主动活跃气氛，开玩笑说：“喝酒前，想说啥就说啥；喝了酒，想干啥就干啥。”大家一开心，喝多了，能够睡个平稳觉，达到了小叙的目的。

十几年后在北京小叙，大家喜出望外。言谈间充满了真诚，嬉笑时凝聚着友谊。诉说过去，眼神里充满了刚毅，大家一致认为秘鲁铁矿能有今天，凝结了同仁们共同的心血和汗水。我们见证了秘鲁铁矿的起死回生，在最艰难的时刻，我们一起携手并肩忍辱负重，才有秘鲁铁矿以后的辉煌。说到此，大家感慨秘鲁铁矿二期的进展缓慢，如果有我们当年的劲头，恐怕在铁矿石价格高的时候已经收回投资……

背井离乡的“慎独”，换来了秘鲁铁矿的起死回生，赢得了同事的赞誉。回忆过去，在孤寂中“慎独”，多了一分压抑，需要理智支撑。今天，在顺境中“慎独”，少了一分欢娱，需要心智平衡。说“慎独”易，真“慎独”难；一天“慎独”易，常年“慎独”难。“慎其独”是人生的修炼，在浮世中实现心灵禅定，在修思中推动理念升华，在践行中孕育智慧萌芽，在回味中感悟人生真谛。

守其志

/ 2017 年 3 月 18 日

三军可以夺帅，匹夫不可以夺志。志，心意之所向，人生之所求。志当存高远，趣应避邪庸。达则兼济天下，穷则独善其身。意志坚定，不为贫贱移，不因困难屈，不为贪欲动，不为名利驱。诗言志，歌咏言。好男儿志在四方，马革裹尸还。

立志是事业的大门，工作是登入室的旅程，旅程的尽头有成功在等着。志向在于鼓舞人矢志前行，不畏艰难，做事善始善终，不半途而废。不怕辛苦，工作任劳任怨，忌功亏一篑。有志者立长志，无志者常立志。志向恒久远，忌朝秦暮楚。有志不在年高，自古英雄出少年。

子曰："吾十有五而志于学，三十而立，四十而不惑，五十而知天命，六十而耳顺，七十而从心所欲，不逾矩。"古之圣贤如此，今之领袖亦然。毛泽东十七岁写下的《七绝·改诗赠父亲》：孩儿立志出乡关，学不成名誓不还。埋骨何须桑梓地，人生无处不青山。"写出了少年毛泽东之志向。正是少年毛泽东的志向指引他走上革命道路，开创了改天换地的事业。惊天地，泣鬼神。

立志易，守志难。静心以守志，发愤以砺志。生当作人杰，不随波逐流。死亦为鬼雄，不苟且偷安。养心以恒志，博学以明志。“夫君子之行，静以修身，俭以养德。非淡泊无以明志，非宁静无以致远。夫学须静也，才须学也。非学无以广才，非志无以成学。慆慢则不能励精，险躁则不能治性。年与时驰，意与日去。遂成枯落，多不接世。悲守穷庐，将复何及！”

守其志，做好自己，过好每一天，做有意义的事，珍惜今天。砺其志，挑战自己，做好每件事，做有追求的人，把握今天。恒其志，完善自我，走好每步路，做有毅力的人，书写今天。明其志，塑造自己，站好每个岗。做有作为的人，展示今天。

厚其德

/ 2017 年 3 月 19 日

天行健，君子以自强不息。地势坤，君子以厚德载物。慎其独，防患于未然，勿临渴掘井。守拙于初，勿持巧于末。守其志，积跬步之功，至千里之行。聚涓涓细流，成浩瀚江海。厚其德，爱民以载天地，敬天以仰日月。人唯有厚其德，才能成其大。因此，厚德不忘修身，正心诚意做事，守身如玉做人。致知不忘格物，潜心钻研做事，透彻明白做人。

厚德者，常怀恻隐之心，悲天悯人，扶危济困。厚德，根植于家教，积淀于家风，升华于家范。家庭是社会的细胞，孩子是祖国的未来。厚德，从小孩教育抓起，从家教抓起。教育子女，身教胜于言教。无厚德之父母，鲜有厚德之子女。无宽厚仁慈之家风，鲜有热诚待人之子女。无勤俭勤劳之家教，鲜有克勤克俭之子女。家教耕耘德之基，家风塑造德之本，家范注入德之魂。

为人子，秉持家教，传承家风，效仿家范。为人父，恪守家教，引领家风，做好家范。厚德日积月累，非一蹴而就。厚德夜以继日，忌一曝十寒。传家教一丝不苟，守家风一尘不染，做家范一马当先。

厚德者与人为善，帮人于危难之时。厚德者与邻为伴，助邻于困厄之际。厚德者雪中送炭，解人于急困之时。厚德不忘初心，修身以净化灵魂，敬业以造福人民。厚德永无止境，学先贤做有修养的人，育后人做有教养的人。同甘苦做有操守的人，共患难做有追求的人。生命不息，厚德不止。在逆境中磨炼修养，在顺境中丰富涵养。谈吐有修养，做人有教养。俯仰天地，厚德载物。

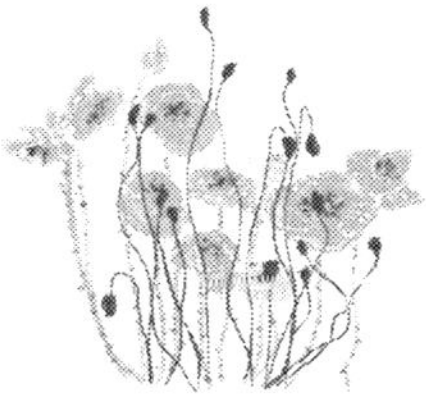

观花观自在

/ 2017 年 3 月 25 日

今天是周六，一清早尽园丁职责之后，就站在花旁静观，花无私绽放，无畏凋零。风雨过后，花依旧含苞待放，零落成泥无怨，化作飞尘无悔。站在花旁静悟，人生若有花的境界，就少了郁闷，多了开心。

在观花时心情释然，真可谓观花观自在。在静悟时心态怡然，真可谓悟事悟人生。有感而发，写下《观花观自在》小诗一首：观花有趣观自在，读史无痕品人生。阅尽春秋天地暗，回眸四季自然行。晨曦映月花自在，落日披风蕊开心。待到云遮催雨雪，成泥落叶伴花生。

这就是大自然的规律。人与自然和谐相处，遵循天人合一的规律。人要顺应自然春生、夏长、秋收、冬藏的规律，不违农时，不辍耕耘，自然风调雨顺，丰衣足食。

人类社会的曲折前进，国家政治的世代更替，都遵循历史规律，都蕴含着自然密码。作为个体的自然人，身处大千世界，不能置身其外。人遵循生老病死的自然法则。谁也无法躲过生老病死，谁也无法回避喜怒哀乐。因此，想让人生多一分灿烂，就要多一分慈悲。与人为善，与邻为伴，举手之劳帮人于危难之际。想让人生多一分荣誉，就要多一分付出。不受一番冰霜苦，哪得梅花放清香。要想生活得自在，就要多一分包容，多一分理解。对人总有诚意，凡事皆能想开。处逆境不泄气，遇顺境不骄奢。珍惜机会，共享成果。

观花观自在，悟事悟人生。人生的苦恼多半源于自我追求，自我感知，自我体会。如果把自己放到自然的坐标系，感悟就不同，心态也不同。

人生之悟

/ 2017 年 4 月 3 日

昨天送别大舅，一直沉浸在对人生的回味之中。生命之花难以总灿烂，人生道路不会总平顺。天有四季循环，人有悲欢离合。天地寒暑交替，人生风雨交加。日有阴晴，月有圆缺，人有顺逆。天人合一，顺势而行，尽力而为。

人生有使命，耕读有时节。习礼守义做人，尽职尽责做事。顺时节耕种，惜妙阴读书。耕读继世，品德立身。不忘礼义廉耻，恪守忠恕孝悌。立德不辱使命，立言不图虚荣，立功不畏艰辛。

人生有顺逆，事业无坦途。达则兼济天下，不辱使命。穷则独善其身，不媚权贵。笑迎日出沐风雨，静观日落披星辰。矢志不渝争分秒，勇往直前迎黎明。慢慢长夜耐寒暑，坷坎征程攀险峰。

人生有悲欢，心态宜平和。悲不消沉丧志，喜不忘乎所以。不以物喜，不以己悲。严于律己，宽以待人。遇困境志不移，处顺境心不浮。得意不张扬，深知人无千日好。如临深渊，战战兢兢。如履薄冰，忧勤惕厉。失意不消沉，深知雨后会天晴。遇挫折志坚定，遭打击要冷静。静坐常思己过，愈挫愈奋。

人生有生死，迟早会面对。不贪生，坚守正义；不怕死，笑对奸邪。珍惜有生之年，过好每一天。勿浑浑噩噩，忌玩世不恭。人生自古谁无死，留取丹心照汗青。

人生无常，天有不测。有空多读书，无事要反省。为人正直清慎勤，做事秉公诚信恭。子虽愚，不忘读书习礼仪。事虽难，坚定精进走正道。贫穷，不坠青云之志，困厄，不耻曲意逢迎。

读书不忘正心诚意，做人志在齐家治国平天下。立志，乃人生之大事。修身，乃做人之根本。立志为天地立心，修身为生民立命。匡正世俗，弘扬诚信。从我做起，点滴精进。

回眸

/ 2017 年 4 月 8 日

今天整理 2011 年的日记，曾经的岁月映入眼帘，清晰的轨迹浮现眼前，不屈不挠的性格、坚忍不拔的意志和持之以恒的精神是走过艰难的人生财富。兢兢业业的敬业精神、认真负责的工作作风和刻苦钻研的执著态度是立足社会的保证。勤奋刻苦、敏而好学、不耻下问是提升素质的唯一途径。凡事三思、追根究底的思维是防范风险的第一道屏障。与人为善、坦诚豁达是保持良好人际关系的指南。对工作上心、做事用心、遇难题专心的习惯是工作得心应手的杀手锏。

人生短暂，机会难得。没时间等待更好的境遇，随遇而安。没时间埋怨命运不济，顺势而为。争分夺秒，完善自己。与时俱进，做好自己。

世事无常，坦然应对。抱最好的希望，做最坏的准备。勤勤恳恳，任劳任怨。与其埋怨命运不佳，不如抓紧完善自己。与其羡慕别人春风得意，不如矢志不渝奋起直追。

天道酬勤，勤能补拙。回眸往事，照亮前程。回眸人生，坚定信心。

温故而知新

/ 2017 年 4 月 15 日

整理日记，往事历历在目，仿佛就在眼前。品味人生百态，感悟天地人和。

一路走来，沟壑遍地，荆棘丛生。岁月如歌，人生如梦。经历过风雨，领略到彩虹；心志更加坚定，心情更加平静。做人难。迎难而上，知难不难，心态反倒坦然。想起了上学时的一句话。困难像弹簧，你弱它就强。做正直的人更难。坚守原则，考验灵魂。不曲意逢迎，不见风使舵。做不甘平庸的正直人难上加难。以先贤为榜样，做到“威武不能屈，富贵不能淫，贫贱不能移，达则兼济天下，穷则独善其身”。

一路走来，曲折中前进，有惊无险。逆境中反弹，绝处逢生。沐浴了阳光，心存感恩。遭遇过困境，坚韧不屈。一生信念不改，但行好事，莫问前程。与人为善天佑，厚德载物。与邻为伴人和，风调雨顺。不怨天，不尤人，正心修身。

一路走来，尽职尽责，星夜兼程。遭屈辱不忌恨，大局为重。遇挫折不灰心，忍辱负重。受冷遇不消沉，敬业精进。防风险不屈从，据理力争。履职不偷懒，刻苦勤奋。尽职不缺位，敢于担当。合作不作梗，有效沟通。

一路走来，敢于担当，不辱使命。救企业于危困，起死回生。求真知于基层，深入群众。以身作则，示范基层。融洽关系，焕发激情。平易近人，体察下情。

漫漫人生路，浓浓天地情。天地人和事，道法自然行。无为无不为，辩证取其中。恪守中庸道，知止知足进。

人生无奈事，莫过乡愁情。天涯漂泊难尽孝，心头遗憾伴终生。天涯，不忘忠厚传家，做人，牢记耕读继世。人生虽苦为子孙，勤俭持家继家风。

乡愁人生

/ 2017 年 4 月 16 日

整理日记，掀开尘封的记忆，往事如烟。艰难随风而去，心志更加坚定。曲折顺势而走，心情更加平静。乡愁人生，是侠骨柔情的人生素描，是家国情怀的足迹写真，是正心修身的画卷缩影。

浮云游子意，落日故人情。境外游子岁月，数不尽的艰难窘境，说不清的思乡泪痕。国内起伏人生，写不完的乡愁印迹，道不尽的人生艰辛。

过去的岁月随风而去，留下的积淀启迪后人。正心诚意修身，无愧乡愁人生。人生有意，岁月无情。积淀思考，不懈攀登。冷眼看世界，博学之，审问之。静心谋未来，明辨之，慎思之。志存高远，笃行之。

善乃至宝，一生用之不尽。德为良田，百代耕之有余。慈悲为怀，关爱贫弱。自强不息，厚德载物。

乡愁根深，游子情浓。任凭五彩世界，游子叶落归根。思念黄河水，眷恋塞外情。白云牵着乡愁，魂牵梦绕黄土深情。蓝天映着乡情，天涯海角叶落归根。

人生如歌，始终伴随着家乡的旋律。悠扬悦耳，草原豪情。岁月如梦，日夜牵挂着黄河的坚冰。洁白如玉，恪守终生。

修身如执玉，积德胜遗金。善不积不足以成名，恶不积不足以灭身。君子安而不忘危，存而不忘亡，治而不忘乱，是以身安国家可保也。

晨省

/ 2017年4月18日

子曰："学而时习之，不亦说乎？有朋自远方来，不亦乐乎？人不知，而不愠，不亦君子乎？"

一日之计在于晨。清晨，浏览《群书治要·汉书》，汉武大帝为治国安邦而苦思冥想，让群臣建言献策。这是又一种学习途径，以群臣为师，汇聚智慧，取其精华，治国安民。

处处留心皆学问，世事练达即文章。"三人行，必有吾师焉，择其善者而从之，其不善者而改之。"闻道有先后，术业有专攻。师者，无贵无贱，无长无少，道之所存，师之所存也。

学贵有恒，学思行。人贵有志，齐治平。贵有恒，何必三更起五更睡。最无益，就怕一日曝十日寒。事贵有益，真善美。以民为本，安居乐业。政贵有公，安社稷。民之治乱在于上，国之安危在于政。吏贵有民，勤慎清。夙兴夜寐，一生为公。

读书求知，温故知新。社会实践，求教于民。治国安邦，依赖群臣。弘扬礼仪，启蒙人民。匡正道德，重塑诚信。深入基层，探寻真情。

"君子务本，本立而道生。孝弟也者，其为仁之本与！"惟坚韧者，能远其志。惟顽强者，能立其身。惟澹泊者，能静其心。惟廉能者，能成其名。惟静虑者，能求其真。惟勤俭者，能弘其德。惟谦卑者，能益其智。惟忠孝者，能扬其名。惟修身者，能正其心。惟齐家者，能治其国。

晨读

/ 2017 年 4 月 19 日

黎明即起，读书习礼。《论语 · 为政》，重读记心间。子曰：“为政以德，譬如北辰居其所而众星共之。”

古往今来，居其所者寡。日久失势，人心背之。究其因，乃德不配位，失道寡助。

为政以安民，安民应治事。治国安邦，先治其家。治家守忠孝，安邦循道义。有志于为政，潜心于学。有志于学，寒窗苦读。头悬梁，锥刺股。

为政应守道，治国须修德。守道宜循礼，修德要弘仁。循礼要守义，弘仁必有信。礼义廉耻，国之四维。四维不张，必将危亡。

子曰：“道之以政，齐之以刑，民免而无耻；道之以德，齐之以礼，有耻且格。”

守道修德，贵在忠孝。孝亲，无违于礼，和颜悦色。事君，无误于事，尽忠职守。立身，正心诚意敬业，致知格物精进。

为政以德，思无邪。修身以积德，正心以诚意。为政守礼，行有方。读书以习礼，勤劳以爱民。为政以仁，博爱众。慈悲以行仁，安居以敬人。为政守孝，重人伦。无违礼行孝，悦色以事亲。

为政以忠，敬上事。竭力以尽忠，尽心以报国。为政守义，怜贫弱。秉公以仗义，执法以护贫。为政以智，学众长。拜师以增智，尊贤以益知。为政守信，叟无欺。履职取信于民，治事守法于正。

为政以恕，戒争讼。断事以忠恕，治世以息讼。为政以孝悌，恭俭让。致知守谦和，格物性温良。

读书日话读书

于呼和浩特回京的列车上

/ 2017 年 4 月 23 日

今天是读书日，收到老同学的提示甚是欣慰。“今天是世界读书日，静下心来读读书感到很充实。看着老同学写的书很有感慨，能够一直坚持写随笔，写感悟，写人生，写纪实，是在做一件很有意义的事，也为自己的工作、生活增添了色彩和乐趣。”

4 月 19 日李克强总理在国务院常务会上强调：“一个国家养成全民族阅读的习惯非常重要。而这与公共图书馆的分布密切相关。”

“以色列这个国家虽然很小。但在创新方面一直走在世界前列。为什么呢？因为以色列平均几千人就有一个公共图书馆。”

“我们虽然已是世界上第二大经济体，但在公共图书馆建设上仍然任重道远。”

读书是一个习惯，需要从小培养。家庭耳濡目染，学校全面熏陶。中国自古有耕读立身、诗书继世的传统。读书是个人毕生的事情，不能偷懒。人误书一时，书误人一生。

读书，经历过“文化大革命”的冲击，一度读书无用论甚嚣尘上，知识分子成为臭老九。正常的高考制度中断。

1977 年恢复高考。有幸作为恢复高考的第一届大学生，倍加珍惜失而复得的读书机会，学习如饥似渴，读书争分夺秒。

近些年，因拜金主义盛行，治学环境恶化。造假之风泛滥，鱼目混珠横行。社会生态环境恶化，劣币淘汰良币严重。读书人处境艰难。隐约出现新的读书无用现象。少年儿童对读书的认识产生扭曲，青少年追星现象盛行。读书氛围淡化，嬉戏人生走红。

在新常态的挑战面前，国家之间的竞争是创新能力的竞争。创新能力源于创新机制的形成和创新人才的成长。

书山有路勤为径，学海无涯苦作舟。创新人才的培养离不开国家的重视，加快建设公共图书馆是重要举措之一，完善创新激励机制是保障手段之一。创新人才的成长离不开坚实的理论基础和敏锐的创新意识。这离不开创新能力的积淀和创新思维的培养。读书是激活创新思维的有效途径，读书是奠定理论基础的根本保证。知行合一，自强不息是创新发展的不竭动力。

读书，关系到全民素质的提高，对创新能力有直接影响。读书，关系到个人能力的培养，对职业生涯规划有直接影响。读书，乃国之大事，关系个人前途和命运，影响国家创新与发展，不可不察。

营造读书氛围需净化学校环境，净化教师灵魂，净化学生追求，明确“为天地立心、为生民立命、为往圣继绝学、为万世开太平”的人生追求。

读书似亡羊补牢，犹未为晚。“少而好学，如日出之阳。壮而好学，如日中之光。老而好学，如秉烛之明。秉烛之明，孰与昧行乎？”

读书不分先后，重在上心。钻研不分愚智，重在用心。建树不分长幼，重在专心。闻道有先后，术业有专攻。

读书，增知益智，陶冶情操。思考，分辨是非，探索缘由。行动，达成目标，创造未来。知行合一，自强不息。好读书，读好书，修身养性，正心诚意。

雕琢

/ 2017年4月24日

同一块石头，一半雕琢成佛像，一半制作成台阶。台阶不服气地问佛："我们本来是一块石头，凭什么人们都踩着我，去朝拜你呢？"佛说："因为，你只挨了一刀，而我却经历了千刀万剐，千锤万凿。"此时，台阶沉默了。人生亦是如此，经得起打磨，耐得住寂寞，扛得起责任，肩负起使命，人生才会有价值。当你看见别人比你风光耀眼的时候，不要嫉妒。想想你是否付出同样的辛苦？是否有过同样的雕琢？

玉不琢，不成器。人不学，不知义。万物成器，皆经雕琢。人生成长，都要学习。学习是人生成长过程中最初级的雕琢。从小学习是成才雕琢的基础，因材施教，打磨成型。逐级正规教育，是循序的工艺雕琢。雕琢的工序越多，积淀的价值越大。因此，现在的家长深谙此理，不让孩子输在起跑线，再穷不能穷教育。

一件精美制品的雕琢，有完整的构思，精心的设计，精湛的技艺和全神贯注的操作。这四者缺一不可。人生成才亦然，德智体美劳全面发展，首要的是品行修炼。其次是学业精通。再次是身体健康。第四，热爱劳动，尊重劳动。第五，全面协调发展。严酷的现实令人惊叹，家长呕心沥血者多，孩子德才皆备者少。究其因，从小忽视了品行教育，人生观、价值观有偏差，过分关注学习成绩，自我意识强；过分关注自我，合作意识差；过分关注学习，身体素质差；过分关注进步，潜心付出少，取巧迎合多。孤傲性僻，亲和力差。凡此种种，不一而足，虽经苦心雕琢，因缺乏完整构思，没有精心设计，不能全神贯注，技艺略显粗糙。

功夫不负有心人。唯有刻苦用功，方能学有长进。学习是人生雕琢的重要一环，是打磨成型，为进入社会的精雕细琢打基础。唯有端正，方能精心造型。唯有坚硬，方能经得起千锤万凿。因此，所有学子，应该珍惜在校的学习机会，打磨好坯型，经得起雕琢。端正坚硬，光泽圆润。忍别人所不能忍，付出比别人都多的辛苦，洒下比别人都多的汗水。唯有此，坯型才能经得起雕琢，制品才能忍得了锤凿。

知行合一，自强不息。人生自步入社会以后，进入精雕细琢的漫长阶段。谁能经得起雕琢的考验，谁就能在雕琢过程中露出亮点，谁就有继续被雕琢的机会。因此，在学校教育的基础上，本着知行合一的原则，理论联系实际。做好每件事，过好每一天，让时光留下闪光点，引起社会的关注，引起雕琢大师的青睐。唯有进入雕琢大师的视野，才有望进一步雕琢，人生价值才会不断提升。

宝剑锋从磨砺出，梅花香自苦寒来。有志于受人敬仰，就要默默忍耐千锤百炼，必须静静承受千凿万刻。没有白吃的午餐，天上不会掉馅饼。羡慕别人台上显贵，别忘了台下必须受罪。有志于成为有用之才，就要承受千锤百炼。有志于孙悟空的七十二变，就要经历炼丹炉的熔炼。

人生短暂，少一点怨气，多一点自律。少一分偷懒，多一分历练。少一点攀比，多一分耕耘。少一分哗众取宠，多一点脚踏实地。少一分拈轻怕重，多一点忍辱负重。有志者事竟成，苦心人天不负。唯有经历雕琢苦，方能展示耀眼谱。

缅怀父亲篇

我的父亲

父亲节于秘鲁马尔科纳矿区

/ 2000年6月18日

今天是国际父亲节，已为人父的我，独在天涯海角，思绪万千。父亲一生勤劳吃苦、不知疲倦的人生轨迹在我脑海里萦绕，泪水模糊了我的视线……

我出生在一个农民家庭，一家八口人全靠父母务农为生，家境贫寒。父亲虽说能做木匠活儿，但被当时割资本主义尾巴、限制个人发展的政策所困，每次外出干十天、二十天的木工活儿，一要请假，二要交管理费，收入所剩无几。

由于家庭经济所困，从我记事起，父亲下地干活儿时，总是带着姐姐和我。父亲脾气有点暴躁，干活麻利又不知疲倦。由于我个性倔强，在干活儿时不听话，顶嘴是常有的事，挨打是家常便饭……

自从我上大学离开父母以后，独自一人回忆过去时，父亲身上的优良品质总是萦绕在脑际。随着阅历的丰富，我深深地感到，自己有今天是父亲对我从小严格要求的结果，是父亲勤劳精神熏陶的结果。有了父亲的模范作用，我在不同时期、不同环境下都能兢兢业业地工作。我们姊妹6人能离开农村，有条件的都接受了高等教育，并在各自工作岗位上有了一定的成绩，受到领导和同事们的好评，凭借的就是从父亲身上学到的不怕苦、不知疲倦、不甘落后的顽强意志和吃苦精神。

为了能挣点买油盐酱醋的零用钱，每到冬天，父亲和村里的叔叔们就会到离家 200 多里的伊盟海日塔背竹席子，背回来再步行到离家 100 多里的北方卖掉，赚点差价，代价是四五天的长途跋涉、满脚的血泡和满背的擦伤痕迹。

由于生产队粮食不足，农民都偷偷地开垦一点自留地。他总是带着姐姐和我去开垦没人愿意去的地方，父亲从不说累，从不怕活儿多，总是一声不吭地干。我们开垦的几块自留地，都是把小山包挖成可灌溉的低洼地。尽管这些地的收成比不上别人家的地，但也是对父亲这种老实巴交农民的回报。父亲这种不怕苦、不说累的精神注入了我的灵魂。

父母用他们的心血和汗水，为家庭无私地奉献着。为了改善生活条件，我们四次翻盖住房。我出生时，全家四口人住在一间小土屋里。1963 年我们第一次把一间小土屋翻盖成两个大房子。当时我们家五口人，父母、姐姐、我和二妹。随后，又添了二弟、三妹和三弟。1977 年我们又一次翻盖正房，在以前两个大房的基础上增加了两个小房。父亲盘算着给每个儿子准备一间房，为将来成家用。翻盖后，当时只有 5 岁的三弟自己就知道最靠西边的小屋是他的。第二年，又翻盖了南房。到 1983 年，父母再次下决心翻盖正房。此时，父母都已经五十几岁了，身体还有病。这次翻盖正房又增加了房间，还增加了西厢房。房地基垫了一米多厚的石头，屋顶也铺砖加瓦。当地称作“穿靴戴帽”。父母不甘人后，四次翻盖新房子，付出的体力、心血、汗水是常人难以想象的。正房、南房、西厢房及院墙根基的石头，全是父亲和二弟亲自一车一车拉回来，又亲手一块一块码放齐的。

父亲勤劳奋斗一生的家产就是这处院落，父亲为之自豪。高兴时和我们说：“你们长大能有老子这点家当、这处院落就不错了。”我深深理解父亲对这份家业的感情，它是靠心血一点一滴积累的。正因为如此，1996 年我们决定让父亲卖掉这处院落时，父亲怎么也不同意，眼里充满了不舍之情。虽然，他没多说什么话，但是，我们深深理解父亲心中的痛楚。

搬家那天，父亲的心情很不好，一辆车再加挂一节车皮根本拉不了多少东西。好多东西都要留下，看着留下的东西，真有点舍不得，总想再装一点，可车已经装得满满的了。为此，父亲和二弟发生了争执，一气之下说不搬了。

搬家的汽车开动了，离开了我出生、成长的故居，我再不忍心回头看一眼，我和二弟坐在满载杂物的车顶上，一人抱着一只小羊羔，闭着眼睛，一路颠簸，寒风刺骨。那种离家远去的凄楚心情，父母肯定比我们更强烈，第一次有了无家可归的失落感……

租房出现差错，我们到了县城后原房东反悔，不让进院。好不容易进了院，把东西卸下，人住不进去。我们除了内疚之外，觉得实在对不起父母。父母当时那种痛苦的表情像刀一样地刺着我的心。但我表面上不得不劝说父母，先在三妹家住一段时间。

随后一个多月的租房经历，三妹夫、三妹实在很累、很纠结，也受了很大的委屈……

天遂人愿。最终，我们租到一个院子，很像自家的老院子，只是小点儿。有自来水，院里有果树，夏天还可以种点蔬菜。到现在已经三年过去了，每当想起当时的情景，我们总是相对无言，唯有泪千行……

决定搬家，是因为1996年父亲腰椎骨质增生发展得很严重，在挑水回家的路上摔倒了。在村里雇人挑水很难。为了父亲的身体健康，1996年底我们把父母接到北京，经医院检查，父亲除腰椎骨质增生外，还有轻微的脑血栓。幸亏及时到北京检查、治疗，病情得以控制。医院检查确诊后，我们姊妹几个电话商量，最后决定于1997年春节后搬家。当时，这种决定真是“忍痛割爱”。

父亲对儿女们的思念从来不言语，平时我们也感觉不深。1988年春天，正当我出差之际，岳母为父亲在北京四季青公社化妆品厂找了一份打更的差事，一天 3 元钱。一封电报让父亲到了北京。由于误会，在老家的母亲每天以泪洗面，以为我出事了，在家里等待不幸的消息如坐针毡。10 天以后，我从山西出差回到北京，给家里写了封信，家人收到信才放下悬着的心。

一个地地道道的农民，不识字，和别人语言交流有一定困难。父亲和四季青公社的老郭一起轮班，老郭值白班，父亲值夜班。初春的北京寒气袭人，父亲冻病了，腰疼病又犯了。

平时上班没时间，我只能每周日骑两小时自行车去看望父亲。每到周日，父亲总会早早地坐在院墙上，望眼欲穿地等着我。可是，每次我刚坐下不到十分钟，父亲就催我“快走吧”，生怕我爱人在家惦记。这朴实的话语中包含了博大敦厚的父爱。他既想儿子，又体谅儿媳。每次我总是多待一会儿。当父亲反复催我离开时，我的心里既难过又不舍……

50 多岁的人出来打工，就是为了培养弟妹上学，减轻一点我的负担。当时，三妹、三弟上高中，二弟上大三。一天挣三元钱，父亲舍不得买菜吃，在我的坚持下买了一次炒芹菜，花了一块钱，父亲觉得又贵又不好吃。从那以后，父亲就到附近小卖铺买咸菜，主食是我从单位买的馒头让唐阿姨带去，他自己煮点稀饭。

孤寂的生活简直是度日如年，过了三个月，我不忍心再让父亲受煎熬了，决定不让他做打更工了。本来说好是周日接父亲回家，由于我出差晚回来四天，没能按时去接父亲。谁曾想父亲记得很清楚，那个周日早上，父亲就把锅擦得干干净净，在门口等我来接，竟一天没吃饭。周一托唐阿姨带馒头去，转告他再坚持几天，等我出差回来再接他时，父亲的失望之情溢于言表……

我出差回京后的那个中午，立刻去接父亲。父亲见到我后，并没有我想象的怨气，只是喃喃地说：“嗨，给国家养了个儿。”听了父亲的自言自语，我欲哭无泪，是啊！忠孝难两全。回家后，给父亲洗了个热水澡。在澡盆里给父亲搓澡，他像小孩子一样听话。我亲手为父亲做了可口的饭菜，安慰父亲三个月受冷落的胃。此时的我不知怎么才能尽孝心，总希望父亲在我家多休息几天。可父亲还惦记家里的农活儿，休息了一周就匆匆回家了。

这是父亲第一次到北京，我想带父亲出去看看，他总是不愿意，我知道父亲怕花钱。父亲带着第一次在京城打工的钱和我给家里的钱回家了。每当我想到父亲受的委屈，我的心里就像打翻了五味瓶……

几年过去了，三妹、二弟大学毕业、成家了，父母的任务完成了。我们就考虑父母欢度晚年的事情，不让父母种地。可是，父亲闲不住，到了秋天沿大坝割枳芨，冬天栽扫帚卖。父亲为什么总闲不住？一次在三弟家酒后吐了真言：“你刚成家，没力量；你二哥在学校收入少，就你哥条件稍微好点儿。我能挣一点，就减轻一点你们的负担。”父亲的腰患有骨质增生，但他仍坚持买木料做棺材卖。

1999年春节，我们哥仨携妻带子回托县和父母一起过年。春节期间，托县的天气十分寒冷，气温零下二十多度，当时租住平房靠烧煤取暖。火起来热得要命，火灭下去又冷得受不了。一冷一热，母亲病了。开始在县里按肺病治，一周仍不见好转。转到内蒙医院检查，诊断为肺心病，整个春节大家都在忙着给母亲治病。

父母年迈多病，再不忍心让他们住平房冬天生火炉子。我们做出一个大胆的决定，退掉现在租住的平房，倾全家之财，在托中给父母买一处有暖气的楼房，结束租房住的日子。让父母感受有房的温暖与踏实，告别租房的失落与不安；让父母有养儿防老的安全感，真正享受人生，安度晚年！

牵挂无穷

/ 2002 年 12 月 23 日

今天下午，二弟告诉我，爸爸于今天上午住院，也是大叶性肺炎，病情比母亲还重。三妹已请假在医院陪护。天公不作美，大雪下个不停，呼市到托县的公共交通已中断好几天了，现在还没有任何车辆通行。

从电话里能听出二弟的焦急心情，我还尽力劝二弟不要着急。如果路不通先别回去，和医院联系一下，请一名护士帮助护理。但二弟还是放心不下，仍然是求人找了一辆车，汽车轮胎上绑了防滑链回县里了。

下班回家，我和三妹通电话，说二弟已经到县里了。这样，我的心情才稍微放松一点儿，不用惦记二弟的安全了。

晚饭后，二弟来电话告诉我，正在给父亲输液治疗，体温开始下降，明天需要观察一天，暂时不宜转院。如果二天后病情仍不见好转，再转院治疗；母亲住院后经过两天的输液，虽然控制住了哮喘，但还是不稳定，现在的病情比父亲轻一点。

父母同时病、同时住院，这是第一次。作为长子不能在二老身边尽孝，心中的焦虑和自责是难以言表的。好在弟弟妹妹们都很孝顺，替我操劳，父母亲的治疗才没有耽搁。

现在对父母的牵挂只能化作默默的祈祷，祝愿父母早日康复。自己争取早点回到父母身边，为父母排忧解难，尽点孝心。

忠孝难两全

/ 2003 年 1 月 5 日

今天早上，我和二弟通电话，了解到父亲的病情：“总体上讲基本稳定，精神状态可以，饮食也行，就是还有点儿发烧。”

为了不误诊，能及时有效治疗，我和二弟觉得，应该去呼市检查一次，进一步确诊病情。可父亲说什么也不去呼市，他只要求马上出院回家。放下电话，我的心里充满内疚和自责，父亲这次住院已有半个多月了，我不能陪他老人家，全凭三妹、二弟和二妹夫在医院护理。尽管父亲知道我工作不方便回去，但是，他肯定希望我能够在身边坐一会儿，说说话……

父亲养育了我们兄弟姐妹六人，付出了常人难以想象的辛苦。除姐姐因“文革”辍学外，我们五个都大学毕业，离开了养育我们的父母。虽说，父母为此骄傲，可一旦他们病了，我们则不能马上回到他们身边，不能帮他们做家务，不能给他们喂口水，不能扶他们坐下，更不能和他们说说话……

三弟远在俄罗斯，也为不能回家孝敬父母而着急，我们每天通电话，他很着急，我还劝他不要着急，其实，我也着急。好在二弟离得不是太远，他克服了各种困难，两三天回去一次，在父母身边替我和三弟尽孝心。二弟发现，父亲见到他时情绪就好一些，能说些话；二妹夫陪他时，父亲很少言语……

听了二弟的这些话，心里难受极了，恨不得马上回到父亲身边，可理智上不能这样，只能通过电话了解父亲的病情。真是忠孝难两全。

心病难医

/ 2003年1月6日

父亲今天出院了，在医院躺了半个多月，心里憋得慌，吃不好，睡不好，情绪不好。好在二弟前两天回去陪了父亲几天，跟他说说心里话，心里不憋得慌了。父亲说这次生病，一方面是累，另一方面是心里憋得慌……

父亲脾气不好，难免和母亲经常争吵；尽管是父子、夫妻，但吵架毕竟伤和气。这次母亲病，估计与心情不好有关。人上年纪了，反倒对争吵的事情在意了，也不愿意相互交流，总憋在肚子里；时间长了，心情不好；一旦体力下降，就容易感受风寒。刚开始，不看病，用身体扛，一旦扛不住，就全倒下了。这是父母双双住院的教训。我们心里明白，无能为力；有时，劝谁也不听。

父母虽然出院了，他们身体都很虚弱，尚需调养数日。但若不能把心中的不快说出来，或者，还在为一些小事争吵，治疗效果也很难巩固。这是我们担心的问题症结。焦急无奈，不能回到父母身边，只好在电话里安慰一下。然而，电话难以尽孝心，心中依然充满无限的牵挂。

这就是我的心病。此时此刻才真正感受到“父母在不远游”的道理是多么精辟。虽说我们可以给父母提供足够的钱解决衣食住行问题，但就是不能满足父母的精神需求，难以抚平他们心灵的创伤，不能听他们诉说心中的郁闷，不能擦干他们眼角的泪水，不能给他们端一杯开水，不能给他们递上一片药……

这就是我的心病。在无奈中煎熬，难以放下无穷的牵挂……

思绪难平

/ 2003 年 1 月 9 日

这次父母同时病倒、同时住院，让我这个长子心急如焚，甚至有点无地自容。好在三妹和二弟替我和三弟尽了孝心，没有耽误治疗。母亲已康复出院，父亲的病还不能确诊。为了确诊，二弟把父亲接到呼市，到内蒙医院进一步检查。

尽管如此，我还是放心不下。因为，病可以治好，但是，父母亲的脾气、个性是不会改变的。老两口基本是吵了一辈子，年轻时，孩子们都在身边，吵完还需要为一家八口的生活奔波，也不会太往心里去。现在，六个孩子都成家了，不在父母身边，老人平时难免感到孤独，情绪不好；如果俩人再生气吵嘴，情绪就更低落了；彼此若不能互相开导，郁闷只能累积在心底，久而久之，必然会生病。

面对当前的现实，我是有劲使不上。想想以后的日子，心情难以平静。子女不在身边，父母亲一不小心就吵嘴，一吵嘴心情就不好；情绪一波动，身体就会生病。这是预料之中的事情，但又无能为力。仅凭一周一次的电话安慰，实在无济于事。他们平时的心绪不好，身体欠佳，不会在电话里告诉我。除非病倒了，就像这次，实在没办法遮掩了。但是，真到了这一步，就问题成堆了。得病如山倒，祛病如抽丝。一旦病了，要想恢复健康，真要有好的心态，否则，一切的治疗可能会前功尽弃。

但愿父母能明白这个道理，能够再豁达些，彼此再宽容些……

多云见晴

/ 2003年1月11日

今天上午，给二弟去电话，得知父亲的体温已经恢复正常，饮食和精神状态很好。下午，有关专家要给父亲会诊。虽说，相关的化验结果还没有出来，但可以肯定，病情得到了控制。

刚和父亲通了电话，听得出父亲说话的声音清脆多了；从声音中能感觉出父亲的精神状态好多了。二弟告诉我会诊的结果。根据化验结果，没有糖尿病；初步判断是一种介质性肺炎，临床上很少见。下周一再查一个肺活量。现在正等痰液的培养结果。

总之，经过多天缜密的治疗，可以说是多云见晴。很快会恢复到艳阳高照。能有今天的结果，还得感谢二弟的果断决策、细心观察、辛勤护理、耐心开导和劝说……

父母的身体健康是我们的幸福。父母的病痛牵动着我们的心。经过20多天的愁云密布，现在，总算多云见晴了。感谢三妹、二妹、二妹夫和二弟的精心护理……

通过父母这次住院，深深地体会到父母的精神需求有时比物质需求更强烈。“常回家看看”的歌曲深刻地说明了这一点。想到此，恨不得马上飞到父母身边……

共享天伦

/ 2011 年 8 月 10 日

今天是父亲 78 岁生日（农历 7 月 11 日），我们的大家庭欢聚一堂。我和儿子是专程赶回来参加父亲的生日聚会的，在呼市的兄弟姐妹、孙子外甥们都参加了生日聚会。气氛欢快祥和，孩子兴高采烈，父母心花怒放。

这种聚会是近几年的事情，以前在农村，一是没有条件办生日聚会，二是因为都在外地工作，也不容易聚到一起。自从 2006 年爸妈搬到呼市，姐姐、三妹和二妹也陆续搬到了呼市，有二弟操办，聚会就方便多了。只要我和三弟能从北京回家，全家就可以聚会。今天，除三弟在外地没能赶来，我们兄弟姐妹五人都来了，父母格外高兴，真是儿孙满堂，喜气洋洋。

一个农村家庭，能在呼市的酒店举办生日聚会，这本身就是时代进步的标志，是农民翻身的标志，更是我们全家进步的具体体现。

生日聚会上的敬酒，离不开祝福和希望，离不开关爱和惦记，更少不了鼓励和嘱托。这是家教的一部分，更是家风的传承。这是敬老的实际行动，更是爱幼的具体表现。

生日聚会是亲人团聚、亲情沟通的时刻，生日聚会是尽孝心的时刻，更是教育下一代的关键时刻。家风代代相传，家教以身作则，家规潜移默化，家范人人敬仰。

父亲的目光

/ 2012 年 6 月 17 日

今天是父亲节，我们过了一个特别的父亲节。尽管母亲住院，我们兄弟姐妹已经忙了近 20 天，心细的二弟还是特意为父亲安排了家庭聚会。由于我在医院陪护母亲，他特意安排在离医院最近的大江南北酒店。我先陪母亲吃过午餐，安顿母亲午睡。当我赶到酒店时，弟弟妹妹们已经在陪父亲用餐。席间，父亲很高兴，比平时多喝了几盅。

午饭后，二弟送父亲回家休息，我和三妹直接回医院陪母亲。由于我今晚要回北京，特别珍惜今天下午陪护母亲的时间。等母亲午休后，我和三妹一起用轮椅推着母亲到户外活动。和母亲边走边聊，谈到改革开放以来的变化，感触颇深，我们是最大的受益者。沐浴着阳光，母亲很开心。这是母亲住院以来第一次到户外活动，平时，我们只能在楼层内活动一会儿。

我和二弟从医院回到家里，陪父亲聊了一会儿，准备参加晚上的一个应酬。6 点离开家前，父亲问我："吃完饭回家休息吧？"听了父亲的问话，看着父亲的眼神，我的心底有点酸楚。是啊！我多想在家再陪父亲一晚，尤其是在父亲节这个特别的日子！我无奈地告诉父亲，吃完饭就去机场。父亲再没吱声，目光似乎全聚焦在我的身上不再离开，和我们一起下楼。当车子缓缓启动，他还跟着往前送。车子渐行渐远，望着父亲越来越模糊的身影，记忆定格在父亲的目光上。

母亲明天就出院。陪护一周后，我可以轻松地离开。尽管如此，在去机场前，我和二弟又特意赶到医院和母亲告别。

在去机场的路上，我的脑海里依然萦绕着父亲的目光和母亲的眼神。

祭奠父亲文

——"一七"祭

壬辰九月，己巳申时；山川肃穆，江河呜咽。短信传噩耗，家父溘然辞世，儿女心欲碎，忠孝难两全。

床前拂面颊，揉开双眼；父子终见面，唯有泪千行。悲痛撕裂肺，伤肝欲断肠。

守灵护遗像，凝视端详；香纸寄哀思，无言话衷肠。往事眼前涌，刻骨永难忘：

起早贪黑耕田，地无杂草；走南闯北造屋，家有余粮。一生勤俭持家，一世耿直待人。

顶骄阳，割草锄苗，午间从不歇。冒严寒，拾柴捡粪，整天忙不停。黎明即起，携子下地锄草。大雨刚过，带儿扶苗排涝。

背苇席日夜兼程，步行百里。卖蒿籽走村串户，不辞辛苦。装门窗精雕细刻，房东称赞。做棺材言传身教，徒弟满意。割枳芨起早贪黑，汗湿衣衫。栽扫帚不畏严寒，冻透筋骨。

走夜路，唱小曲，壮胆驱邪。磨豆腐，哼小调，悠然自乐。起五更，做年货，苦中有乐。点旺火，迎喜神，其乐无穷。

暮年进城，依旧黎明即起，既昏便息。买粮买菜，洒扫庭除。端盆递水，爱藏心间。

教子严，严中有爱。伏天种地，田间歇息；一粒仁丹清凉爽口，饱含严父情。深夜打场，梦中唤醒；一口炸糕油香无穷，渗透爱子心。

勤劳一生，养子育女，历经坎坷不畏难。节俭一世，起房造屋，饱尝穷困不惧贫。

坚毅忍痛，孝子痛失送终，苍天哭泣。刚强支撑，老伴错过临别，世人叹息。

“一生刚直无邪，终世清白光明。”阴阳如是说。高山仰慕，苍天低头；白雪寄哀思，黄河掩面泣。

父亲“三七”

——无言的诉说

今天是父亲过世的“三七”。在家乡给父亲“服二”后，回北京上班的这十多天，我每天早上上班前，都要看着父亲的遗像说一声：“爸，我上班去了。”下班回家后，看着父亲的遗像说一声：“爸，我回来了。”任凭我怎么说，除了遗像的目光随我移动外，再也听不到父亲的说话声了。中午吃饭时，给父亲斟满的酒盅再也纹丝不动了。父亲真的走了……

爸，我有好多话要对您说，您怎么就这么急着走呢？

爸，中秋节，咱家团圆时，二弟已经给闺女、外甥、儿媳、孙子们打了招呼，明年给您过八十大寿，让他们安排好自己的工作和时间。当时您同意了，怎么没等过八十大寿，就匆匆忙忙地走了？您不怕我们失落吗？

爸，国庆期间，我们和您一起去家居城买装修材料时，让您到新家去看看，您说等装修好、过春节时去。现在房子已经装修好了，家具全部到位，就等您验收，看您是否满意？您怎么不看一眼，就匆匆忙忙走了？您能放得下心吗？

爸，国庆期间，您答应我和三弟，明年五一去北京，然后，去山东看三弟去。您也同意坐飞机去，您怎么不等到明年五一，就匆匆忙忙走了？您放心我妈一人坐飞机去吗？

爸，二弟答应您，明年春夏，天暖和了带您回老家看看；看看您住了几十年的老房子，看看您亲自栽的树木，看看侄儿、侄孙和乡亲们。您怎么就不等到明年回去看一眼，就匆匆忙忙走了？您不想看看树长多高了吗？

爸，二弟出差前看您时，您不是好好的吗？他还给您准备了常用的感冒药。我们多次和您说，冬天冷了，少到户外活动，要注意身体别感冒，一再叮嘱您别大清早排队去听课，您需要什么咱们自己买。您一天不拉地大清早去排队听课，就是为了十斤面粉的奖励。咱们不差生活的钱，您为何大冷天跑到东瓦窑背豆腐和粉条呢？您为何苦苦等那十斤面粉呢？为何？苍天！

爸，您一生节俭的习惯不因生活条件改善而有丝毫的变化。为了省几毛钱，您大老远去东瓦窑背粉条和豆腐；为了省几元钱，您如此执著地去等那十斤面。赶上大风降温，您感冒了；可您又太能忍耐了，错过了救治的最好时机，错过了和我妈告别的机会，错过了我们在您床前送终，错过了我们尽孝心的机会，错过了未来的美好生活，错过了您和我们在一起的天伦之乐，错过了……

爸，我们还有好多话要向您诉说，二弟在呼市陪了您七年，每天都过来看您。出差就这么几天，您怎么就一刻也不等呢？

爸，您走得太急了，我们哥仨没能和您说最后一句话。您把想和我们说的话全部埋在了心底，也许您不再担心我们的生活和工作。我记得十多年前在北京，您边喝酒边和我说，我看你们弟兄俩现在不像以前困难了，我就放心了，喝酒也踏实了。是的，爸，我们的生活都很好，您早该放心了。我姐姐和俩妹妹的生活也不错，他们都在呼市有了自己的房子，他们平时看望您和我妈也方便。

爸，为了让您踏踏实实地每天喝几盅酒，我们努力工作。可是，为了工作，没能在您床前尽孝；为了工作，没能给您送终。为了工作，没能多陪您几天。我记得，1988 年初您到北京的第二天，我就去山西出差了。您失望地说："嗨，给国家养了个儿！" 爸，深深地歉意，忠孝难两全。

爸，1997 年您从北京看病归来，考虑您腰腿疼不能挑水，我们武断地让您从东蔴地壕搬到托县。我们永远忘不了您当时的难舍心情。您辛辛苦苦几十年挣的家产，就这样留下了；我们也难受，我们也心疼。虽然，到了县里生活条件改善了，您再不用自己挑水了；但是，我们深知，您总惦记着有自己的房子。2000 年 6 月，我们倾全家之财，在县里买了属于您的楼房。虽说小，但是，毕竟您有了自己的房子。我们永远忘不了春节期间，一家人挤在您搭的地铺上迎新春的天伦之乐。

爸，2006 年 8 月，为了您和我妈有更好的医疗服务，我们再次让您从已经熟悉的托县搬到呼市，我们硬着头皮让您骂。当我们看到您和我妈方便地在农大出入，在院里不间断地锻炼，平时带着幸福的微笑时，我们感到欣慰。我们已经改善了自己的生活条件，想方设法改善您和我妈的生活条件。这是我们唯一能尽的孝心。

爸，为了让您今年春节住上新房，二弟跑前跑后，忙里忙外。房子快装修好时，让您去看，您说等装好了过年去住。现在，房子装修好了，您却不能和我们一起过春节了。我们只好站在新房的阳台上远远眺望家乡，遥祝您在天堂平安！

爸，我们还在策划明年春节，带您和我妈去三亚过春节呢。现在，这一谋划落空了，心中留下了永远的遗憾！

爸，我们满足了您生前的心愿，让您平安回到了您从小一直居住的老院子。在那里，以家乡传统的礼仪和父老乡亲告别。出殡那天早上，打开棺木，孝子孝孙们看了您最后一眼，您依旧是那么安详，和平时熟睡时一样。您似乎在告诉我们，回家的愿望终于实现了。叶落归根，人之夙愿。爸，安息吧！

爸，您匆匆忙忙地走了，唯一留下的是无尽的遗憾，无言的痛苦，无法弥补的损失。我们心头的伤痛永远无法愈合，自责和内疚将伴随我们一生……

爸真的走了，永远地走了，我的心里话变成了无言的诉说……

感恩节的思念

/ 2012 年 11 月 24 日

今天是感恩节。首先，要感谢刚刚过世的老父亲。老父亲对我从小的严格要求，使我养成了黎明即起的习惯，五十年从不间断。老父亲不知疲倦为家庭操劳的精神，激励我刻苦学习，凡事不甘人后。老父亲勤俭节约的生活习惯在我身上留下了深深的烙印，勤俭持家的家风继续传承。老父亲的耿直基因在我血液里流淌，认真做事，坦荡做人。

老父亲教我写的第一个词是：我们。我永远不会忘记“我们”的含义，我是父亲生命的延续，我们永远不分离。

老父亲告诫我们：“做啥都要尽心尽力（内蒙古方言是做甚务甚，讨乞要务棍）！”我们始终铭记父亲的叮嘱，工作兢兢业业，任劳任怨。老父亲总叮嘱我们上班早点行动，总怕晚了。在父亲的言传身教下，我工作四十多年从未迟到，出门办事总是提前到，从来没有误事。

老父亲的教诲融入我们的血液，变成一种自觉行动。

父亲“五七”

——在父亲遗像前

默哀，
伫立在父亲遗像前，
我泪如断线；
燃香、斟酒、点烟，
悲伤地抽泣呜咽。

昨夜，
我独自坐在父亲的床前，
守着空荡荡的房子；
期盼父亲归来，
彻夜难眠。

清晨，
我期盼父亲拉开窗帘，
喝完醋蜜水下楼晨练；
按时进行理疗，
拖地、擦门、整理房间。

期盼，
化作永久的思念，

再也看不到父亲的容颜；
抚摸父亲的遗物，
牢记生活节俭。

上午，
我守在母亲病床前，
母亲露出了笑脸；
我内疚自责难言，
未能在父亲床前看最后一眼。

守在母亲病床前，
陪护母亲陷入沉思，
老俩口竟是家中诀别；
母亲悲伤地再次住院，
含泪诉说从前……

沉思，
记忆回到今年父亲节前，
有应酬没尝到父亲为我亲自做的手擀面；
浓浓的父爱，
化作永久的思念。

“五七”，
撕肝裂肺的三十五天，
白雪盖地铺天；
狂风呼啸，
悲伤笼罩人间。

父亲"七七"

——魂幡傲骨擎天

（一）

寒风
卷起飞沙一片；
心中凄凄茫然，
跪在父亲坟前；
祈求上苍，
父亲神灵再现。

冰雪，
覆盖茫茫原野；
心牵父亲长眠，
跪在父亲坟前；
告慰宗祖，
父亲尽孝门前。

小草，
在寒风中呻吟；
心头阵阵隐痛，

跪在父亲坟前；
祈求父亲，
呵护小草如前。

魂幡，
银装素裹摇曳；
心中充满眷恋，
跪在父亲坟前；
小草相伴，
勤俭家风延绵。

（二）

寒风，
席卷飞雪弥天，
悲伤如丝似线。
跪在父亲坟前，
祈求上苍，
重回欢乐童年。

冰雪，
覆盖大地无边，
凄凉似雨如烟。
跪在父亲坟前，
告慰宗祖，
忠孝家风相延。

小草，
在寒风中摇曳，
心痛欲碎难言。
跪在父亲坟前，
呼唤记忆，
父爱滋润心田。

魂幡，
傲雪迎风擎天，
心中涌动思念。
跪在父亲坟前，
泉水相伴，
福寿世代延绵。

静 思

/ 2012 年 12 月

父子情深寡于言，
恰似深海水绵绵；
一朝苍天夺父爱，
深情翻滚浪滔天。
心如海啸神无主，
静坐思父泪似泉；
晴天霹雳魂魄走，
凝视遗像恨苍天。

梦中父亲

/ 2013 年 1 月 20 日

高声教诲似往常，
回眸卧床细端详。
心中窃喜父回家，
凝视遗像泪两行。
走得匆忙未叮嘱，
做事前后看周详。
稳妥勤勉莫偷懒，
梦中传话记心上。

除夕

/ 2013年2月9日

（一）

寒风搅乱心头痛，
凝视遗像泣难停。
爆竹震天破长空，
撕肝裂肺思亲人。
燃香点烟斟满酒，
鞠躬告慰家父灵。
勤俭持家传子孙，
吃苦耐劳续家风。

（二）

爆竹震天心难静，
惊醒记忆返孩童：
“燃香扫院点旺火，
祭祀磕头迎喜神。
年货不丰精心做，
鞭炮有限仔细分。
围着旺火燃爆竹，
寒夜秉烛享天伦。”

父亲百日祭

/ 2013 年 2 月 11 日

往年正月初二，是家人团聚；今年正月初二，是父亲百日祭奠。儿女齐聚坟前，和父亲在此团圆。苍天肃穆，魂幡残穗在风中摇曳；黄河无声，花圈骨架依旧护卫在坟前。魂幡顶风冒雪，仰望蓝天。

百日的分离，儿女在梦中和爸数次见面，彼此诉说衷肠，倾吐思念。

百日的煎熬，儿女脸上新添了皱纹，像条条丝线。

百日的思念，在墓前化作哭声一片，悲伤呜咽。

爸，您不该走，我妈还在家中，等您端盆递水、收拾房间。

爸，您不愿走，灵前告别时，还能揉开您双眼；凝视孝子，相顾无言。

爸，您不曾想如此突然不辞而别，有无数的心里话埋在了心间。

爸，您百日的孤独旅程，带着无穷的思念，彻底告别人间。

祭品摆满坟前，儿女和父亲团圆，共迎癸巳新年。

清醇的酒香，弥漫坟前，与父亲在这里重温往年的团圆。

纸钱的火光冲天，父亲仿佛在这里看到往年的旺火冲天，依旧燃香敬神，期盼明天。

纸钱的火光照耀坟前，父亲仿佛看到家业兴旺的明天，欣然长眠。

纸钱的火光冉冉升上蓝天，寄托着儿女的哀思；化作片片云烟，把父亲的爱洒满人间。

伴着缕缕香烟，父亲的灵魂升天。

百日祭奠，儿女泪洒坟前。

思念无限

——读妹妹《父亲百日祭》有感

/ 2013 年 2 月 11 日

现实无情，父亲真的永远地走了！我们再无法看他一眼、听他说一句话。只能期盼在梦中出现。

思念无限，父亲永远活在我们心中！我们无法忘记父亲的身影，无法弥补未能床前尽孝的遗憾，无法再和父亲诉说从前。

人生的价值在于影响后人，父亲做到了。父亲生前对我们的严格要求，甚至有点苛刻，当时也许还不能完全理解和接受。当父亲真的走了，才真正体会到严父的影响。我们能有今天，离不开父亲对我们从小严格的家教和严厉的批评。

淡泊以明志，宁静以致远。正是父亲吃苦耐劳和勤俭节约的示范，培养了我们艰苦朴素和吃苦耐劳的精神。这是我们的立身之本。

父亲对我们的影响，有点像孔子对中华民族后世的影响；生前不以为然，走了倍感珍惜。思念是一条延绵的线，把父亲的美德和我们的修行紧紧连在一起；思念是一面镜子，把父亲的标准展现在我们面前，检点我们的言行是否偏离了勤俭持家的轨道。

心欲碎　清明感怀

/ 2013 年 4 月 4 日

细雨伴我踏云归，
追魂逐梦心欲碎。
去年今日犹健在，
今洒新坟伤心泪。
四海漂泊未尽孝，
床前遗恨儿之罪。
无言目光今犹存，
垂柳伤感草亦悲。

清明祭祖（二首）

/ 2013 年 4 月 4 日

残枝忍余寒，
冷风袭幡杆。
清明祭新坟，
泪浸香纸燃。
日思夜仍盼，
凝像湿衣衫。
梦中相见欢，
梦醒风正寒。

冰融水东流，
风吹草芽抽。

沙尘卷残枝，
幡杆盼日头。
残阳照新坟，
祭祖泪水流。
人言鱼水欢，
无言心更忧。

五一满都海游园

/ 2013 年 5 月 1 日

桃红柳绿岸边行，
倒影波纹惹痛心。
父母同游成往事，
花前驻足少一人。
桥头合影思家慈，
去年今日有笑容。
一朝离别难相聚，
触景思亲泪沾巾。

桃花伤感柳低垂，
轮椅孤寂缓步行。
凝视母亲默无语，
遥想父亲在天灵。
满园春色人陶醉，
微风传情父同行。
凝视遗像心茫然，
家人团圆梦中情。

父亲节想父亲

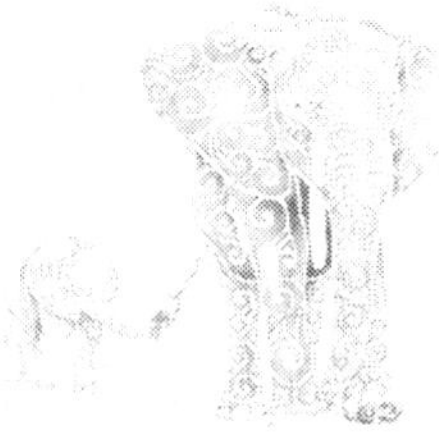

/ 2013 年 6 月 16 日

父爱如山，浑厚深沉，不轻易流露；如山一般伟岸，如山一般博大，如山一般深沉。父亲节到了，昔日的父爱从心底涌动。

父爱如海，浩瀚深邃，不轻易涌动；如海一般宽阔，如海一般深沉，如海一般无形。父亲走了，记忆中的父爱从眼角流动。

父亲节思念父亲。几十年的父爱仿佛是一份珍贵的宝藏，积淀很深，热液涌动。父亲走了，父爱不时泛起层层涟漪，激荡着心扉，触摸着眼角。父亲节到了，父爱从心底奔流，从眼角倾泻；冲过脸颊，留下泪痕；湿透衣衫，浸透心灵。凝视双眸，伤心谁听？

父亲的一生，默默无闻。为了全家的衣食住行，不辞辛苦地耕耘，不计寒暑地劳形。起早贪黑，烈日下大汗淋漓，数九天衣衫结冰。父亲寡言少语，父爱浸透在默默地奉献中。父亲教子严厉，父爱包裹在小小的仁丹中。

父亲节想父亲。清晨，盼着旭日东升，寻找与父亲一起锄草扶苗的身影。日暮，望着夕阳西下，期盼与父亲一起从田间归来的背影。

望着旭日东升，找不到父亲的身影，泪水夺眶而出，在阳光的映射下格外晶莹，闪耀着曾经的父爱，安抚着受伤的心灵……

父亲 80 诞辰感怀

/ 2013 年 7 月 21 日

八十诞辰想音容，
手捧相册泪晶莹。
去年中秋有约在，
不辞而别最伤心。
儿孙满堂衣食足，
期盼二老享天伦。
苍天夺父分秒间，
孝心难圆梦寿星。

八十寒暑刻年轮，
黎明下地披星辰。
勤劳一生心操碎，
省吃俭用为子孙。
比选不惧寒风凛，
药片存放细叮咛。
病床未暖人已去，
慈祥面容驻心中。

父亲一周年祭

/ 2013 年 9 月 21 日

癸巳深秋，枯叶随风飞扬；一年煎熬，无言诉说衷肠。寒气袭人，心中充满凄凉；走近祖坟，思绪依旧彷徨。跪在坟前，掀开撕肝裂肺的悲伤，缅怀父亲，刻下心痛欲绝的时光：

“一七冰天雪地，吊唁人来人往；勤劳节俭一生，守灵刻骨难忘。三七面对遗像，无言诉说衷肠；八十大寿落空，泪如泉水流淌。五七医院陪床，期盼父亲目光；抚摸父亲遗物，一人独自忧伤。七七跪在坟前，抱住魂幡不放；兄弟姐妹呜咽，心情一样悲伤。燃香烧纸寄哀思，醇酒陪父入天堂。

孤单感恩节，父亲的话语在耳边回响。静思欲断肠，昔日的父爱在心底激荡。除夕想亲人，思念的火焰在心中燃放。百日跪坟前，枯萎的小草在雪地守望。清明心欲碎，追魂的细雨在坟前忧伤。五一游园处，垂柳的倒影在水中迷茫。伤心父亲节，心底的父爱顺脸颊流淌。中元节祝寿，儿孙的孝心在泥泞中闪光。中秋祭品丰，儿女的孝心在圆月中珍藏。梦聚重阳节，父子的交流在记忆中珍藏。”

跪在父亲坟前，诉说一年的家常！孙儿考上大学，圆父亲生前的梦想！期盼父亲显灵，立即出现在我们身旁！让我们抚摸双颊，让我们仔细端详！

酹酒洒孝心，香纸燃希望；忠厚传家久，诗书继世长。

沁园春·祭日缅怀父亲

/ 2013 年 11 月 4 日

去年的今天，在四川检查安全生产，下午四点飞机刚降落在成都双流机场，准备转机返京。打开手机，二弟短信：“父亲病危。”我立即给三妹去电话，一句“没了”，仿佛霹雳晴天，心肝欲裂。一年煎熬盼相见，天津之行梦中圆。往事如烟浮眼前，祭日思父泪蒙眼。

九月壬辰，
双流机场，
噩耗惊天。
父溘然辞世，
悲痛欲绝。
泪湿衣襟，
彻夜难眠。
苍天哭泣，
白雪铺天，
孝子含泪守灵前。
护遗像，
欲诉伤心话，
哽咽无言。

父亲辞别无言。

最伤心，

游子恨苍天！

癸巳深秋冷，

祭奠坟前。

香烟缭绕，

喜鹊盘旋。

纸钱火旺，

酹酒敬天，

儿女孝心在人间。

父有灵，

九泉含笑行，

家风延绵。

卜算子·清明

写于从上海飞北京途中
/ 2014 年 4 月 2 日

飞机升空，思绪追云；清明将至，想父音容。
往事萦绕，闭目思亲。思念涌笔端，泪水夺眶行。

塞外小草生，
想父难寻觅。
往事萦怀泪已干，
跪坟求天地。

瑟瑟冷风吹，
噩耗惊天地。
孝子漂泊想送终，
跪灵山河泣。

水调歌头·清明扫墓填坟

/ 2014 年 4 月 5 日

祭祖传家事，
扫墓趁黎明。
儿孙理草培土，
铲装运齐心。
地面潮湿渗水，
泥土沾筐沉重，
往返步难行。
汗洒坟前草，
子孙慰先人。

家昌盛，
接鸿运，
颂英灵。
年年不忘，
天涯海角故乡情。
挥汗填坟心净，
贡品燃香酹酒，
祭祀敬先人。
世世家风续，
代代祖荫存。

缅怀父亲

/ 2014 年 6 月 15 日父亲节

六月十五父亲节，
凝视无语细端详。
酹酒燃香寄哀思，
历历往事尽珍藏。
前年今日同饮酒，
临别目光真难忘。
随车目送步不停，
垂柳小草皆敬仰！

喜鹊传情

——父亲两周年祭

/乙未年九月二十一日

斗转星移，又是一年；在悲痛中渴盼父亲显灵，想告知孝子的心声。寒来暑往，梦中相见，无言诉心语，无语话衷肠。祭日喜鹊与车相随，引路前行。喜鹊声声，唤醒往日的岁月；树枝眺望，留恋昔日的亲情……

去年今日，喜鹊枝头恭迎，孝子坟前祭祀，喜鹊空中盘旋静听。午后，孝子驱车离去，喜鹊双双在路边相送，此情此景，泪水夺眶而出，顺着面颊，流入心扉，一年诀别，喜鹊传情。原来家父不离左右，化作喜鹊如影随形……

今年祭日，孝子绕道而行。路途陌生，喜鹊引路前行。时而树枝眺望，时而车前显形。从家中缓步前行，沿往日小道走向祖坟，沿途喜鹊在树枝叫个不停。深知家父在空中呼应，抬头看不到喜鹊踪影……

子女齐聚坟前，祭祀如常虔诚；摆贡、酹酒、点烟，燃香、烧纸、瞌头。环顾四周小草，秋风吹荡，枯叶飘零。仰望蓝天白云，一丝伤感，油然而生。蓦然间，喜鹊落向幡枝头，孝子肃然起敬。原地伫立沉思，百感交集无声。家父此处显灵，我们泪水纵横。两年的分别，家父若现若隐。两年的祭日，家父托喜鹊传递音讯……

仓促祭祀日，游子忠孝情。诀别已两载，心痛难平静。两夜列车程，一日祭父行。疲倦不足道，慈父无言情。沿途多歧路，喜鹊引路行。两年无言诉衷肠，一日兼程游子情……

又一年的思念，逢节心欲碎，睹物细思量。燃香寄哀思，酹酒盼吉祥。深秋天渐凉，忧父腰腿伤……

又一年的迷茫，仔细端详遗像，目光深邃悠长。仿佛有无尽的嘱咐，好似想再三地叮咛，孩儿的事总放在心上……

又一年的牵挂，多少回梦醒，心头充满凄凉。家父忧郁无言，孤寂地蹲守一旁；轻轻地抚摸，总感觉处处冰凉……

又一年的煎熬，多少次彷徨，无法弥合心灵创伤。病榻之前未尽孝，游子归来身已凉；揉眼对视默无语，轻抚面颊欲断肠……

人生虽漫长，意外随时生。父子虽情深，见面已无声。呼天天不应，叫地地不灵。悔恨平时少言语，不识父亲孤寂情。今日再想孝家父，泪洒坟前喜鹊听……

寻找父亲的身影

/ 2014 年 11 月 4 日

父亲走了整整两年了，
我一直在寻找着，在不停地寻找着父亲的身影，
在农大校园的林荫道，在家属区的车棚旁，
在买菜的人群中，在餐厅的饭桌前，
在卧室的床边，在客厅的小板凳上，
执著地寻找着，可我怎么也找不到父亲的身影，
父亲的身影，怎么就一去不复返呢？

闲暇时，
我追寻着记忆，不停地寻找着，
在乡间的小路上，眺望您种田、割草归来的身影，
下地干活汗湿衣襟，回家扫院天未明，
在田间地头一起劳作，总听着您不停地叮咛，
可我怎么也找不到儿时熟悉的岁月，翘首期盼着您的身影，
我在无奈中叹息，眼角、脸颊留下无数的泪痕。

过节时，
我凝视遗像，期盼您出声，
端起您曾用过的酒盅，酒未满泪已浸，

燃香点烟三鞠躬，总想回头看看您的身影，
抚摸床头、拿起拖把，在忙碌中寻找您的身影，
再也看不到您慈祥的笑容，可眼里的泪水依然在追寻，
佳节倍思亲，想穿越去追寻您的身影。

独坐时，
却时时感觉您的存在，偶尔听到您的脚步声，
再细听，准备开门迎您，希望落空，
我问落叶，落叶说：您在时光的河里，
仿佛在家乡潺潺河水中望见您的身影，
我问流水，流水说：您在飘逝的白云里，
我仰天问白云，白云悄悄对我说：您随风而去。

真的去了吗？父亲的身影：
在梦里，我依旧能见到您的面容，
梦醒时，从心底呼唤，
父亲您在哪里，让我看看您的身影！
外出时，您常伴我在梦中相聚，
哪怕您沉默无语，我依旧充满欢欣，
期盼奇迹发生，再次看到父亲的身影！

清明

/ 2015年4月4日

天寒风急又清明，
祭祖西行路泥泞。
果蔬供品香纸祭，
酹酒坟前泛伤心。
日过午时天转暖，
陪母观花阳光明。
桃红柳绿松柏翠，
母子同行享天伦。

父亲节想父亲

/ 2015年6月21日

今逢父亲节，凝视寄哀思。严父爱深沉，无语胜言时。为家终操劳，力竭汗湿衣。勤劳不言苦，寒暑三更起。

记忆未褪色，父爱刻骨铭。晨曦未露白，父子田间行。父锄草在前，儿捡草随行。年幼易犯困，枕草垅上停。雨后天未晴，父子割草行。泥泞路湿滑，拢草露水浸。风吹手胀麻，挥镰险象生。黎明剜地忙，平丘垒土楞。手上起血泡，汗水湿衣襟。夏收烈日晒，拔麦手染红。麦芒横行处，身痒实难忍。新春第二日，依旧忙不停。上午送肥忙，下午平地勤。农闲您不闲，全力做木工。起房稳梁柱，造屋雕窗檩。冬天闲不住，沙漠百里行。竹席换粮食，汗水浸棉衣。便民小卖部，烟酒杂销营。亲手栽笤帚，换钱补家用。

告别种田日，租房进县城。生活虽改善，思乡情更浓。农大校园美，北京也开心。衣食虽无忧，常思故乡人。

未能圆父梦，噩耗天地惊。苍天夺父爱，撕肝裂肺疼。时值父亲节，思念与日增。凝视默无语，内疚浮上心。“回乡住一宿，地里看树林。”此乃父之愿，生前未成行。

记忆掀往事，慰父在天灵。

念奴娇·家父三周年祭

/ 2015 年 11 月 4 日

三年已逝，
父无言，
子女思情如线。
夜静揪心难入睡，
游子悲伤欲绝。
往事如烟，
萦绕心痛，
家父梦中现。
渴求相见，
凝思期盼如愿！

儿女齐聚坟前，
泪如断线，
倾诉心中歉。
日夜无眠难悟透，
诘问苍天无解。
体健身强，
精神矍铄，
孝子无缘见！
伤心千古，
人生难以如愿。

端详

/ 2016 年 6 月 19 日

父亲节到了，
我下意识地走进书房。
斟满酒，点燃香，
三鞠躬，静端详。
您刚毅的表情，
依然穿透我的心房。
往事在心底流淌。
心灵交汇于目光。

父亲节到了，
我静静坐在书房。
再次捧起《缅怀父亲》，
思念化作文字几行。
您开心的笑，
唤起对生活的向往。
健身强体有目标，
妻贤子孝儿孙旺。

父亲节到了，
我泣不成声地守在书房。
身强体健，天有不测，
国庆团圆，一别成殇。

您的叮嘱，
永远在耳边回响。
做事尽心尽力，
您是我们的榜样。

父亲节到了，
我伤心地离开书房。
点燃一支香烟，
我仔细端详。
欲言又止，
您的眼神忧伤。
父子的交流无言，
祈福您安居天堂。

父亲四周年祭

/ 丙申年九月二十一日

祭日思亲泪眼催，
回眸往事恸心扉。
黄河哽咽苍天陷，
塞外悲伤孝子归。
噩耗无情心欲碎，
神灵有意雪轻飞。
天堂四载随风去，
孝子煎熬盼父回。

牵挂母亲篇

儿行千里母担忧

/1999年8月30日于秘鲁

昨晚，和母亲通电话，问了一声平安。没说几句，母亲就说这通话费很贵，说得行了，我停下了；此时，我的心里很难受，母亲多么渴望和我多说几句，可她又尽力克制，为了节省费用。过了几秒钟，我又问了一句，果然，母亲并没有把话机放下。

我理解母亲，她是多么不想放下话机，多么想再说几句……于是，我又和母亲说了几句，问了问外甥女的工作。最后，我和母亲告辞，在话筒那边，我听到了母亲的抽泣声。此时，我的眼圈湿润了，母亲最后说，说多少也说不够，总想说……

真是“忠孝不能两全”。母亲整天思念我们，可因工作需要，我和三弟越走越远。我从国内走到了国外，三弟也有可能从北京走到江苏，很可能还会到俄罗斯工作一段时间。这种变化，母亲的思虑和担心与日俱增。好在二弟在呼和浩特市，平时，还能回去看望一下父母。另外，三妹、二妹和姐姐都住得不远，平时能回家看望父母。尽管如此，母亲对我和三弟的思念仍然不减，用母亲的话说，不管有多少孩子，对哪一个都担心、都思念！无论我们长到多大，母亲总是放心不下。过去担心生活困难，现在生活好了，还是惦记，总不放心。

人就是这样。常言道，母行千里儿不愁，儿行千里母担忧。

母亲节的思念

/ 2000 年 5 月 14 日

独自在秘鲁，适逢母亲节，思念亲人之情难以抑制。自己能有今天，倾注了母亲的大量心血和无私的母爱。母亲不只是给了我无微不至的关怀，而且为我们做人树立了良好的楷模形象。母亲为人热情、真诚、无私奉献的精神在我的心灵深处留下了深深的烙印。这种优良品德在我身上的体现，是我独自一人闯荡江湖的立身之本。

母亲为我们兄弟姐妹六人长大成人真是流尽了汗、操碎了心、吃尽了苦。母亲长年累月白天在地里劳动，轻重农活都要干。盖房子，母亲和父亲一起打井、和泥、做土坯。那种劳动强度是难以想象的，也是普通人难以承受的。父亲得病卧床，母亲亲自赶马车送粪。这在农村是破天荒的事情。但是，此时家里的情况实属无奈，母亲只好硬着头皮去做本不该由她做的事情。因为，弟妹们尚小，我在沈阳上大学，母亲含泪行走在田间小路。回到家里，母亲要做饭、喂猪、洗衣服，天天如此，周而复始。不管多累，都要咬牙坚持。夜深了，大部分人休息了，母亲坐在煤油灯下纳鞋底，一坐就是几个小时，有时熬到凌晨两点。一天二十四小时，母亲顶多休息六、七个小时。母亲为我们的成长流尽了汗，吃尽了苦。真是呕心沥血！

尽管我们兄弟姐妹六人很争气，不论是在学习上，还是在工作中，都令人称赞！可母亲花在我们每个人身上的心思一点没少。姐姐是老大，因文革而辍学，虽说现在生活得也不错，可母亲还总是念叨没让她念书，使她失去了变成市民、有份工作的机会。二妹妹高中毕业，正值二弟上高中，我还在念大学，家里经济条件十分困难。为了让二弟能上高中，妈忍痛割爱没让二妹补习，致使她失去了补习和升入大学的机会。每说到此，妈妈眼里的泪水夺眶而出，觉得对不起二妹。二弟弟第一次高考落榜，几天不吃饭，母亲着急，心疼又担心。尽管后来如愿大学毕业了，可一时没找对象，母亲还是放心不下。三妹性格内向，行动迟缓，再加上三妹夫有病，三妹除了上班，还要照顾两个孩子，料理家务，很累。母亲对三妹的操心更多。三弟是我们兄弟姐妹六人中最聪明、最有前途的一个，自己追求个人理想，毅然离开北京，到连云港工作，母亲仍有很多担心。母亲对我的操心最多。一岁时，我因病差点夭折，让母亲揪心。小时候我最淘气，总让母亲操心。结婚后，母亲盼望有孙子，有了孙子，着急他的学习，总是牵肠挂肚。我独自一人在国外工作，更让母亲揪心……

母亲啊！母亲，您不要再操心了，我们兄弟姐妹们都过得很好。您该欢度晚年了！

报 答

/ 2001 年 5 月 13 日母亲节

今天是母亲节，一位著名歌唱家在“欢聚一堂”演唱的“报答”，把我的思绪牵回到贫寒的童年。我能有今天，是母亲伟大的母爱辛勤哺育的结果。在母亲节到来之际，我首先想到的是“报答”二字。

我们兄弟姐妹六人，除了姐姐因文化大革命辍学外，我们五人从小学到中学的每一天，都浸泡在平凡、无微不至关怀的母爱中。于是，我们的学习成绩就比别的孩子好。我们的成长是对母亲的一点报答。

我们上大学期间，体会了日夜思念、分秒惦记的伟大母爱，简直到了忘我的程度。我上大学第一年，母亲是伴着泪水熬过的。当我寒假回家时，发现一年不见，母亲苍老了许多，心里一阵酸楚。思念的煎熬像刀一样，在母亲的脸颊上刻下条条皱纹，两鬓增添了丝丝银发。整个假期，母亲对我的一日三餐，挖空心思准备，总怕哪样好吃的没给我吃。母亲乐滋滋地看着我大口吃饭，总怕吃不饱。当我要放下饭碗时，母亲总要劝我再多吃点；当我执意不肯再多吃时，母亲还以为我取心，不好意思。

母亲之所以对吃饭看得如此重，是因为贫穷、饥饿伴我们度过了几十年。每年只有在过年时，孩子们才能吃顿饱饭。我的童年经历了大跃进和三年自然灾害的困难日子，常年吃不饱。为了让我们不至于饿得嗷嗷叫，母亲想方设法粗粮细做，让我们能吃到别人家吃不到的可口饭菜。

母亲哪里知道，我们现在都解决了温饱问题，再没有饥饿难耐的时候了。即使现在回家，母亲还是不忘记让我们多吃，实在撑得不行了，她才不劝了，看着我们吃多了，她才高兴。这就是母爱。此刻，我深深理解母亲记忆中孩子挨饿的揪心，盼望孩子吃饱穿暖的慈母心和无私的奉献精神！

现在我们的生活一天比一天好，再不用母亲关心我们的温饱、冷暖了，是我们报答母爱的时候了，我们要竭尽全力。

心焦无奈

/ 2002年12月22日

今天早上，给家里去电话，爸爸告诉我正准备陪妈妈去呼和浩特市看病。昨天夜里妈妈的病情加重。放下电话，心中焦急万分。因为昨天下午给家里去电话，妈妈告诉我大夫按大叶性肺炎看，我提醒妈妈，先到医院拍个X光片诊断一下，我担心是心脏引起的哮喘。妈妈告诉我，大夫说心脏没问题。今天的病情变化证明了我的担心是对的。因为在1997年冬天，妈妈曾经犯过类似的病，在托县治疗效果不明显，最后转到呼和浩特市，经查是心脏引起的哮喘。

过了一会儿，三妹告诉我，因下大雪，没有公共汽车到呼市，只好先在县医院治疗。下午给三妹去电话，她刚从医院回来，已经输上液，并开始吸氧。经检查，左心衰。老父亲在医院护理。听了三妹的话，我是又着急又深感内疚，幸亏三妹在父母身边，能忙前忙后，没有耽误病情。要不然，会耽误治疗。

古语云："父母在，不远游，游必有方。"自己大学毕业后就漂泊四方，很少在父母身边尽孝心。唯一有所安慰的是把父母从村里接到了县城，又从县城的平房搬进了楼房，居住条件改善了，生活水平提高了。如果父母现在还在村里居住，村里的医疗条件更差，那就更让人揪心了。

下一步，如果父母愿意，争取让他们到呼和浩特市或北京居住。万一有病，也好照顾。另一方面，城市的医疗条件也比县里好。这需要慢慢地做父母的工作。他们不同意，我们再着急也无奈。

父母平安无忧

/ 2002 年 12 月 24 日

今天早上，二弟电话告诉我，父亲的体温已下降到 37 度左右，病情有所好转；母亲的病情比较稳定。我焦急的心情稍微舒缓一点，心从嗓子眼下去了。

晚上，二弟又通报了一天的病情变化。父亲的病情趋于稳定，母亲对一种扩张血管的药有反应，暂时停止输这种药了。

能有现在的结果，归功于三妹和二弟的努力，也归功于当地大夫的及时治疗。此时此刻，我的内心充满感激之情，内心的愧疚也减轻了很多。

常言道，养儿防老，可我并没有尽孝道，真是惭愧。但是，我也是实在无奈。要工作，就必须远离父母，而父母又不愿意随我漂泊他乡，我不能强迫他们。居住在家乡，医疗条件就是这样，真是两难。

通过这次父母亲生病住院的焦虑考验，迫使我们考虑如何处理这两难的问题。一是准备些预防心脏病的药物，以防万一。二是一旦生病，一定先去县医院检查，小诊所容易误诊。

刚接到二弟打来的电话，他让父母亲用手机和我说了几句话。我从话机里听到父母的声音，心里踏实了很多。从说话声中能感受到父母的喘息声。

放下电话，心理平静了许多，悬着的心终于可以放下了。父母亲平安了，可三妹和二弟已经累得精疲力竭了。我真是过意不去，内疚和自责始终缠绕着自己……

愁云又起

/ 2003 年 1 月 13 日

今天给二弟去电话，得知父亲的肝功能化验正常。要等周三痰的化验结果。如果没有问题，星期三可以出院，本来心情可以放松一下，可母亲的哮喘又有一些症状，也不能排除上次的哮喘没有彻底根治。如果是那样，旧病复发的危害和影响更大，治疗的难度也会更大。但愿我的担心是过分忧心忡忡……

父母年龄大了，体质弱；经过长时间的疾病折磨，身体极度虚弱。本来需要静养，可他们的心情很躁，难以静下来。一方面是互相担心、惦记，因为父亲已经到呼和浩特市有一周了，母亲难免牵挂；另一方面，他们对这次看病的开销心里难受。总心疼花了这么多钱，心情陷入恶性循环，不能静心养病。

虽说父母的病眼下没有大的危险，但不能回到他们身边亲眼看看，不能给他们端茶递水；不能尽做儿子的孝道，心中充满矛盾和自责。任凭每天打电话，也难以淡化这种思虑和牵挂。

眼下工作的头绪多，请假还有点儿不合适；但不回到父母身边，心灵深处的自责与日俱增。每天处在极度的矛盾、痛苦之中。今天一整天神情恍惚。总担心父母的病会有新的情况，越想心里越慌，越想头越懵。我衷心祈祷上苍保佑父母的安全，让他们尽快康复……

牵挂

/ 2003 年 2 月 11 日

前天下午去电话，得知母亲去医院检查，头晕、胸闷、后背有时疼，大夫给开了三副中药，母亲让我保密，不要告诉二弟，怕他惦记。昨天下午，我还是不放心，告诉了二弟。他可能过一两天回去一趟，2 月 16 日带母亲到呼和浩特市检查。

母亲的症状很典型，属于心肌梗阻型，如稍不注意，很容易耽误。

今天中午，飞机降落在香港机场，到了休息厅的第一件事情就是和家里通电话。母亲告诉我，吃中药后感觉好多了，让我放心，要安心工作。通完话，我的心里稍微踏实点。

随后，给儿子去电话，一个人在家，还没吃饭。爱人和阿姨上街了还没有到家。放下电话，有几分担心。

因为工作关系，出差多，尤其是出国，最放心不下的就是父母的身体状况和儿子的学习。然而，除了通过电话安慰、叮嘱外，不能再做什么了，心里依然还是惦记他们。

也许是长子的缘故，我总是关心、惦记别人，但很少关心自己。其实，父母、兄弟姐妹们都生活得不错。理应放心。可是，我的脑子里总闲不住，不是想这个，就是想那个，尤其是去年冬天父母生病住院，更加重了我对父母的思念。因为父母亲年事已高，当地的医疗条件有限，父母一生形成的勤俭习惯，有病恐怕耽误，不能及时救治。好在有三妹在父母身边，二弟也能经常回去照顾父母，替我分忧，妥善应对一些紧急情况。否则，我的牵挂是剪不断，理还乱；才下眉头，又上心头……

祝福母亲健康长寿

/ 2003 年 2 月 23 日

今天是母亲的 66 岁生日。早上，我和儿子分别给母亲去电话，祝贺她老人家生日愉快！过去的 66 年，母亲饱经风霜，受尽了苦和罪。今天，终于走出了苦海，能够心情舒畅地欢度晚年了。

在自己大学毕业前，一家八口人，全靠父母亲种地来维持一家人的生计。除此之外，没有其他经济来源。为了让孩子们吃饱吃好，母亲总是挖空心思地粗粮细做，用玉米面加上榆树皮粉做面片，用米面摊煎饼，做凉粉，让我们能吃到不同的食品；而且，每次做这些东西，母亲总要多做些，送给邻居们品尝。因为母亲能干、好客、善良，村里人都夸赞她。

为了我们能穿上新衣服、新鞋，母亲牺牲了大部分晚上休息的时间。晚上缝衣服、纳鞋底经常要熬到凌晨一两点，第二天清晨，又要起来做饭、下地干活。一年四季总是忙得没日没夜。虽说家贫，我们穿不起新衣服，但母亲用旧衣服、旧布给我们改做的衣服一样干净整洁，并保证每个孩子冬天有棉鞋，夏天有单鞋，过年有新鞋。

今天，我们兄弟姐妹六人都已成家立业，而且，都过得不错，再也不用母亲操劳衣食了，也不缺吃穿了，但美中不足的是我们不能守在父母身边，尽儿女的孝心。即使在母亲的生日也只能通过电话表示祝贺。

我只能在心底默默祝福母亲健康幸福！

母亲节更想母亲

/ 2003 年 5 月 11 日

今天是母亲节，清早就给母亲去电话。由于母亲下楼和邻居们聊天、散步去了；直到中午才和母亲联系上。在电话中催促，可父母一直舍不得买一只卓日山熏鸡，我的心里难受极了。我们现在不是买不起熏鸡，而是长期养成的勤俭持家的俭朴习惯，不舍得多花一分钱。

父母的这些美德在我们身上有深深的烙印，一直激励我们艰苦奋斗，一步一步走到今天。我们的经济条件好转了，再不忍心让父母省吃俭用了。每次回家，不管你给父母留多少钱，他们总是舍不得花。于是，回家时我总要从北京带好多吃的东西。只要你把东西买回家了，父母亲也喜欢吃。

为了能让父母生活得好一点，本打算今年三月底四月初接父母到北京住一段时间，由于 4 月份北京的 SARS 疫情，父母没能来北京。父母自己生活，总是舍不得花钱买肉、买菜，任凭你怎么劝也没用。去年冬天，我电话里一直叮嘱父母买牛肉、羊肉吃，过了三个星期还是没买，等后来买了牛羊肉，他们也病倒了。虽说，病可能是流感，也可能是累的，但是，我觉得营养不足是直接原因。

这次父母病了一个多月，俩人花了不少医疗费，病好了，本该想开点，可还是想不开。也许，他们是在为今年花那么多钱心疼，现在又在省钱。虽说，从电话里听父母的声音很洪亮，感觉不错；但是，他们过分的节省不免让我担心。每当我们在外吃山珍海味时，会下意识地思念父母，希望他们能和我一样，享受富裕生活，不再省吃俭用。

母亲的病揪心

/ 2004 年 1 月 7 日

二弟来电话，说他在医院，随即挂断了电话。我预感不好，等我再拨通电话，他告诉我，母亲得了阑尾炎，在呼和浩特市要做手术，征求我意见。我说抓紧做，不用等了。随后，我电话通知了三弟。虽说是小手术，但母亲毕竟年纪大了，我还是放心不下，急得抓耳挠腮。

我们兄弟三人，只有二弟在父母身边；我和三弟一点忙也帮不上。只是平时寄点儿钱而已。多亏二弟、二弟妹替我们尽孝心，才不至于遇事着慌。

母亲已经六十七岁高龄，心脏也不好，还有点哮喘。这次除了做阑尾手术，还要切除胆息肉；要开两个刀口，术后的恢复很慢。营养如果跟不上，身体就更虚弱了。

作为长子，本想尽孝心，但无奈离家太远，不能在母亲需要的时候守候在身边，不能给母亲喂水喂药，心里感到愧疚。

虽说我们给父母的钱足够花，但受了一辈子穷的父母，总改不了省吃俭用的习惯；舍不得买肉、买菜，尤其是父亲的节俭几乎到了吝啬的地步，为了吃东西，俩人经常争吵。

本想把父母接到北京安度晚年，但一方面他们不习惯城市生活；另一方面，三个闺女都在托县，母亲又舍不得离开。所以，只好住在县里，我只能每年春节回去看一看父母。平时，只能在电话里问平安。一有事，心里急，恨不能插翅飞回去。

给母亲喂饭

/ 2004年1月11日

今天一清早，我到了呼和浩特市。见到母亲后，虽说刚做完两次手术的虚弱和疼痛还很明显，但从母亲的眼神里流露出期盼、高兴的神情。此时此刻，我有一种深深的自责、内疚。1月7日下午做手术，我不能守候在母亲的病床前。可想而知，刚做完手术的那几天母亲是多么期盼能看见我……

整个上午，母亲坐在沙发上输液，我静静地坐在她的身旁，她也不那么疲惫了，向我讲述老家的故事和亲人们的近况。人老了，需要交流，可这些话平时和父亲很难交流……

快中午了，我和二弟给母亲做了面片汤。我端着喂母亲，一口一口地喂，母亲吃得那么可口，那么高兴。此时此刻，我才真正感觉到，尽管手术后的刀口依然很疼，身体依然很虚；但此时母亲一定觉得很幸福。因为，四十六年了，这是我第一次专门为母亲做了一碗面片，又是第一次给母亲喂饭。虽说我是长子，但因常年在外，母亲每次生病，我都不在身边，都是三妹、二弟他们陪护、侍候。

也许是高兴，母亲吃了一碗多面片，精神好多了；母亲能在大厅里来回走动了，不用人搀扶了。看着母亲幸福的表情，我想起儿子二、三岁时常说的一句话："常言说得好，养儿防老。"这是我总教儿子的话。此时此刻，我对这句话有了更深刻的理解。

母亲节思母爱

/ 2005年5月8日

一年一度的母亲节又到了。自己虽有孝心，却不能在母亲身边尽孝，只能把对母亲的祝福默默地埋在心底，用自己在工作上的努力报答父母的养育之恩。

子女对父母的孝不只是物质上的给予，更重要的是精神上的关心，心灵上的安抚。父母对子女的要求非常低，只要子女过得比自己好，他们吃苦受累也心甘情愿。这就是伟大的母爱。随着岁月的流逝和年龄的增长，对母爱的理解逐渐加深。她是那么无私，又是那么坚定，更是那么深沉。母爱像冬天里的一把火，给你温暖，照亮你的心头，让你看到前途和希望。

为人之父，体会到了父母的不易，对母爱的理解就更深了。在贫穷落后的岁月里，母亲给予我们的爱凝结了心血和汗水，我们兄弟姐妹六人能够健康成长。正因为有伟大的母爱，即使在最困难的日子，我们依然有衣穿，有饭吃；母亲用她勤劳的双手给我们带来欢乐，母亲靠常年的辛勤劳动供我们上学，自己庆幸能读完中学，有了恢复高考后上大学的机会和希望，有了今天来之不易的工作机会。

游子在母亲节感慨万千。虽然不能在母亲身边尽孝心，但心底依然涌动着孝意。无论走到哪里，无论遇到多大困难，只要想到母亲，就没有克服不了的困难；只要想到母爱，就激发了生活的热情，产生了战胜困难的力量。母爱，是人生走向成功的原动力。母亲节回味母爱，为人生注入取之不尽的活力，必将产生用之不竭的动力。

母亲节感母恩

/ 2011年5月8日

5月7日，星期六上午，我们兄弟姐妹一起陪父母在农大校园赏花观景。母亲坐在轮椅上，我们轮流推着，游走漫步在花间。阳光明媚，微风拂煦。浑身暖洋洋的，心里热乎乎的。在繁忙的工作之余，能够和家人一起漫步校园，感悟人生，实在是久违的体验和享受。在综合楼前合影留念，记录下美好的时光，铭刻下美好的记忆。儿女们能和母亲在风和日丽的校园漫步，就是送给母亲最好的节日礼物。

5月8日是母亲节，我已经回到北京，不能陪母亲一起过母亲节，实在是遗憾。一清早，给母亲去个电话，问平安，送祝福。身为游子，身不由己；把对母亲的思念深深埋在心底，忠孝难两全。母亲节提醒我们在工作之余、闲暇之时要想办法多去看望母亲。岁月无情，母亲已不是青年时那么能吃苦耐劳了，也不是中年时身体那么结实了；为了我们的成长，母亲付出得太多，身体承受的病痛太多，条条皱纹记录着艰难的生活历程。

母爱是伟大的。为了儿女们健康成长，她忍辱负重，毫无怨言。母爱是无私的，为了儿女们生活幸福，她含辛茹苦，历尽艰辛。

看到儿女们成长，忘记了生活的艰辛，留下的是母亲灿烂欣慰的笑容。看到儿女们进步，忘记了思念的忧伤，重复的是母亲语重心长的叮咛。儿女们离别，母亲要亲自目送着远行，直至远去的背影模糊不清。儿女们到来，母亲要看着你、听着你说话的声音，宁愿牺牲午休的宁静，忍着困倦，心底的话总是诉说不停。

儿女对母亲的爱是无穷的，天涯海角隔不断对母亲的思念；儿女对母亲的回报是有限的，近在咫尺也不能日夜相守陪伴着母亲。母亲节一年只有一次，我们应该一年 365 天都在为母亲的幸福祈祷，为母亲的健康操劳，为母亲的开心欢笑。慈母手中线，游子身上衣，临行密密缝，意恐迟迟归。谁言寸草心，报得三春晖。

五一节陪母亲雨中旅行

/ 2014 年 5 月 1 日于呼和浩特

亲情牵动的旅行，忍受着拥堵的无奈！亲情滋生的牵挂，风雨无阻兼程。言语平淡，涌动思念之情。行程频频，疲态浮于面容。

珍惜期盼已久的相见，不惧长途跋涉的艰辛。任凭劝解，不顾忧心。兄妹相见心切，携氧气瓶随行；儿孙相伴，去看望九旬的长兄。

交通拥堵，一小时没走出青城。呼托公路，雨中夹沙尘；秒针滴答，望母更揪心。年近八旬，日益思念亲人；不顾身体状况，执意看望同胞长兄。孝敬母亲，理性让位于顺从。心疼母亲，感性专注于养生。

理解胜于沟通，换位彻悟人心。惦记如丝，时时萦绕在心；思念似线，处处牵挂亲人。行路难，难不倒亲情；盼相见，多少回梦醒。

大雨中摸路前行，见亲人格外激动。安全抵达，似乎风调雨顺，忘记了一路的揪心。相见无语，犹如往日梦境，释放了积淀的亲情。

兄妹一年后再次相聚，倾注了晚辈的孝心。四代同堂，众亲人举杯；感恩社会进步，家族才如此兴隆。吃水不忘挖井人，翻身铭记改革人。

辛劳一生，善良一生；种瓜得瓜，无悔人生。传承家风，奉献人生。积德行善，无愧人生。

静心思母爱

/ 2014 年 5 月 11 日母亲节

今天是母亲节，无法和母亲团聚，只好通过电话问候母亲。母亲爽朗的笑声是对游子最好的安慰。放下电话，陷入沉思……

孟子曰："充实之谓美，充实而有光辉之谓大，大而化之之谓圣，圣而不可知之之谓神。"母爱是朴素的，爱得充实、平淡。养育是艰辛的，艰辛的养育折射出母爱之光辉，体现母爱之伟大。母爱是神圣、无比的。

母爱不分贵贱，凝聚了人性的本能。母亲含辛茹苦地哺育、不辞辛苦地操劳，为的是子女的健康成长、不受饥寒之苦和文盲之愚。不管多穷，母亲总是为子女的良好教育而操劳，甚至节衣缩食。不管多累，母亲依旧为子女的一日三餐而奔波、不惜披星戴月。不管多难，母亲昼夜为子女的健康而煎熬、到处求医问药。这就是母爱，伟大的母爱！惊天地，泣鬼神！

母爱不计回报，饱含了人间真情。母亲披星戴月操劳，为的是子女丰衣足食；母亲忍辱负重奔波，为的是子女接受良好教育。不论是当年东躲西藏的超生游击队，还是如今舍家弃业的越洋陪读团，都是无私母爱的真实写照。哪怕没有回报，依然无怨无悔！这就是母爱，无私的母爱！世代传，靠言行。

母爱的表现与时俱进，对孩子的娇惯花样翻新；母爱的真谛亘古永恒，对孩子的期盼是望子成龙。孩子虽难如愿，母爱不减毫分。原谅孩子的过失，重振孩子的自信。孩子学有所成，远离父母，似乎无影无踪。母亲毫无怨言，送走了日落，期盼着黎明。等待游子归来，仔细端详面容。问寒问暖，不倦地倾听……

母亲节静思母爱，为伟大、无私的母爱致敬！母亲节惦记母亲，尽绵薄之力孝敬母亲！牢记母爱的灵魂，以家庭为单位代代传承！尊重淳朴善良的母亲，发扬中华民族的优良传统！

十一陪母亲游校园

/ 2014 年 10 月 2 日

自恢复高考 1978 年年初上大学离开家乡后，每年只有春节才能和父母团聚几天，特别珍惜和父母在一起的时间。自有了五一、中秋、国庆长假，我每个假期都赶回呼和浩特陪父母住几天，下厨房做饭，尽游子的一点孝心。自 2012 年 11 月 4 日父亲突然辞世，母亲更渴望和我们在一起的时间。三弟刚离开呼和浩特市才几天，母亲在夜里突然就想得不能入眠。我们兄弟姐妹六人，我和三弟在北京，姐姐、二妹、二弟、三妹在呼和浩特市，他们平时总过来陪母亲，尤其是二弟、三妹每天上下班总是过来报平安。二弟有事一天没来，母亲就觉得好长时间不见了。我和三弟一有节、假日就赶回来住一两天。虽然母亲平时在电话里从不问及我们回家的事，但内心深处却急切地期盼着。只要知道我们要回来，前一天总休息不好，又高兴，又惦记。所以，我们从不告诉母亲过节是否回家，等到了家再敲门。母亲开门后除了惊喜外，总是埋怨我们不提前说一声。

母亲长期患肺心病，从 2008 年就离不开吸氧机。2012 年 11 月 4 日父亲突然辞世，对母亲打击太大。11 月 8 日住院用上呼吸机就升级了，原来家里的制氧机已无法满足供氧需求，只好每天用大氧气瓶，有专人上门送，一天一大钢瓶。因为离不开呼吸机，无法下楼呼吸新鲜空气，也见不到老邻居。时间长了，母亲也郁闷。为了在天气好时能陪母亲下楼，二弟买了一个中型氧气瓶。下楼后，一个人推轮椅，一个人拖着氧气瓶。能下楼，母亲特别高兴，今年五一我们陪她在农大游园，母亲情不自禁地说，下一次楼又能多活一年。母亲愿意在花坛前站着留影，不愿看到坐轮椅的样子。为了能让母亲在天气好时下楼透透气，二弟托人最近又买了一个便携式小氧气瓶，一个人就可以陪母亲晒太阳。

今天是国家65华诞，上午天气雾蒙蒙，下着小雨，寒气袭人，我们陪母亲聊天、看电视。母亲一高兴就大声说话，我多次提醒她：惜气，小声说话。任凭怎么劝，都记不住。只要我们在，家里就欢声笑语不断。

午休后，天放晴。气温回升，阳光明媚。下午三点，我和二弟陪母亲下楼，先去理发。理发师又看见我，和母亲说：您真有福，孩子们一过节就回来。因为七月十五也是我和二弟陪着母亲去理发。母亲高兴地说：活着，就熬盼着他们回来。理发师自言自语，有孝顺的孩子，又有经济条件，要不……是啊！如果没有条件，再孝也做不到！

从理发室出来，我们推着轮椅、拿着氧气瓶，陪母亲走到楼下唠嗑的老邻居跟前，阿姨们你一言我一语夸赞，真有福，好好活！一位阿姨走近母亲说，还认识我吗？刚才你过去时，和你招手不理我。母亲连忙解释，白内障，离远了看不清。此时此刻，我觉得能行走，晒晒太阳，和邻居们唠唠嗑就是幸福。老人手里不需要多少钱，儿女们能多陪陪就是孝顺。邻居们看到的就是我们陪母亲走走，仅此就夸赞。

告别了阿姨们，我和二弟陪母亲从农大生活区到了行政楼前驻足，在花前留影。母亲喜欢在花前照相，还不想带吸氧管，嫌不好看。人虽老了，总想留下光鲜的一面。在镜头里看着母亲有点浮肿的脸，眼睛眯成一条缝，心头一阵酸楚……

离开行政楼，缓步前行，有花坛处就留影，我和二弟特别珍惜和母亲合影的难得机会。亲抚母亲的肩头，农村生活的艰难像过电影，一幕幕浮现眼前，打井、和泥、盖房，父母形影不离。种地、拔草、锄苗，父母你前她后。父亲挑水、扫院，母亲洗衣、做饭。深夜，父亲挥汗做木工，母亲挑灯缝衣衫……

镜头中的母亲，没有往日的神采，多了几丝皱纹，没有往日的气色，显得老态龙钟……

岁月无情，再多的孝心也留不住父母的健壮、再多的金钱也难以抚平脸上的皱纹……

亲情的感染力

/ 2014 年 10 月 3 日

今天陪母亲在内蒙古农大校园里散步，用手机拍了几张照片，尝试地放在微信朋友圈，引起了朋友、同事的共鸣。这出乎我的意料，令我感动不已。

我原本只是想让在外地的亲人们通过微信见个面，互致问候！免得惦记。陪母亲在校园内走走，在景前留个影，是最普通的一件小事，大家都关注并称赞，说明亲情的感染力是巨大的。这让我深深地感受到母爱的伟大、母亲的不易。

传统的节日唤醒我们内心的孝意，驱使我们以实际行动尽孝，看看父母，陪陪老人。孝不是简单地提供生活必需品，也不是多给些零用钱，尽管这些都很重要！孝更要关注老人的精神需求，其实父母更看重的是和儿女们在一起的天伦之乐。20世纪90年代，父亲到北京两天后我要出差，他无奈地哀叹：嗨！给国家养了个儿！是啊！忠孝难两全，父亲辞世时，我们哥仨都在外地出差。这是我们心头永远的痛！

我们只要能多和老人在一起聊聊，甭提他们有多高兴。即使不说话，母亲也是眼端端地看着你。今天母亲非常开心，精神好多了。我们边走边聊，我说看来我们回来作用不小，母亲说那还用说。不过再过两天又走了，一年才能见几天。听了母亲的话，我的心头一热，眼睛湿润了……

回到屋里，母亲挨着我坐下，用双手抚摸着我的手。二妹说都陪您一天了还舍不得放开手，母亲略带哽咽地说起我们小时候生活的不易，摸摸我们的小手，再难也熬过来了。孩子是母亲的希望，是母亲生命的全部。

是啊！为了我们长大成人，母亲含辛茹苦。为了我们读书识字，母亲节衣缩食。为了我们健康成长，母亲苦口婆心……

过节陪陪母亲，真是荒漠寸草心，难报三春晖……

无奈的别离

/ 2014 年 10 月 6 日

明天一早，我将告别母亲，搭乘 CA1244 航班上午返回北京。随着假期即将过去，母亲对我们返京显得很无奈……和往常一样，当假期过了一半，母亲就掐着手指算，还有三天、两天、一天，随之而来的是她安排食谱，炖羊骨头、吃鱼、吃饺子，偶尔二弟还给个指令，再加一些……

母亲无法留住时间,只能在有限的时间安排平日想好的食谱。我们实在无法劝阻，也只好在晚饭加餐……这是母亲几十年形成的风格。在她能下厨房时，自己动手，不由分说，几分钟又一个菜上桌。自我下厨接替母亲烧菜，母亲也闲不住，总是拖着长长的氧气管来回走动，一会儿找这，一会儿拿那。总怕我少做几样，总想让我多吃几口……

当我返京进入倒计时，母亲的情绪就有点低落，神情忧郁，心里暗自思忖，嗨！明天都走了！就剩下自己和保姆。日子好难熬……我看在眼里，疼在心上……

今天上午，母亲在沙发上和我坐了一会儿，独自回卧室躺在床上，我跟进去把薄被盖在母亲身上。她说，我不睡，躺会儿就起来，我说又在想我们走的事，母亲会意，无奈地笑笑……

随后，母亲起身又和我回到客厅，一会儿姐姐到了，又说又笑，问这问那的，妈妈的注意力又转向妹妹。时针指向十点，母亲又念叨起来，怎么还不来？早上不是说十点到？……

中午，吃炖羊骨头，母亲很高兴，看着子女、孙子、外甥围着桌子吃饭，不时提醒孩子多吃……

下午，二妹在客厅练健身操，我和姐姐一起跟着做，母亲高兴地说，三个都是我的孩子在跳舞，多好！……母亲的喜悦溢于言表，少有的眉开眼笑……

母亲最大的愿望就是我们都在她身边，人越多越好，越热闹越好，只要我们在，她宁愿不午休，眼端端看着我们，还不时地抚摸我的手，仿佛又回到童年。可是，现实是无情的，我们实在无法满足母亲这点愿望。我们唯一能做的是过节回来陪陪母亲，但又必须点个卯就走，母亲刚高兴了几天，又一次面对送别的无奈……

游子非无情，别离实无奈，孝心藏心底，再次盼归期……

微阅读与亲情

/ 2015 年 2 月 23 日

春节期间，我们哥仨基本上待在家里，陪母亲。虽说也和母亲聊家常，但我们不时看手机，微阅读，母亲有点失落，一个人坐在沙发上就犯困。

昨天早上，二弟提议关电视、收手机，围着母亲坐，看着母亲话家常，母亲喜笑颜开，不犯困了。我们哥仨边喝茶边聊天，话儿时的生活，谈三次翻盖祖屋，论岁月变迁，悟人生真谛。母亲看着我们说话，不时插话，把记忆带回过去的岁月，穷且忙，苦而乐，真不敢想有今天的生活……平时，我们力劝母亲少说话，说话声要低，可母亲很难做到，一高兴就大声说话，说得还很激动……她不怕说话多伤身，只求和我们交流开心，她享受互动中的亲情，对我们的微阅读有点无奈……

今天上午，我们哥仨依旧没开电视、不看手机，和母亲一起品茶。我坐在母亲身旁，给母亲按摩肩背肘部，母亲脸上露出了慈祥的笑容。我说这保姆怎样？母亲提高嗓门说道，保姆能和子女一样？是啊！儿女和保姆不一样，母亲和保姆在家时，总犯困，就想睡。儿女一回家，母亲就不困了，我们有问必答，宁愿牺牲午休，也要多和我们待会儿，多唠叨唠叨……这就是亲情的魅力。

母亲犯困，是微阅读抢了亲情，她无奈。母亲开心，是母子心贴心交流，她激动。二弟的提醒，让我知道回家不一定能献上亲情，陪伴是最大的孝心。相视无语，会心一笑，就能感受浓浓的亲情。虽在身边，低头不语，母亲无奈，亲情被阻隔……

假期短暂，珍惜亲情。克制微阅读，多和母亲沟通。给母亲捶捶背，妈开心；给母亲揉揉肩，妈舒心；给母亲梳梳头，妈欢欣……

（理性微阅读，呵护亲情！趁母亲午休，草成此文。）

慈母八十颂

/丙申年正月二十三

丁丑正月府谷生，
杨氏长女名美春。
窑洞童年晓世事，
三岁丧母痛揪心。

兄妹相依童年梦，
无奈离陕北上行。
除夕兼程宿他乡，
落脚河套西柳村。

白手起家拣柴烧，
染布做衣老少行。
豆腐养家乃生计，
天寒路坎不畏贫。

寄人篱下多不测，
劫匪扫荡家产清。
粗布为衣食无米，
人间求生尽艰辛。

含辛茹苦天酬勤，
生儿育女家道兴。
起房盖屋披日月，
灯下促膝享天伦。

起早贪黑汗浸地，
苗壮粒饱好收成。
挑灯缝补不知倦，
披星戴月破黎明。

养儿育女德为先，
敬老爱幼传家风。
知书识礼人皆赞，
慈母心血映日红。

冬夏皆是黎明起，
粗茶淡饭暖融融。
上学不怕寒风凛，
刻苦勤学报母恩。

兄弟姐妹皆长成。
金榜题名有忧心。
长女辍学母内疚，
每逢团聚总叮咛。

家贫不忘求学事，
勤俭苦读传家风。
忠诚仁义睦邻里，
兄友弟恭母欢欣。

花甲之年离故土，
往昔岁月梦中情。
九旬长兄常惦记，
曾为相见雨中行。

竟忘吸氧身虚弱，
见面话语似钟声。
长途跋涉身虽痛，
次日又期下一程。

养儿育女心操碎，
体弱依然盼子孙。
节日团聚心花放，
劝吃劝喝紧叮咛。

问寒问暖不知倦，
一言一语细交心。
八十年轮刻母爱，
慈悲人生孝传承。

不忍心想

/ 2016 年 5 月 8 日母亲节

不忍心想，
我上大学第一次远离家乡；
您泪眼迷茫，
思儿欲断肠；
站在高高的屋顶上，
痴迷地向东北方向眺望。

不忍心想，
咱家几次翻盖新房；
和泥、脱坯、砌墙，
您和父亲起早、贪晌；
为帮忙者烧水做饭，
不慎触电倒在地上。

不忍心想，
父亲因腰椎病卧床；
您含泪驾马车送肥，
委屈埋心间、泪洒土地上；
含泪挑起家庭重担，
在儿女面前依然坚强。

不忍心想，
洪水灾害闹饥荒；

您到邻村地里拣土豆，
竟然被人夺筐；
无地自容、席地彷徨，
秋风扑面更凄凉。

不忍心想，
听弟读家信误解，把“目前”当成“没钱”，
为儿的拮据而忧伤，
失声痛哭瘫在地上；
当我寒假如期到家，
您憔悴的面容让儿终生难忘！

不忍心想，
您 67 岁时躺在手术台上；
怕睡着再睁不开眼睛，
母爱迸发出惊人的坚强；
忍着疼痛、两眼未合，
期盼见到儿女、祈祷平安吉祥！

不忍心想，
几次病危召唤、儿孙围在病房！
您戴着呼吸机微睁双眼，
攥着我们的手不放！

心灵感应、奇迹般地康复，
一次次化难为祥！

正是您的坚强，
酸甜苦辣酿成平安吉祥；
正是您的付出，
子孝媳贤家风扬；
正是您的示范，
孕育了儿女的刚强！

您的坚强，
融入我们的血液，
化作自强不息、奋发向上！
您的慈祥，
刻进我们的心灵，
忠孝厚道、家风绵长！

生活磨难，
是修炼的道场；
慈悲忠恕，
在迷茫中燃起希望；
无私母爱，
洒下甘露、洪福绵长！

国庆圆梦，母亲下楼

/ 2016 年 10 月 3 日

孝感天，下楼梦又圆。
暖如春，笑逐子孙颜。
松柏翠，白云映蓝天。
缓步行，绿荫似从前。
人生如梦，意志弥坚。

抬轮椅，上楼步履艰。
台阶歇，气喘盼神闲。
跨门槛，换氧抢在前。
子孙孝，困难何足言。
岁月如梭，难留容颜。

忆往昔，翻身似登天。
黄河畔，汗洒天地间。
进县城，挑水不用肩。
住楼房，老幼尽开颜。
光阴似箭，感慨无限……

卜算子·三九辞行

/ 2017 年 1 月 8 日

慈母倦容颦，
瑞雪斜阳映。
挠痒梳头细语微，
肿胀呻吟重。

低语细叮咛，
近榻伤心痛。
踏出家门背影行。
孝子忧心重。

兄妹团聚

/ 2017 年 1 月 30 日

昨天下午四点，在二表兄的陪同下大舅从达旗平安到达呼和浩特母亲家中。侄子经过近三个小时的紧张驾车，到家后已精疲力竭。一方面是长途非专业司机精神高度集中产生的疲劳，另一方面是一路小心翼翼不敢踩刹车怕大舅晕车。

大舅平安到家后，侄儿如释重负，没吃晚饭就去休息。大舅稍事休息后，和母亲见面，握手，问候。晚饭，92 岁高龄的大舅保持了几十年前的风范，和我们一起举杯，接受晚辈敬酒，只是小酌而已。席间，大舅对我们的问话是有问总有答，当得知二弟明天去接二姨时，他露出了笑容。是啊，三兄妹自 2013 年清明节团聚后已有近四年没见面了。虽说平时能通电话，但毕竟不是见面，总有几丝牵挂萦绕心头。

今天早上，我向大舅问早安，问昨晚休息好了吗？他露出了平日少有的开心笑容，说休息好了。吃过早饭，三妹问二姨叫什么名字，他回答杨丽春。我们有点惊讶，这是二姨的学名，大舅居然还记得。在沙发上休息片刻，自己径直走到母亲床边，母亲问候大舅。我爱人告诉大舅她的名字和身份，大舅接着叫出爱人的小名，并说是从北京领回来的，我们都笑了。

上午十一点多，二姨和二姨父到了。二姨见大舅后，大舅不假思索地说，她耳朵发烧了。这是我们地的一句俗语，意思是有人惦记或念叨，你的耳朵就会发热。

四位老人正月初三在母亲家团聚了。这里凝结了晚辈的孝心，也饱含了浓浓的兄妹情。对年轻人而言，这种团聚不难。但他们四位的年龄总和超过 330 岁，大舅 92 岁，母亲 81 岁，二姨父 80 岁，二姨 78 岁。四人居住在三地，相距甚远，在呼和浩特市团聚一次很难。

中午共进午餐前，四位老人和晚辈一起合影留念。瞬间的表情记录了大家庭的团聚，片刻的交谈释放了兄妹间的惦记。席间，母亲还主动为大舅和二姨夹菜，说话声音也比平时洪亮了许多。此前，母亲的一日三餐都是在床上的小桌上由我们喂，今天破例下地，用轮椅推到餐桌边。

亲情的力量伟大，妈妈有信心下地到餐桌边一起吃饭，照相时还摘下吸氧管。亲情的感召力强大，唤起二弟从 200 多公里外接 92 岁高龄大舅来呼市的勇气。亲情的感染力深远，下一代在耳濡目染下成长。忠厚传家久，诗书继世长。

午饭后，让大舅稍事休息。二姨父、二姨和我们叙谈，好像有说不完的话。二姨依然是快言快语，二姨父仍保持了耿直的个性，关心时事，针砭时弊。

下午一点四十五，二弟送大舅回达旗，三弟送二姨和二姨父回托县。临行前，大舅拄着拐杖，一步一挪地来到母亲床前，我们扶母亲坐起来，兄妹二人的手紧紧攥在一起。母亲带着呼吸机千叮咛万嘱咐，大舅则是让母亲回柳林滩。

柳林滩是大舅的家乡，我们的小学校就在柳林滩，和我们家相距二里路。我小时候经常放学不回家，径直去大舅家，一住就不想走了。大表兄问我哪天回家，我总说明天。明日复明日，我总不走。

下午四点前，大舅平安回到达旗二表兄家，二弟返回包头。二姨父二姨到家后，姨表弟从药店赶回去，和三弟叙谈，留三弟用晚餐。因惦记母亲，三弟还是于四点多返回呼市。

兄妹们的一次团聚，释放了老人心头亲情的渴望，滋生了下一次团聚的念头，唤起了兄妹“文革”期间相依为命的记忆，留下了无尽的思索。亲情无价，惦记饱含真情。

返程

/ 2017年2月2日

返程，
牵动着母亲；
从我到家那一刻，
母亲就念叨着我的行程。
希望我能多休息几天，
日夜守护着母亲；
期盼着我早点退休，
尽情享受天伦。

返程，
纠结着我；
在即将离开家的那一刻，
不愿迈出家门。
希望假期能再多一天，
再在母亲床前尽一点孝心；
期盼着母亲早日康复，
行动自如谈笑风生。

返程，
折磨着我；
母亲的只言片语，

始终拽着我的心。
希望此刻能分身，
一边工作一边陪护母亲；
期盼着驾驭轻风，
随时能聆听到母亲的声音。

返程，
牵动着思绪；
何时才能报答慈母的养育之恩?
忠孝难两全。
希望日夜陪护在母亲床前，
一起回忆往昔的苦辣酸甜；
期盼温情的服侍，
能留住母亲健康的容颜。

返程，
是游子的无奈；
飞机在地面滑翔，
恨不得插翅飞回到母亲身边。
希望为母亲喂饭，
欣喜地看她咀嚼吞咽。
期盼悉心的照顾，
能唤回母亲思维的敏捷。

返程
思绪化作云烟；
穿过冰天雪地的高山，
触摸白云悠悠的蓝天。
思绪借东升的紫气，
萦绕在母亲的床前；
孝心化作亲情的甘霖，
滋润母亲的心田。

慈母八十一颂

/ 丁酉年正月二十三日于呼和浩特

严寒犹未尽，
儿女满堂春。
慈母九九寿，
子孙默默情。
童年府谷苦，
落难黄河恩。
寒门皆孝子，
世代继家风。

慈母八十一岁生日感怀

/丁酉年正月二十三日

八十一年汗浸地，
田间地头风雪吹。
勤俭持家披星月，
缝新补旧北斗归。

八十一年有悲喜，
起房盖屋志不移。
粗粮细做慈母艺，
黎明早餐暖心扉。

八十一年牵挂浓
登高远望泪沾襟。
冷暖无忧慈母梦，
衣食充裕游子情。

八十一年梦几回，
闺女进城泪眼催。
儿女团圆心花放，
思绪又随晚辈追。

“三八节”赋

——母爱地久天长

/ 2017年3月8日

顶起半边天，耕读继世长。三八妇女节，祝福暖心房。
亲情天地知，早晚呵护旁。就怕孩啼哭，慈母日夜忙。
去湿挪干处，清洗屎尿脏。蒸煮缝补累，眼晕心发慌。
孩儿会爬行，逗引向前方。就怕掉下地，眼睛不离床。
孩儿能直立，扶行贴着墙。一步一挪动，喜在眉梢上。
跌倒哭声起，心里总慌张。哄着再站立，慢慢不扶墙。
下地直立走，总怕磕碰伤。奔跑常摔倒，心头有忧伤。
三年又五载，孩儿上学堂。就怕偷懒混，偷偷盯课堂。
小学待毕业，担心没学上。初中离家远，行走怕着凉。
旧衣翻新做，整理似新装。粗粮精细做，可口暖心房。
高中升学忧，政治标准墙。庆幸如愿读，毕业仍返乡。
面朝黄土地，母心有忧伤。争取“民办”差，求人来帮忙。
教书口碑好，心往别处想。称早娶儿媳，儿孙满庭堂。
恢复高考事，母亲纠结长。远走他乡学，思儿欲断肠。
想儿心发慌，有空就上房。期盼奇迹现，母子会目光。
大儿上大学，又盼盖新房。儿子成家事，母亲成天想。
工作在金矿，母亲记心上。惦记去看儿，究竟啥地方？
考研进北京，喜忧两头长。喜是离苦地，忧是盼孙长。

孙儿呀呀语，母亲喜心上。孙儿总挑食，母亲心忧伤。
儿子都争气，大学比着上。读研持续进，兄弟比哥强。
孩子都长成，母亲还在忙。白天地里累，夜间缝补忙。
长年累月苦，积劳成疾伤。慢阻肺难治，心里总发慌。
服药难见效，口喷加吸氧。几次住院后，呼吸机帮忙。
今逢三八节，母亲卧病床。昨夜刚返京，心头仍忧伤。
孝感天地间，儿女孝心长。转危为安时，母爱永难忘。

后　记

中华民族之伟大，根植于中华文化。中华文化培育了无数英才，在危难时前赴后继。中华文化塑造了众多栋梁，在险境中浴血奋战。扶大厦之将倾，挽狂澜于既倒。铁肩担道义，妙手著文章。

中国人自古秉承“忠厚传家久、诗书继世长”的理念，耕读继世，忠孝为人。忠孝文化源于《孝经》，忠孝人生传承家风。《孝经》开宗明义：“夫孝，德之本也，教之所由也。”“身体发肤，受之父母，不敢毁伤，孝之始也。立身行道，扬名于世，以显父母，孝之终也。夫孝，始于事亲，中于事君，终于立身。”

《乡愁人生》凝结乡愁，汇聚孝心。乡愁，激励自强；孝心，警示自重。事亲，父母在，不远游，游必有方。自古忠孝难两全，乡愁牵挂游子情。事君，恪尽职守，敢于担当。“为天地立心，为生民立命，为往圣继绝学，为万世开太平。”立身行道，为国尽忠，为家尽孝。乡愁催人奋进，塑造忠孝人生。

《乡愁人生》浓缩岁月，勾勒人生。经凄风苦雨而不惧，有乡愁在牵挂。遇惊涛骇浪而不惊，有亲情在激励。处变不惊，有乡愁保佑。遇事不慌，有亲情温暖。

《乡愁人生》铭记岁月，不忘感恩。养我者父母，育我者祖国。国家盛衰，匹夫有责。回眸人生路，铭记父母恩。承上启下，传承家风。平凡岗位事，精益求精。扶危济困事，长存恻隐心。民族振兴事，勇于献终生。

回眸人生路，曾经的岁月映入眼帘，清晰的轨迹浮现眼前。不屈不挠的性格、坚忍不拔的意志和持之以恒的精神是走过艰难的人生财富。兢兢业业的敬业精神、认真负责的工作作风和刻苦钻研的执著态度是立足社会的保证。勤奋刻苦、敏而好学、不耻下问是提升素质的唯一途径。凡事三思、追根究底是防范风险的第一道屏障。与人为善、坦诚豁达是保持良好人际关系的指南。对工作上心、做事用心、遇难题专心的习惯是工作得心应手的定海神针。

人生短暂，机会难得。没时间等待更好的境遇，随遇而安。没时间埋怨命运不济，顺势而为。争分夺秒，完善自己。与时俱进，做好自己。

世事无常，坦然应对。抱最好的希望，做最坏的准备。勤勤恳恳，任劳任怨。与其埋怨命运不佳，不如抓紧完善自己。与其羡慕别人春风得意，不如矢志不渝奋起直追。

人生不论地位高低，当你回首往事时，不因虚度年华而懊悔，不因碌碌无为而歉疚。只要在人生舞台上尽了力，就值得后人尊敬。

人生不论贫富，当你回首往事时，不因贫穷而丧志，能独善其身；不因富贵而荒淫，能洁身自好。这一生就值得后人学习。

人生不论得志与否，你的表现，你的作为，你的功过，都要留给后人评说，无需庸人自扰。人生如此短暂，珍惜每一天，做有意义的事。人生如此简单，过好每一天，塑造自己的品行。唯有心情平静，胸怀才能坦荡。唯有志向高远，人生才能辉煌。

人生快乐与否，不完全取决于金钱和地位。人生幸福与否，不完全取决于事业与财富。人生幸福与否主要取决于心态。幸福人生在于尽情享受生活中的乐趣，以激情抒发自己的情感，以勇气展示自己的才华，以毅力坚持自己的爱好，以释然的心态品味生活情趣。幸福人生是在实践中享受生活，孜孜不倦地丰富人生，百折不挠地陶冶情操。

《乡愁人生》，天道酬勤，勤能补拙。回眸往事，照亮前程。回眸人生，坚定信心。

内蒙古自治区七十华诞，谨以拙作献给养育我的故乡，献给塑造我的祖国。